MELISSA

王太子妃になんてなりたくない!!
王太子妃編3

Illustrator
蔦森えん

リディ
リディアナ・ファン・デ・ラ・ヴィルヘルム。
ヴィヴォワール筆頭公爵家の一人娘。
前世の記憶持ちであり、
王族の一夫多妻制を
受け入れられなかったが、
想いを通わせたフリードとついに結婚、
晴れて王太子妃となった。
フリード
フリードリヒ・ファン・デ・ラ・ヴィルヘルム。
優れた剣と魔法の実力に加え、
帝王学を修めた天才。
一目惚れしたリディだけを愛し続け、
正式に妻として迎えた、
ヴィルヘルム王国王太子。
王太子妃になんてなりたくない!!
王太子妃編
3
CHARACTER

ウィル

ウィリアム・フォン・ペジェグリーニ。
ヴィルヘルム王国魔術師団の団長。
グレンの兄。

アレク

アレクセイ・フォン・ヴィヴォワール。
リディの兄。元々フリードの側近で、
フリード、ウィル、グレンとは幼馴染兼親友。

グレン

グレゴール・フォン・ペジェグリーニ。
ヴィルヘルム王国、近衛騎士団の団長。
フリードとは幼馴染かつ親友。

これまでの物語

仮面舞踏会に現れるという偽アポロことアベルと相対したリディ。
その場では逃してしまったものの、追い詰めたカインの話から講じた一計により再び彼に接近、
課されたクイズの答えを探すことで自身の危機を退けることにも成功した。
しかし安心したのも束の間、デリスの占いによりイリヤの姉フィーリヤがサハージャにいることを
知ったリディだが、そのタイミングでフリードとともにイルヴァーンに招かれて……？

この作品はフィクションです。
実際の人物・団体・事件などに一切関係ありません。

王太子妃になんてなりたくない!!

王太子妃編3

MELISSA

1・彼女とイルヴァーン王国

　ヘンドリック王子から来た手紙により、私とフリードはイルヴァーン王国へ向かうことになった。

　フリードから手紙を見せてもらった時には、まさか本当にそんなことが起こるはずがない、いくらなんでもと本気にしていなかったのだが、その後、国王に呼び出され、驚愕することになった。

「あちら側の強い要望により、フリードとその妃の、十日間のイルヴァーン滞在を許可した」

「え……」

　開いた口が塞がらないとはこういうことを言うのだろうか。驚きつつもフリードを見ると、彼はやはりと言わんばかりに苦笑していた。

「ね、行く羽目になるって言ったでしょう？」

「う、うん……」

「ヘンドリックはこういうところで手を抜かないから」

「……そういう問題かなあ」

　十日間も国を離れるとか、本当に大丈夫なのだろうか。

　だけど国には国王も王妃もいる。外交の一環として王太子夫妻が友好国を訪れるというのはよくある話だし、特に問題はないのだろう。

　いきなりの展開ではあったが、初の外国訪問だ。イルヴァーンにはもちろん行ったことがないし、正直に言えば少しワクワクし始めていた。国王の後ろに控えていた父が口を開く。

「殿下、護衛として精鋭を十名用意しました。あとはうちの息子もお連れください」

「アレクを？」

フリードが聞き返すと、父は肯定した。

「はい。誰を側付きとして送り出すのが良いか考えましたが、僭越ながらうちの息子が適任かと。殿下の側近として長く勤めておりますし、それに――」

父が言葉を切る。私と視線が合った。

「……リディの兄ですからな。娘の扱い方は一番心得ているかと」

「なるほどね。分かったよ」

何がなるほどなのかはよく分からなかったが、フリードは納得したようだった。

フリードは他にもいくつか国王と父に確認をし、詳細を詰めた。

出発は、なんと僅か三日後。王族専用の転移門を使っての移動で、十日間滞在した後、帰ってくる。

フリードはその間に、イルヴァーンの国王と会談をしたり、視察も行うとのことだった。

さすがに妹姫の説得だけが目的ではないようだ。時間を作って他国へ行く限りは、できるだけのことをする。当然の話だった。

ふんふんと頷きながら聞いていると、父が私に言った。

「リディ。お前がやるべきことは分かっているな？」

「オフィリア姫、ですよね。お父様。分かっています」

女である私がするべき仕事は、女性王族と繋ぎを作っておくこと。今回で言えば、オフィリア姫と仲良くなることが私に与えられたミッションだ。

ヘンドリック王子の依頼内容とも被っているし、もちろん積極的に近づいていく所存。

彼の妃であるイリヤとはすでに仲良しなので、そちらは問題ないが、オフィリア姫とは初めて会う。同い年の姫。どんな人なのかとても楽しみだった。

「仲良くなれるよう、努めます」

「うむ。殿下の助けとなるよう、頑張るのだぞ」

「はい」

力強く頷いた。

ようやく巡ってきた、私がフリードの妃として彼の役に立てる機会だ。ここは私の腕の見せどころとも言うべき場所。気合いは十分だった。

やる気に満ち溢れている私の頭の上に、フリードがポンと手を乗せる。

「頑張ってくれるのは嬉しいけど、無理はしないでね。リディは私と一緒に来てくれるだけで良いんだから」

「……さすがにそれは駄目でしょ」

お飾りの妻になるつもりはない。ムッとしながら文句を言うと、フリードは「ごめんね」と柔らかい声で謝った。

「リディを馬鹿にしているわけでも、信じていないわけでもないんだよ。ただ、リディは一つのことに一生懸命になると、その他が見えなくなってしまうタイプのようだから。オフィリア王女にばかり気に取られて、私のことを忘れてしまわないかなって少し心配になっただけなんだ」

「フリードのことを忘れるとか、普通にあり得ないと思うんだけど」

大事な旦那様である。私の一番はフリードだし、それはどんな時でも変わらない。

そう正直に告げると、フリードは嬉しそうに笑った。

「うん、知ってる。私もだよ。リディ、向こうで時間があったらデートしようね。イルヴァーンは山もだけど、特に海が綺麗なんだ。海岸を歩くだけでもきっと楽しいと思う」

「わ！　行く！」

大陸の南にあるイルヴァーン王国は海に面した国だ。そのため、海産物がよく取れ、塩なども輸出している。ヴィルヘルムも領土の東に海はあるが、南国のイルヴァーンとは取れる魚の種類が随分と違うのだ。

南国というだけあって、イルヴァーン王国は気候もヴィルヘルムとはだいぶ異なる。

ヴィルヘルムでは、海水浴などは一般的ではないが、イルヴァーンでは違うらしいし、それぞれの国の違いを直接見ることができると思うと急に興味が湧いてきた。

「フリードと外国でデートできるなんて嬉しいな。できたら町も見たいなあ」

「時間があれば、そっちにも行ってみようね。ヴィルヘルムとは町並みも随分違うし、売られているものも違う。色々と勉強になると思うよ」

「うん、うん」

最初はどうなることかと思っていたが、どんどん楽しみになってきた。

「フリードは、イルヴァーンに行ったことがあるの？」

「何度かね。魔力制御が難しくなってからは、外国には殆ど行っていないけど、それまでは年に数回は視察に出かけていたよ」

「へえ。やっぱりそういうものなんだ」

「これを機に、また外交にも力を入れてみようと思ってる。もちろん、行く時はリディも一緒だからね」

「うん！」

当然、置いていかれるつもりはない。大きく頷くと、フリードはにっこりと笑った。

「じゃ、とりあえず今回はイルヴァーンということで。十日ほどだから、少しバタバタすると思うけど、結果を残せると良いね」

「オフィリア姫の説得、だっけ。正直、何をどう説得すれば良いのか分からないんだけど」

ヘンドリック王子の手紙を見ただけではよく分からない。

わざわざ私たちが行ってまでしなければならないことなのか。そもそも、私たちがイルヴァーンに行くのなら、こちらに来てもらう必要はないのではないかとか、色々疑問は残る。

「その辺りは、当人に直接聞けばいいと思うよ。全く、ヘンドリックの奴。私の体調が回復したと知った途端、これなんだから」

溜息を吐きつつも、フリードは決して不愉快そうな顔はしていなかった。

理由はどうであれ、友人に頼み事をされるのが嫌ではなかったのだろう。ヘンドリック王子とフリードのやり取りは実際に見たが、仲良しなのだなというのが私の印象だったし、フリードの方もかなり気を許しているように思えた。

「これが私一人で、と言われたのなら、絶対に断ったけどね。リディと一緒だって言うから。……いや、その辺りも分かった上で誘ってきたんだろうな。ヘンドリックはそういう奴なんだよ」

「……あはは」

確かにそれはその通りな気がする。

ともかく、私たちは急ぎで出発の準備をすることになった。

◇◇◇

イルヴァーンへ行く話になり、一番どうしようかと悩んだのが、カインのことだった。

彼のことは国王や私の父には紹介していない。だから一緒には連れていけないと思ったのだが、話を聞いたカインはあっさりと言った。

「あ、そんじゃオレ、一足先にイルヴァーンへ行って、姫さんたちが来るのを待ってることにする」

「へ？」

「オレ、正規の兵じゃないし、なるつもりもないから。だから今まで通り、隠れて護衛してれば良いだけの話だろ」

そうあっけらかんと言われ、「そう……なのかな？」と頷いてしまったのだ。

最近は薬で黒目になっていたこともあり、兄やウィル、グレンともカインは面識を得ていた。だからなんとなくカインも城の一員、みたいに思ってしまったのだが、今の台詞で彼は個人的に私と契約してくれているだけだったことを否応なく思い出した。

「父上たちに彼の存在をばらすのは契約違反だし、カインの言う通りにするのが良いと思うよ」

その場にいたフリードにもそう言われ、結局カインは、一足先にイルヴァーンへ旅立ってしまった。

せっかくなら一緒に行ければ良かったのに残念だ。

そしてカインに遅れること、三日。

私とフリードは王族専用の転移門がある部屋へと向かっていた。イルヴァーンの王都は国の一番南にあり、ヴィルヘルムの王都からだと、馬車でひと月は余裕で掛かる。十日の滞在のために行き帰りに二ヶ月は現実的ではないので、外交には転移門が使われることが当たり前だった。

ちなみにカインも、今回は転移門を使っている。町中にある転移門と、あとは自らの秘術を利用して、三日でイルヴァーンの王都まで行くらしい。これも驚異的な早さだ。

町にある転移門を使うには莫大な費用が掛かるのだが、それに関してはフリードが出していた。

妻を守るためのお金を夫が払うのは当たり前だと、要らないと言うカインに無理やり押しつけたのだ。その中には、町の転移門を優先的に使える特別な許可証なんかも入っていて、カインは「至れり尽くせりすぎて怖い」と真顔で呟いていた。とはいえ、正規の手段では、一ヶ月待ちも余裕なのが、民間の転移門だ。カインもその辺りは分かっているので、フリードの渡した許可証は遠慮なく使うと言っていた。

転移門が置かれた部屋にはすでに兄と、父が厳選した十名の兵士たち、そして転移門を操作してくれる魔術師団団長であるウィルが待機していた。

あとは、女官服に身を包んだ女性が二名。彼女たちは私専属の世話係だ。

向こうでは夜会もあるだろうし、男の人に着替えを手伝ってもらうわけにはいかない。

イルヴァーンの女官を借りるという手もあるが、やはり、普段から世話をしてもらっている女官を連れていくのが最善。

五名いる私専属の女官の中から二名、カーラに推薦を頼んでいたが、彼女たちに決まったようだ。

婚約時から世話をしてくれた人たち。商家の次女のアニーと、エレナという子爵令嬢だ。最初は行儀見習いという形で入ってきた彼女たちだったが、カーラに取り立てられ、私付きになった。すでに半年以上の付き合いがある。見知った顔に安心した私は二人に目を合わせ、にっこりと笑った。

「十日間、よろしく頼むわね」

「はい。ご正妃様。グリム女官長よりご正妃様が不自由に思われることのないようお世話する旨、申し使っております。何なりとご命令下さいませ」

深々と頭を下げる女官たちに頷き、彼女たちの後ろに山積みになっている荷物に目を向けた。

総勢十五名分の荷物。当たり前だがかなりの量だ。

これは私たちが転移したあとに送るそうだ。外国に行くのはこれが初めてだが、便利な世の中だなあとしみじみ感心する。

だがそれも私が王族だからだ。

普通ならひと月かけて馬車の旅をするものだし、それかカインのように高額な費用を掛けて、町に設置されている転移門を使うしかない。

どれも結構、大変な手段であることは間違いないから、こういう時ばかりは王族で良かったなと思ってしまう。

「リディ、気をつけて行ってくるのですよ」

初の外国訪問にちょっぴりテンションが上がっている私に、見送りに来てくれていた義母が心配そうな声音で話しかけてくる。結婚するともれなくついてくる嫁姑問題。ありがたいことに、うちでは全く気にする必要がない。義母はとても優しくいつも私を気に掛けてくれる。私もそんな義母が大好きで、フリードと結婚して素敵な義母ができたことを喜んでいた。

「はい、お義母様。しっかり努めて参ります」

「息子のことですから、きっと向こうでも求めてくるでしょうが、断固たる姿勢で断るのですよ。ヴィルヘルムにいるわけではないのですからね」

「え？　……あ、はい」

なんか思っていたのとは違う助言が斜め方向からやってきた。

微妙な顔になりつつも返事をすると、話を聞いていたらしいフリードが、後ろから私を抱き締めつつ義母に文句を言った。

「母上。夫婦の閨について口出ししないで下さい」

「私だって口出しなどしたくありません。ですが言わなければ、リディが犠牲になるのは間違いありませんからね。私は義娘を守りたいだけ。文句を言われる筋合いはありません。あなたもこうして結婚したのですから、少しは落ち着いて妃を大事にするように。分かりましたね？」

「私は誰よりもリディを愛していますし、大事にしていますよ」

フリードの言葉を聞いた義母は、ハッと嘲笑った。

「大事にしているというのは、毎日毎日朝まで妃を抱き潰すことを言うとは知りませんでした。全く、似なくてもよいところまでヨハネス様に似て……」

ブチブチと言う義母の言葉を聞きつけたのか、今度は国王がやってきた。

「待て、エリザベート。今の話に私は関係ない。確かに私もできることならそうしたいし、毎日妃を抱けるフリードの生活が羨ましいと常日頃から思っているのは事実だが、今は耐え難きを耐える辛すぎる暮らしを送っているではないか。それで息子と比べられるのは心外だ！　せめてそなたをいつでも抱ける生活を取り戻してから言ってもらいたい！」

「……」

国王の欲望がダダ漏れすぎて、全員が「え」という顔で国王を見た。

特に抱きたいと言われた義母は顔を真っ赤にし、ふるふると肩を震わせている。

「エリザベート？」

「どの口が『耐える』なんて言うのですか！　毎日毎日、抱きたい抱きたいとオウムのように繰り返しているくせに！」

「だが、抱かせてくれないではないか。私はこんなにそなたを愛しているというのに。妻なのだ。夫の望みにそろそろ応(こた)えてくれても良いと思うのだが」

期待をもって義母を見る国王だったが、彼の思うような答えは返ってこなかった。

「そのような話を、このような場所で平然とするところが嫌だと言っているのです！」

「エ、エリザベート！」

「私は先に部屋に戻ります！　リディ、くれぐれも私の助言を忘れないように。フリードリヒ。あなたもヨハネス様のようになりたくなければ、自重するように。分かりましたね！」

叩(たた)きつけるように言い、義母はプンプンと怒りながら部屋から出ていった。国王が慌てて義母を追いかけていく。

「フリード！　私はエリザベートの機嫌を取らねばならん。見送りはここまでとするが、気をつけて行ってくるのだぞ！」

「……はい」

呆気(あっけ)にとられつつも返事をするフリード。

私も彼と同じような顔をしながら、思っていた。

——ヴィルヘルム、こんな調子で大丈夫なのかな。

義母も国王も互いに取り繕わなくなった分、色々とダダ漏れと言うか、残念さが浮き彫りになることが多くなってきた。互いに素を見せられるようになったのはとても良い話のはずなのに、日に日に大丈夫かなと心配になってくる。

「お義母様……」

「母上のことは確かに気になるけど、時間だ。リディ、出発するよ」

「う、うん」

逃げた義母のことが心配だったが、私たちの出発の時間も迫っている。終始、関わり合いたくないという姿勢を保ち続けていた兄と、三人の護衛と一緒に魔術陣の上に立った。

人数が多いので、女官と残りの護衛は私たちのあとだ。

更にその後に荷を送るのだから、転移門を担当するウィルは大変だと思う。

実は部屋の端に控えていた父が、こちらにやってくる。こういう時、しっかり空気になっているあたり、さすが年の功だなと思う。

父は兄に向かって厳しい声で言った。

「アレク。きちんと務めを果たすのだぞ」

それに兄は面倒そうに答えた。

「分かってるって」

「リディ。くれぐれも殿下にご迷惑を掛けるでないぞ」

「……分かってます」

父の私に対する信用が底辺まで落ちている気がする件について。

とはいえ、なかなか否定もしにくいところなので、ここは大人しく頷いておくことにする。

一通り、私と兄に説教をした父は、ようやく満足したのか、転移門を起動させるために控えていたウィルに視線を移す。

「そろそろ始めてくれ」

「承知しました」

ウィルが頷き、転移門を起動させる。白い光が私たちを覆う。

私の隣にいたフリードがギュッと手を握ってきた。

「あ」

見上げると、フリードが意味ありげに笑っている。

「……リディが迷子にならないように、ね」

「転移門で移動するんだから迷子になんてなるはずないじゃない」

「そうだね。実はただリディの手を握りたいだけなんだ。私の奥さんの手をね。それともリディは嫌かな？」

「馬鹿。……フリードと手を繋ぐの、好きだもん」

ギュッと握り返すと、彼の指輪に指が当たる。その感触が私はとても好きだった。フリードが目を細め、蕩けるような顔をする。

「……リディ、可愛い」

「おい、転移中までイチャつくな、そこのバカップル」

兄からツッコミが入る。

それに返事をしようとしたが、次の瞬間、転移が開始され、うやむやになった。

◇◇◇

白い光が消え、目を開けるとそこはもうイルヴァーンだった。

ヴィルヘルムとは空気が違う。驚いていると、前方から声が掛かった。

「いらっしゃい。よく来てくれたね」

そう歓迎してくれたのは、少し前にヴィルヘルムを訪ねてくれたイルヴァーン王国王太子、ヘンドリック王子だ。長い緑の髪と私と同じ紫の瞳がやはり目を引く。その少し後ろには私の友人でもある彼の妻のイリヤがいた。

転移門が置かれる場所は、どの国でも大体同じなのだろうか。あまり広くない簡素な部屋だ。似たような場所に出たことに驚きつつ、気温の高さに吃驚した。

「……暑い」

思わず口にしてしまう。

イルヴァーン王国が今、夏の盛りだということは知っていた。ヴィルヘルムよりも平均気温が五度は高いということも。だから盛装ではあったが、半袖で薄手のできるだけ涼しそうなドレスを選んでいたのだが、それでも暑いと感じてしまう。フリードと繋いだままの手に汗が滲み出てくる。

「ヴィルヘルムの気候とは随分違うでしょう。特に今の季節、イルヴァーンは暑いから」

「うん……想像以上だった」

知識として知っているのと、体験するのは全く違う。

フリードの言葉に驚きながらも頷くと、ヘンドリック王子も言った。

「ごめんね。リディアナ妃。うちの国は魔術で温度管理なんてしていないんだ。その代わり、建物は風通しが良くなっているから、そこまで不快には感じないはずだよ」

「い、いいえ。こちらこそ暑いなんて言ってしまって……」

失礼なことをと思い、謝罪した。ヘンドリック王子が「良いんだ」と笑顔で言う。

「イルヴァーンが暑いのは事実だからね。外国からやってきた客は全員一度は暑いって言うし、気にしないで。せっかくだから気候の違いを楽しんで欲しいな」

「はい。ありがとうございます」

もっと薄手のドレスは持ってきただろうか。もう、これならノースリーブでも良いかもしれない。

後で着替えようと決意しつつ、フリードのエスコートで魔術陣から降りる。ヘンドリック王子の後ろからそっと顔を覗かせていたイリヤと目が合った。

「リディ！」

「イリヤ！」

目を輝かせるイリヤに、私も笑顔になってしまう。彼女はちょこちょこと夫の後ろから出てくると、私の目の前にやってきた。相変わらず少女のような小ささのイリヤは、暴力的なまでに可愛い。そのイリヤが嬉しそうに頬を染め、私を見つめてくる。

喜んでくれているのが一目で分かる様子に、私は胸を撃ち抜かれた気持ちになった。

——イリヤが……イリヤがすごく可愛いんだけど！

フリルたっぷりのドレスがとてもよく似合っている。

猫耳は魔術で隠しているので見えていないはずだが、私には彼女の猫耳が見えたような気がした。

「殿下からリディたちが来るって聞いて。驚いたわ」

「急な話だったから、連絡できなかったものね。ごめんなさい」

手紙くらい送れれば良かったのだが、準備が忙しくてそんな暇さえなかった。

イリヤが首を横に振る。

「ううん。殿下の我が儘でリディたちは来てくれたんでしょう？　こちらの方が謝らないといけないから。その……殿下がごめんなさい」

「謝らないで。これは正式な訪問なんだから。それに次にイリヤと会えるのは秋の国際会議だって思っていたから、こんなに早く会えて嬉しいの」

「私も嬉しい……」

ぎゅっと互いに手を握り合う。友人との再会を心から喜んでいると、隣では王太子同士が同じように旧交を温め合っていた。

「全く、この忙しい時期に、他国の王太子を遠慮なく呼びつけるとは、さすがはヘンドリックだな」

「いやあ、褒めてくれてありがとう。君ならきっと来てくれると信じていたよ」

フリードの嫌みをものともしないヘンドリック王子は、さすがの一言である。これが長年の親友というものだろうか。いや、後ろで兄が「すげえ。フリードの嫌みを流してる」と本気で感心しているから、多分ヘンドリック王子だからと言った方が正しいのだろう。

「父上に話を付けたと書いてあるのを読んだ時は驚いたぞ」

「あはは。僕も焦っていたからね。自分の行動力に我ながら吃驚だよ」

ヘラヘラと笑うヘンドリック王子をフリードは睨んだが、言っても仕方ないと諦めたのか、すぐに本題に入った。

「ヘンドリック、結局、どういうことなんだ。手紙を読んだだけでは詳細までは分からなかったが」

「ん？　どうもこうもないよ。オフィリアが、ヴィルヘルムには行きたくないって、徹底抗戦の構えなだけ。実はさ、この話を持ち出してから、妹が僕のことを無視するんだ。謝っても許してくれないし、僕一人では手に余るなって思って。関係者である君たちを呼んだんだけど」

「勝手に関係者にするな。そもそも留学の話自体、お前が言い出したことだろう」

「そりゃそうなんだけどさ。友達のピンチなんだ。助けてくれるだろう？」

「くだらない兄妹喧嘩に他国の王族を巻き込むな」

「君と僕の仲じゃないか。快く巻き込まれてくれよ」

「どんな仲だ。断固として断る」

キッパリと拒絶したフリードに、ヘンドリック王子が目を丸くした。

「ええ？　じゃあ、君、何のためにうちの国に来たんだい？」

「リディはヴィルヘルムから出たことがないからな。彼女は好奇心旺盛だし、他国の視察は喜ぶと思った。それだけだ」

「……うわ。そうだろうとは思ってたけど、やっぱりリディアナ妃のためだけに来たんだ……」

「私がリディ以外のために動くはずがないだろう」

堂々と宣言するフリードに、ヘンドリック王子は乾いた笑みを零した。

「うん。だよね。知ってた。だから、リディアナ妃もって誘ったんだよ。でも別に良いんだ。結局君はこうして来てくれたんだからさ」

「お前の妹の話は知らん」

「そんなこと言わずに助けてよ～」

泣き真似をするヘンドリック王子をフリードは呆れたように見つめ、はあっと溜息を吐いた。

「……リディがオフィリア王女と会うのを楽しみにしている。だが、過度な期待はするな。私たちはお前の招きに応じはしたが、それはお前の妹をなんとかするためではない。分かったな」

フリードの言葉を聞き、ヘンドリック王子も表情を引き締め頷いた。

「分かってる。僕の父もヴィルヘルムとの会談を楽しみにしているし、色々見て欲しいものや話したいことはあるんだ。リディアナ妃がオフィリアと会ってくれるってだけで十分有り難いよ」

そうして私の方を向き、にこりと笑う。

「リディアナ妃。来てくれてありがとう。もう僕だけではお手上げで本当に困ってたんだ。あとで妹の部屋に案内するから、会うだけでも会ってくれるかな?」

もちろんそのために来たのだから、私はしっかりと首肯した。

「はい。それはもちろん構いませんが。その……結局私は何をすれば良いのですか?」

「とりあえず、オフィリアの機嫌を取ってくれればそれで良いよ。もうなしのつぶてでさ。ヴィルヘルムに行かせたいって気持ちはもちろんあるけど、今はそれ以前の問題なんだ」

「はあ……」

「ほんと、なんであんなに拗(す)ねてるんだろう。ヴィルヘルムの王太子夫妻に興味を持っていたみたいだから、絶対に喜ぶと思ったのに。意味が分からないよ」

　溜息を吐くヘンドリック王子を見つめる。ヘンドリック王子は「ごめんね」と力なく言った。

「君たちを巻き込んでしまったことは申し訳ないと思っているんだ。でも同時に良い機会だとも思ってる。リディアナ妃がオフィリアと仲良くなってくれればオフィリアだってヴィルヘルムに行くことを嫌がらないだろうし、そうすれば僕の計画も――」

「ヘンドリック。私はお前のくだらない計画のことまでは知らないと言ったぞ」

　フリードがヘンドリック王子の言葉を遮る。ヘンドリック王子は誤魔化すように笑った。

「分かってるって」

「あわよくば、などと思うなよ。私のリディを利用しようとしたら許さない」

「君がリディアナ妃を溺愛(できあい)していることはよーく分かっているから、そんなことはしないって。あとが怖いじゃないか」

「どうだか」

　フリードが冷たい視線を向けたが、ヘンドリック王子は全く意に介さなかった。

「ま、とにかく十日間ゆっくりしていってよ。今夜は歓迎の夜会を開く予定だし、楽しんでくれると嬉しいな」

「あ、あの、リディ。夜会には私も出るから。その……その時でも話せたら」

「うん、ありがとう。イリヤ。楽しみにしている」

慌てて自分も参加すると告げてくれたイリヤに笑顔を向けた。ヘンドリック王子が私とフリードに向かって言う。

「じゃ、まずはオフィリアに会ってくれるかな。妹の部屋に案内するよ」

◇◇◇

残りの護衛や女官たちも無事、イルヴァーンに到着したことを確認した私たちは、彼らや兄とは一旦別れ、ヘンドリック王子と一緒にオフィリア姫の部屋を訪ねることになった。

イリヤはついてこなかった。以前にも聞いたが、イリヤはオフィリア姫とは殆ど接点がないようで、彼女もどう対応して良いのか分からないらしいのだ。一足先に、部屋で夜会の準備をするというイリヤをその場に残し、私たちは城の奥へと案内された。

白い大理石造りの宮殿の廊下。その柱と柱の間に壁はなく、外の景色がよく見えた。風が中に入り込んでくる。確かに気温は高いが、開放的な城の造りのおかげか、汗が噴き出すほどの暑さは感じない。外観は、昔テレビで見た、インドのとある霊廟に似ていると思った。

「オフィリアの部屋はこの奥。あと、ここからの眺めはお勧めだよ。海が綺麗に見える」

「わあ……」

彼の視線を追う。見事な光景に声を失った。

美しい青い色の海が見える。イルヴァーンの宮殿は海のすぐ近くに立っているのだ。

潮の匂いがする。城下町がよく見渡せた。

城下町はヴィルヘルムの王都リントヴルムとは全く違う。露店が多く、建物はどれも派手な色で、形には統一感が全くなかった。だけども元気いっぱいといった印象で、ヴィルヘルムとは違う意味で、賑やかだと思った。

港が見える。港には大きな外国籍と見られる船が何隻も泊まっており、船員たちが荷下ろしをしているのが遠目からでも分かった。

「すごい。ヴィルヘルムとは全然違う！」

「ヴィルヘルムにも港はあるけどね。ここまでの活気はないかな。何せイルヴァーンは、商人の国としても有名だから」

「うん」

フリードの言葉に大きく頷く。王都に港があるというのは新鮮だ。外国籍の船が入り乱れている様は圧巻で、ヴィルヘルムにはないものだった。

すっかり目の前に広がる光景に見入っていると、ヘンドリック王子が声を掛けてくる。

「ごめんね。気に入ってくれているところ悪いんだけど、そろそろ先に進んでも構わないかな？」

「あ、すみません」

そういえば、オフィリア姫の部屋に案内されている途中だった。慌てて謝ると、ヘンドリック王子は「僕としてもゆっくり見てもらいたいんだけど」と残念そうに言った。

「一応ね、オフィリアには君たちを連れていくと伝えてあるから。……返事はもらえなかったけど、聞いていたとは思うから、きっと待っていると思うんだ」

「微妙な話だな」

フリードが言いづらいことをズバリと言う。ヘンドリック王子は苦笑した。

「僕は今、妹に無視されている状態だから仕方ないよ。でも、他国の王族を連れていくと言って、それを無視するような妹ではないから。その点は信用してくれていい」

「私もオフィリア王女には会ったことがあるが、しっかりとした人だった。心配はしていない」

「うん、ありがとう」

ホッとしたように笑い、ヘンドリック王子が再び歩き始める。その後に続きながら、私はフリードに聞いた。

「フリードは、オフィリア姫と会ったことがあるの？」

「イルヴァーンには何度か足を運んだことがあるからね。挨拶くらいは」

「ふうん。綺麗な人？」

純粋な疑問だったのだが、フリードはやけに嬉しそうな顔をした。

「ん？　もしかして妬いてくれているの？　嫌だな。私が可愛いと思うのはリディだけだよ」

「妬いてないけど」

さすがにこれだけ愛されていて、ヤキモチなど妬けるはずがない。たとえ死んでも、あの世どころか来世まで追いかけてきそうな気配すら感じているのに、そんな彼が他の誰かを見ているかもとか考えようもなかった。

「どんな人なのか気になっただけ。ヘンドリック殿下の妹君なら綺麗な人だろうなと思ったから」

「なるほどね。そういう意味なら、中性的で美しい人だったよ。でも、なんだ、残念。リディが妬いてくれたのかと思って期待したのに」

本気でガッカリしている様子のフリードに、心底呆れた。

「フリードが私のことを好きなのは知ってるもの。疑いようもないんだから、ヤキモチなんて妬けるはずがないでしょう？」

「それはそうだけど……リディに『フリードは私のだから、私だけ見ててくれなくちゃやだ』とか言って拗ねて欲しかったんだよ。愛されてるって感じられて最高だなって思わない？」

「私がフリードを愛しているのは知ってるくせに」

「もちろん。ただ私がそのあとで『私にはリディだけだよ』って慰めて、それにかこつけて目一杯抱けるなって思っただけで」

「……」

フリードの、とてもくだらない思惑を知り、溜息を吐いた。

なんでそう、全てを『抱く』という方向へ持っていきたがるのか。毎晩、付き合える限りは付き合っているというのにまだ足りないとでも言うのだろうか。

「フリード……」

「ん？　何？」

　笑顔で私を見つめてくる夫は、やっぱりとっても格好良い。だけど言っていることはすごく残念なのが何だかなあと思ってしまう。

　まあ、そんな彼も大好きだから良いのだけれど。

「何でもない。フリードはいつも通り格好良いなって思っただけ」

「リディもいつも通り可愛いよ。私の大切な奥さん」

「……君たちって、いつもそんなやり取りをしているの？」

　フリードと話していると、前を歩いていたヘンドリック王子が呆れたような声で言った。

「なんか、聞いているだけで、口の中が甘ったるくなってくるんだけど。濃い珈琲が飲みたいって、すごく思うよ」

「勝手に飲めば良い」

　冷たくフリードが言い放つ。ヘンドリック王子が振り返り、苦言を呈した。

「ねえ君、温度差って言葉、知ってる？　奥さんと僕に対する言葉の温度が全然違いすぎて、驚くんだけど」

「可愛いリディと、関係なかったはずの兄妹喧嘩に無理やり巻き込んできた悪友とが同じなわけないだろう」

「うん、まあ、それを言われると弱いんだけど。ほんっと、君、奥さんにベタ惚れだねえ」

「当たり前だな」

あっさりと肯定するフリード。それを見てヘンドリック王子は、「僕もそれくらいイリヤに愛情表現した方が良いのかなあ。そうしたらイリヤももう少し自信を持ってくれるのかなあ」と真面目に悩み始めていたが、多分イリヤは驚くし、ついていけないと言って泣くと簡単に予測できるので、絶対にやめておいた方が良いと思った。

◇◇◇

廊下の途中にあった扉の前でヘンドリック王子が足を止めた。兵士が二名、部屋を守っていたが、王子を見て頭を下げつつ、両端に退いた。ヘンドリック王子が緊張した面持ちで扉をノックする。なるほど、どうやらここが、オフィリア姫の部屋で間違いないようだ。

「オフィリア。僕だけど」

返事がない。

もしかしていないのではないだろうかとフリードと顔を見合わせていると、ヘンドリック王子が眉を寄せながら言った。

「ごめん。やっぱり居留守を使われているみたいだ。……オフィリア。三日前に話したよね？　ヴィルヘルムから王太子夫妻が来てくれたんだ。出てこないのは失礼だから今すぐに――」

「本当に来てくれたのですか!?」

ヘンドリック王子が言い終わる前に、勢いよく扉が開いた。

中から出てきたのは、中性的な容貌の美しい姫だ。

ヘンドリック王子と同じ、緑の髪に紫色の瞳。そして髪の毛が、驚くくらい短かった。

肩に届くか届かないかくらいの長さ。女性、特に王族ではあり得ない髪を見て、硬まってしまう。

彼女は殆どレースも装飾もない、とてもシンプルなドレスを着ていた。

派手な色合いを好むことが多いイルヴァーンでは珍しい選択だ。首飾り一つ付けていないし、良く見ると、化粧っ気もまるでなかった。そんな彼女はヘンドリック王子の後ろにいる私とフリードを見て、目を輝かせた。

「ヴィルヘルム王太子夫妻！　まさか本当にイルヴァーンに来てくれるなんて……」

うっとりと私とフリードを見つめるオフィリア姫。

一瞬、フリードのことが好きなのかなとも思ったが、すぐに違うと気がついた。彼女の目は明らかに私とフリードをセットで見ている。そしてフリードを異性として見ているとかそういうものでもなかった。

不躾にじろじろと見られていることに落ち着かないものを感じつつ困っていると、フリードが口を開いた。

「……お久しぶりです、オフィリア王女」

急いで私も正式な礼を取る。

「リディアナです。初めまして」

淑女らしく微笑むと、オフィリア姫も挨拶を返してくれた。

「ご丁寧にありがとうございます。お久しぶりです、フリードリヒ殿下。そして初めまして、リディアナ様。オフィリアと申します。この度は兄が我が儘を言ったようで申し訳ありません。ご滞在中は是非、イルヴァーンを楽しんで下さい」

好意的な笑みを向けられ、安堵した。髪型だけは驚いたが、ハキハキとした口調は好感が持てたし、私の周りにはいないタイプのように思う。

彼女の後ろには、騎士が一人控えていて、彼が噂の侯爵家の息子かと察した。ヘンドリック王子がオフィリア姫の伴侶にと考えているという側付きの騎士。

私室の中にまで付き従っているのかと驚いていると、オフィリア姫が笑顔で彼を紹介した。

「彼は私の側付きの騎士、エドワード・ランティノーツです。ランティノーツ侯爵家の次男で、彼自身、伯爵位を持っています」

「エドワード・ランティノーツと申します。殿下の側付きとしてお仕えさせていただいております」

彼がフルネームを名乗ったことに驚いたが、そういえばここはヴィルヘルムではなかった。ヴィルヘルムでは異性にフルネームを名乗るのは求婚を意味するから、ファーストネームを名乗るだけが普通なのだ。

エドワードと名乗った彼は、深緋色の髪が特徴の、黒い目をした男だった。カインと真逆の色合い。体格は騎士というだけあって、かなりがっしりしていたが、整った顔立ちをしていた。

男臭い美形と言えば良いだろうか。フリードや兄とは種類が違うタイプの、だけど女性受けしそうな男性だった。左耳に二連のピアスを付けている。

こちらも私の周りにはいないタイプだ。ついまじまじと見つめていると、フリードが「リディ」と私の名前を呼んだ。

「え、何?」

「あんまり見つめちゃ、失礼だよ」

「あ、ごめんなさい」

そんなに凝視していたつもりはなかったが、慌てて謝った。何気なく、フリードの顔を見て、あっと思う。

「……」

——これ、違う。エドワードに対して失礼だって言ってるんじゃない。

自分を差し置いて、他の男に見惚れるなとフリードは言外に言っているのだ。

私にしか分からないだろうが、間違いない。

だって私の表情を見たフリードの目が、ものすごく語っている。

——リディが見惚れて良いのは私だけだよと。

見惚れてなんていないんだけどと思いつつ、目は口ほどにものを言うとはこのことを言うのだなぁとてても納得してしまった。

他国のそう親しくない王族の前で直接言葉にしないのは、さすがとは思うが、私に対する無言の圧力がすごい。

――心配しなくても、フリード以外に興味なんてないって。

私もまた目線だけで一生懸命弁明する。

フリードは、私が気づいたことで溜飲を下げてくれたのか、すぐに表情を元のものに戻してくれた。

そのことにホッとする。

――うん。気をつけよう。

別に恋愛の意味で見ていたわけではなかったが、フリードを不快にさせるのはよろしくないだろう。怒らせるとフリードは厄介だ。具体的に言うと、その日の夜のエッチがねちっこくなるのである。一回一回が異常に長い。そんなプレイを、外国に来てまでされたくなかった私は、己の行動にもっと気をつけようと心から反省した。

「その……私は気にしておりませんから」

私とフリードの話を聞いていたらしいエドワードが遠慮がちに言った。

フリードの言葉通り受け取ってくれたのだろう。彼には全く関係ないことなので申し訳ないと思っていると、オフィリア姫が言った。

「その通り。エドワードのことなど気にする必要はありません。さて、リディアナ様。一つお伺いしますが、今夜の夜会には出席なさいますのよね？」

「え？　はい、それはもちろん」

己の騎士の話を無理やり終わらせ、オフィリア姫が話しかけてくる。それに驚きつつも頷くと、彼女は残念そうに言った。

「私は、ちょっとした事情があって夜会には参加できないのです。それで——もしよろしければ、明日にでも二人きりで話したいと思うのですが、構いませんか？」

「もちろんです」

願ってもない話だ。笑顔で頷くと、オフィリアは嬉しそうな顔をした。

「良かった。リディアナ様がこちらにいらっしゃると聞いた時から、是非仲良くして欲しいと思っていたのです。色々、話も聞きたいですし、明日、お会いできるのを楽しみにしていますね」

「ありがとうございます。私も楽しみです」

オフィリア姫と近づくきっかけを得たことにホッとした。私の目標は、オフィリア姫と気の置けない友人同士になることだ。なろうと思ってなれるものではないのは分かっているが、今日からの十日間、努力を惜しむつもりはない。

私たちのやり取りを見ていたヘンドリック王子が声を掛けてきた。

「オフィリア。リディアナ妃もこちらに着いたばかりで疲れていらっしゃるだろうし、夜会の準備もある。そろそろ彼らを部屋に案内したいと思うのだけど」

「……勝手にすればよろしいでしょう」

今まで、明るい声で笑っていたオフィリア姫の顔が、すっと真顔になった。

声にもまるで抑揚がない。それを聞き、ヘンドリック王子がオフィリア姫に無視されていると言っていたことを思い出した。

「えっと……」

「引き留めてしまってごめんなさい、リディアナ様。明日、使いを寄越します。楽しみにしていますね」

「は、はい」

一転、柔らかな表情と声音で告げられ、更に吃驚した。

目を白黒させている私を余所に、彼女は己の兄を完璧に無視して部屋の中へと戻っていった。側付きの騎士も、無言で頭を下げ、主に続く。扉が閉まった音がし、ようやく我に返った。

「え……今の……」

「ね、僕に対してはここのところずっとあんな調子なんだよ。いや、もっと酷かったかな。でも良かった。リディアナ妃については気に入ったみたいだ」

呆気にとられている私に、ヘンドリック王子が歩き出しつつも愚痴った。

「今日なんてまだマシな方だよ。会話してくれたんだからさ。昨日なんて話しかけても一言も返してくれなくて、さすがにへこんだ。昔は兄様、兄様って懐いてくれていたのに。いつの間にあんな風になっちゃったんだろう」

「お前が余計なことを画策したからではないのか？　オフィリア姫はヴィルヘルムには来たくなかったのだろう」

「それはないと思う。だって、ヴィルヘルムに行くという話自体は興味深げに聞いていたから。オフィリアが機嫌を悪くしたのは、エドワードと二人で行くって話になった後から、かな」

「え、それって……」

己の側付きの騎士と二人きりが嫌とか、大丈夫なのだろうか。

そういえばさっきも、エドワードのことを無視していたように見えた。

「その、失礼ですけど、オフィリア王女はランティノーツ卿と仲が悪いのですか？」

「まさか！　あれは一種の照れ隠しだよ」

「照れ隠し？」

そんな風にはとてもではないけれど見えなかった。思わずフリードを見ると、彼も驚いた顔をしている。

「……ヘンドリック。悪いが、私にはオフィリア王女が彼を好きなようにはとてもではないが見えなかったぞ」

フリードの言葉に同意するよう私も頷く。

だが、ヘンドリック王子は「分かっていないなあ」と含み笑いをした。

「あれは幼馴染みならではの気安さだよ。今更素直になれないってやつ。エドワードの方は、あからさまなくらい好きオーラを出してるから一発で分かるけど、オフィリアはね、難しい年頃なのさ」

「はあ……」

そういうものだろうか。

理解できず、首を傾げてしまう。

だけど、エドワードについてもオフィリア姫についても、私は先ほどほんの少し話しただけだ。それで彼女たちについて何か分かったかと言われれば、何も分からないが正解だと思う。

兄妹として長い時間を過ごしてきたヘンドリック王子の方が正しいのは間違いない。

微妙な顔をしつつも頷く。フリードを見ると、彼は関わり合いになりたくないという表情をしていた。

オフィリア姫の話はそれで一旦流れ、あとはイルヴァーンの王都についての話や、夜会についての説明を受けながら、部屋へと案内された。

「ここだよ」

私たちのために用意されたのは、城の東棟にある客室だった。

少しだけ、ドキドキする。

イルヴァーンの部屋は王宮と同じで、造りがとても開放的かつ独特なのだ。丘の上のかなり高い場所に宮殿があるからか、本来外壁があるはずの場所には壁どころか窓もない。天井に繋がっている太い柱が等間隔に立っているだけ。一応、落下防止のためか、部屋から直接繋がっているバルコニーに胸の高さくらいの手摺り(てすり)はあるが、それくらい。風が吹き込んで、なるほど暑さはあっても快適なのだろうとは思うが、密室で暮らしてきた人間にはなかなか暮らしにくい造りになっている。

私たちに用意された部屋もそんな造りなのだろうかと内心不安に思いつつ中を覗く。意外なことにヴィルヘルムでよく見るタイプの部屋になっていた。外壁がある。そして何より窓があった。

「あ、これって……」

「イルヴァーンの部屋って、外国からの客人にはあまり評判が良くなくてね。客室はヴィルヘルムを参考に作ってる。窓や外壁がないってそんなに落ち着かないかなって、僕なんかは思うんだけど」

ヘンドリック王子には申し訳ないが、話を聞いてホッとした。イルヴァーンの建物や部屋は、確かに開放的で素晴らしいと思うが、ヴィルヘルムで暮らしていた私には、外から中が丸見えのような構造の部屋では落ち着くことができない。

部屋は広く、扉で区切られてはいないが、ソファやテーブルといった基本的な家具があり、奥には四柱式のベッドが見えた。外から中が見えないように、レースのカーテンが掛かっている。

「ベッドの反対側に衝立があるその奥が浴室になっているから自由に使って。で、ここはリディアナ妃の部屋で、フリードはその隣になるんだけど——」

「は？　リディと私の部屋が別？　お前は何を言ってるんだ」

ヘンドリック王子の説明を聞いたフリードが不快げに眉を寄せた。

「遠い異国まで来て、妻と離される理由が分からない。大体、私たちは国でもずっと同じ部屋だったんだ。リディを一人にするなどあり得ない」

「え、君たち。同じ部屋に住んでるの？」

驚いたようにヘンドリック王子が聞いてきた。それに頷くと、彼は心底羨ましそうな声を出した。

「良いなあ。僕もイリヤと同じ部屋に住みたい。イリヤは恥ずかしがって、一緒の部屋になんて住んでくれないんだよ」

そうしてフリードを見つめ、重々しく頷いた。

「分かった。そういうことなら、君もリディアナ妃と同じ部屋で寝起きしてくれて構わない。普段から一緒にいる二人を引き離すなんてあり得ないと僕も思うからね。隣の部屋は……まあ、せっかく用意したから、適当に使ってくれると嬉しい」

「それで良いのか？」

驚いたようにフリードが尋ね返すと、ヘンドリック王子は笑顔で親指を立てた。

「もちろん。気分で使う部屋を変えてくれても良いしね。お客様の希望を叶えるのが一番。君たちが仲の良い夫婦なのは見ていれば分かるから、まあ好きにすれば良いと思うよ。我が儘言って、こっちに来てもらったっていう負い目もあるからね。衣装部屋にするなりなんなり、好きにしてくれて構わない」

あっさりと許可を出し、ヘンドリック王子は「そうそう」と思い出したように言った。

「君が連れてきた側近と護衛、あと女官だっけ。彼らにもここは教えてあるから、すぐにやってくると思うよ。彼らの部屋はさすがに同じ場所にはできないけど、できるだけ近くにはしたから。君たちの部屋の護衛の配備とか、女官の出入りなんかは自由にしてくれていいからね」

「分かった。そうさせてもらう」

フリードが頷く。

いくら友好国といえど、部屋に置く護衛に自国の兵を使うのは当然。そのために十人も護衛を連れてきたのだ。

その他にも色々丁寧に説明してくれたあと、ヘンドリック王子は思い出したように言った。

「夜会で会えるのを楽しみにしているよ。あ、そうだ。父上たちとの謁見が、その前にあるんだけど大丈夫かな」

問いかけに、フリードの表情が真剣なものになる。

「ああ、必ず伺わせてもらう。イルヴァーン国王に挨拶しないままなのは失礼だからな」

「分かった。父上にも伝えておく。時間になったら迎えを寄越すよ。じゃ、僕は行くから」

フリードと私に軽く手を振り、ヘンドリック王子は部屋を出ていった。

残されたのは私とフリードだけ。

「……」

なんとなく落ち着かない気持ちになった私は、部屋の奥へと歩いていった。部屋の奥にはバルコニーに通じる大きな窓があり、そこから海が見えていたのだ。

眺望の良い部屋に、嬉しくなる。青い海の色はとても綺麗だ。窓を開けると、また潮の匂いがした。

ヴィルヘルムの王都では香ることのない匂いに、本当に外国に来たのだと実感する。

バルコニーに出て、欄干（らんかん）に手を突く。少し身を乗り出した。

「……良い眺め」

「本当だね」

いつの間にかフリードが私の後ろに来ていた。そっと抱き締められる。

「大丈夫？　疲れてない？」

「うん。平気」

気遣ってくれているのが嬉しくて、頬を緩める。

正直に言えば、少しくたびれていたが、この程度で音を上げてはいられない。国王との謁見には当

然妃として私も出席しなければならないし、夜会だって出席は義務だ。

オフィリア姫は出ないという話だったけど、それはイルヴァーン側の問題であって、ヴィルヘルムとしては参加するしかない。

結婚したからには、夜会が嫌だなどとは言ってられないのだ。妃が夜会に出席しないと夫であるフリードが恥を掻く。彼の妃として頑張ると決めたのだから、そういう行事も積極的に参加していこうと思っていた。

「フリードと夜会に出るのも久しぶりだね」

少し前、仮面舞踏会には行ったが、あれは参加したというより潜入したという感じだった。二人で踊った夜会なんて、実は殆どないのではないだろうか。

フリードも初めて気がついたという顔をする。

「本当だね。そういえば、リディとはあまり踊った覚えがないな。結婚してからは初めてだし、そう考えるとなんだか緊張するな」

「フリードは緊張なんてしないでしょう？　慣れてるんだから」

「奥さんに良いところを見せたいって張り切るから、緊張するんだよ。リディには格好良いって思われたいからね」

「今のままでも十分格好良いのに」

これ以上格好良くなられてしまっては、私の心臓の方がもたないではないか。それでなくとも日々、夫が素敵に見えてしまうという不治の病に冒されているというのに。

それにあまりフリードが格好良すぎると、碌なことがない気がするのだ。たとえばだけれど、彼に思いを寄せる面倒そうな令嬢が出てきたりだとか。

ヴィルヘルムにはもう殆どそんな令嬢はいないと言い切れるけれど、ここはイルヴァーンだ。彼の魅力に惑わされる令嬢が十人や二十人出てきても私は驚かない。そしてその場合、令嬢たちのターゲットとなるのは、彼の正妃である私なのだ。令嬢が何人束になって掛かってきても負けるつもりはないが、戦わなくて済むのならそれに越したことはない。

「フリードはこれ以上格好良くならなくていいから」

真顔で言うと、フリードはクスクスと笑った。

「それを言うなら、リディもこれ以上可愛くならなくて良いよ。リディが誰かに色目を使われていると思うだけで、気分が悪くなるんだ。リディの可愛さなんて私一人が知っていれば十分だよね。他に分けてやる必要なんてないよ」

「ヤキモチ妬き」

「今更」

むしろ堂々と言われ、呆れた。だけど嫌な気持ちにならないどころか、嬉しいと思うのだから困ったものだ。

二人で、外の景色を楽しむ。あまり見ることのない海をぼんやりと眺めてしまう。

「っ！」

突然、目の前に人影が現れた。驚きのあまり、息を呑む。

慌てて手を放し、後ろに退こうとしたが、私を抱き締める腕は全く動揺しなかった。そのことにおかしいと気づき前を見ると、良く見た顔が欄干の上に立ち、私に向かって手を振っていた。

「潜入成功。姫さんも無事、着いたみたいで良かったぜ」

「カイン！」

現れたのは、別ルートから単身、イルヴァーンに向かっていたカインだった。

大喜びで迎え入れると、彼はひらりと、バルコニーに着地した。実に三日ぶりの再会なのだが、カインは別れた時と同じで元気そうに見えた。服も綺麗だし、顔も汚れていない。三日間旅をしてきたとは思えない様相だった。

というか、服装がいつもと違う。

カインは半袖の涼しそうな服を着ていたのだ。色は前の服と同じだったが、ゆったりとしたデザインで、風通しが良さそうで羨ましい。いつも巻いていたマフラーのような分厚いストールも、涼しげな素材に変わっていた。

初めて見たカインの私服に思わず凝視してしまう。

「え……カイン。その服……」

「さすがにこの国は暑すぎる。いつもの服だと蒸れて死にそうになるんだ。だから着替えた」

「ああ……なるほど」

先ほど自分でも暑いなと思っていたので、その意見には大いに賛同したいところだ。

特にカインは、首にストールみたいなものを巻いている。あれはこの国ではキツいだろう。

熱中症で倒れてしまう。

しかし――。

「似合っていると思うけど、見慣れない」

「それはオレもだ。だけど背に腹はかえられなくてな。あの服は本気でヤバい」

「うん、そうだね。あーっと、それで。カインはいつこっちに着いたの？」

心から同意しつつ、話を変える。

カインもこの話を続けるつもりはなかったのだろう。話題変更に応じてくれた。

「昨日の朝だ。王太子が持たせてくれた許可証のおかげで、ずいぶんと早くこっちに着くことができたぜ。昨日は近くの宿に泊まったんだ。そのあと王都の露店で適当に服を見繕ったってわけ」

なるほど。

彼が私服を手に入れた経緯を聞き、納得した。

そして彼がゆっくり宿で休める時間が取れたらしいと知り、安堵もした。長距離移動は思ったよりも疲れる。少しくらい休憩させてあげられたら良いのにと思っていたのだ。

何はともあれホッとしていると、フリードが言った。

「お前に遅れられては困るからな。私の持たせた許可証が役に立ったのなら良かった」

「遅れるどころか、王太子の印章が捺されてるってことで、どこも最優先で転移門を使わせてくれるんだ。目立ってしょうがない。逆に居心地が悪かったぜ……」

ぶるりとカインが震える。

基本、隠れて行動することの方が多いカインだ。それはさぞ落ち着かなかったことだろう。

「ま、でも、一日前に着いたのは助かったけどな。まだまだだけど、ざっとは王都を回ることもできたし。土地勘がないから、少しでも調べとかないとあとで困るのはオレだからなあ」

ぼやくように言ったカインに、なんとなく聞いた。

「カインって、イルヴァーンに来るのは初めて？」

「ああ。外国に派遣されるような奴もいるが、オレは殆どなかったからな。初めてだぜ。だから、勝手がきかなくて困る」

サハージャは、国土の殆どが砂漠だ。イルヴァーンとは何もかもが違う。それはさぞ戸惑ったことだろうと思っているとフリードが言った。

「カイン。今夜、歓迎の夜会が城で開かれる。お前はどうする？」

「ん？　夜会ってことは、あんたと姫さんは一緒にいるわけだろう？」

「ああ」

フリードが頷いたのを確認し、カインが「それなら」と言った。

「あんたがいるなら、護衛は必要ないだろ。できればオレは、城の周りをもう少し調べておきたいんだよな。この部屋は窓があるからまだマシだけど、なんつーか、開放的すぎて、侵入し放題ってのが逆に怖い。一回、この城の内部と外回りをきっちり調べとかないと、なんか見落としそうでさ。その時間が欲しいんだよ」

「分かった」

「あ、あと、ばあさんから伝言を預かってる」

「魔女から？　一体なんだ？」

それは私も知らない。何だろうとカインを見ると、彼は渋い顔をした。

「出発前に、寄っていけって念話が来て、行ったんだよ。そしたらさ、イルヴァーンにしか生えない特殊な薬草があるとかでさ、土産(みやげ)に、その種を持って帰ってこいって」

「それはお前に頼まれたことじゃないのか？」

「あんたにだよ。直接届けてくれってさ。ほら、姫さんに聞いたんだろう？　次からはあんたもばあさんちに来てもいいって。きっかけがあった方が来やすいだろうって、ばあさんが言ってた」

「デリスさん……」

少し前に、デリスさんにはフリードの訪問許可をもらっていた。そのことはもちろんフリードに話していたけれど、確かにきっかけがあった方が訪ねやすいかもしれない。

フリードを見ると、彼も納得したような顔をしていた。

「なるほど。そういうことなら喜んで引き受けよう。彼女には今までに何度も世話になっていることだしね。で？　そのイルヴァーンにしか生えない薬草の特徴は？」

「紫色の花。イルヴァーンの海岸沿いの岩に生えてるんだって。見れば分かるってさ。ばあさんはその薬草を栽培したいらしくて、種がいるんだって言ってたけど」

「岩に生える花の種、だな。分かった。どれくらい採ってくればいいんだ？」

「採れるだけ採ってこいってさ。結構貴重らしいぜ？　イルヴァーンでは珍しくない花だけど、ヴィルヘルムにはないから、この機を逃したくないって言ってた」

「ふうん。わざわざ栽培までするんだ。何の薬に使うんだろう……」

疑問を口にすると、何故かカインがさっと視線を逸らした。

「？　カイン」

「いや……その、だな。体力を回復させる薬の元とかなんとか……」

「あっ……」

思い当たることが多すぎて、言葉を失ってしまった。

体力を回復させる効果のある薬草……つまりは私がよーくお世話になっている薬の元ではないか。

「リディ？」

「う、ううんっ！　何でもない！」

挙動不審になった私をフリードが見てくる。私は何とか誤魔化しつつ、これは協力しなければならないと決意していた。

――頑張って集めなきゃ。

今後も、デリスさんの体力回復薬にお世話になることは確定しているのだ。せめて自分が使う分くらいは原材料を集めなければ申し訳がなさすぎる。

「フリード。そ、その……薬草……ううん、種集めだけど、私も一緒に行っていい？」

「それはもちろん構わないけど……」

「ありがとう。デリスさんにはいつもお世話になっているから、できれば私も協力したいの」

フリードとの夜の生活に欠かせない薬の元だ。できる限り集めてこよう。

メラメラとやる気を出していると、カインがぷっと吹き出した。

「ま、王太子一人でとはばあさんも言ってなかったから良いんじゃねえの。せっかくだから、たくさん持っていってやれよ。きっとばあさん、喜ぶと思うぜ」

「……そうする」

言われなくてもそのつもりだ。真顔で頷くとカインは、「じゃあ、オレは外の様子を見てくるから」とバルコニーの手摺りに手を掛けた。

「明日の朝にはこっちに戻るようにする。何にもないとは思うけど、もし何かあれば、呼んでくれ。契約してる姫さんなら、呼んでくれればオレには分かるから」

「うん」

「じゃ、また明日な」

ひらりと手摺りを乗り越えていくカイン。ここは三階なんだけどなと思いながらも、カインに言っても仕方ないことは分かっているので諦める。部屋の中に戻り、窓を閉めると、フリードがチェストの上にある時計を見ながら言った。

「意外と時間が過ぎてしまったね。アレクたちがこちらに来たら、国王にお会いする準備を始めようか」

「分かった」

大事な国王との謁見。失敗するわけにはいかないと、私は気合いを入れ直した。

ヘンドリック王子が言った通り、それからすぐに護衛と女官、そして兄が私たちの部屋へとやってきた。

◇◇◇

フリードはまず四名を指名し、私たちの部屋の守りを命じた。残り六名は、普段の護衛。三人が私と女官につくことが決まり、二人がフリード。残り一名が兄に付くことに決まった。

私としては、カインもいるし、なんと言っても友好国だ。そこまでしなくてもとも思ったのだが、護衛を付けていないと間違いなく周囲に奇異の目で見られる。それは分かっていたので、素直にフリードの案を受け入れた。

国王との謁見には、女官と部屋の守りを命じた兵士以外の全員で向かう。時間もないので、急いで正装に着替え直した。

女官に手伝ってもらい、持ってきたドレスに袖を通す。髪は首元が暑くて仕方ないので、サイドアップにしてもらった。青い薔薇（ばら）の髪飾りを刺される。ドレスも青だったので、フリードの色に包まれている気分になった。

「最近、青色のドレスが多い気がするわ」

なんとなく思ったことを言っただけなのだが、女官たちはクスクスと笑った。

連れてきた女官の一人、アニーが笑顔で言う。

「青は殿下のお色ですから。ご正妃様には一番お似合いになりますでしょう？」

「えっ……」

確かに青いドレスはフリードの目の色みたいで好きだなと思っていたが、まさか本当にそういう意味で着せられていたとは思わなかった。

「それに殿下の反応が、青色のドレスを着た時が一番良いのです。ですから自然と、ご正妃様には青、というようになっていったのですわ」

「そうだったの……」

フリードが喜んでいると聞き、簡単に嬉しくなってしまった自分に呆れつつも照れているとアニーは更に言った。

「紫も殿下はお好きですよ。ご正妃様の瞳の色ですからね。本当に素晴らしいご寵愛ぶり。私共もとても嬉しく思っております」

「あ、ありがとう」

エレナが素早く、だけども丁寧に化粧をしてくれ、ドレスアップが完了した。

姿見を見ると、青い薔薇の王華が自己主張するように輝いている。確かに青いドレスに青い薔薇の王華はよく映え、フリードが喜びそうだと思った。

「リディ。用意はできた？」

「うん」

扉の外からフリードの声が聞こえる。部屋自体は一緒にという話に決まったのだが、こういう夜会の準備をする時にまで、同じ部屋を使うわけにはいかない。だから必要な時だけは、用意してもらった隣の部屋を使用するということに決めたのだ。

返事をすると、フリードが部屋の中に入ってきた。久々に見た彼の正装姿に相も変わらずときめいてしまう。

「……はうん。格好良い」

フリードの黒い詰襟軍服姿は、いつだって私の心を奪って離さない。これを見る度に、私は彼に惚れ直していると言っても過言ではないだろう。

ああ、フリードと結婚して良かった……！　軍服最高！

飽きることなく見惚れていると、フリードが苦笑した。

「本当に、いつになったら慣れてくれるのかな」

「一生無理です。ずっと好き……」

美人は三日で飽きるとか、同じものをずっと食べ続けると飽きるとか言うが、フリードの軍服に関してだけはあり得ないと断言できる。

フリードの軍服姿は暴力的な格好良さなのだ。この姿を見て、恋に落ちない女はいないと思う。

「リディもとても綺麗だよ。髪を上げているから項が見えて、すごく色っぽい。今すぐベッドに誘いたくなる」

「んんっ……駄目だからね」

基本的に、正装時のフリードには逆らえない私ではあるが、さすがに他国の国王との謁見がある時まで、色ぼけしてはいられない。ちょっと流されそうになりつつも断ると、フリードは笑った。

「今日は仕方ないね。さ、イルヴァーン国王がお待ちだ。行こうか」

「うん」

差し出された手を取り、部屋の外に出る。外には迎えに来ていたイルヴァーンの兵士たちと、兄と護衛たちが待っていた。もちろん彼らも正装だ。実に暑そうである。実際彼らは、薄らと汗を掻いていた。

女性は、半袖にしたり、服の生地を薄くしたり、髪型を工夫したりできるが、ヴィルヘルムの男性の服装は基本、年中変わらない。もちろん、平民はその限りではないが、王族や貴族はどんなに暑くてもきっちりと上着まで着るのが普通だった。見ているだけでも暑そうだが、ヴィルヘルム、特に城では温度管理は完璧なので、誰も気にしていない。その分、他国に来た時は厳しいだろう。ノリードは涼しい顔をして歩いているけれども。

ヴィルヘルムの正装は格好良い分、ものすごく暑苦しいので大丈夫なのかと思うが、彼は全く平気そうだった。さすがだ。

感心しつつ、イルヴァーンの兵士たちの後に続き、謁見の間に向かう。

謁見の間は広くこちらも開放的だった。やはり窓や壁がない。外の景色が直接見えたが、絶景だった。人に見られる心配はないのだろうが、どうにもヴィルヘルムとは勝手が違って落ち着かない。

「ようこそ、イルヴァーンへ。ヴィルヘルム王太子夫妻。この度は、私の息子がすまなかった」

謁見の間の奥。八段ほどの階段の上に、イルヴァーン国王が立っていた。玉座はない。彼もまたへンドリック王子と同じ、紫色の瞳と緑色の髪をしていた。髭(ひげ)はなく、見た目はとても若い。まだまだ現役で国王業ができそうな感じだ。その側(そば)に立っているのは、イルヴァーンの王妃だ。侯爵家から嫁いだイルヴァーンの王妃は、外見だけ見ればとてもおっとりとした人だった。

そしてなんと驚くことに、二人とも長袖を着ている。

そういえば、ヘンドリック王子も長袖だった。イルヴァーンの城は魔術管理しているわけでもないのに、どうしてこれで平気なのか本気で疑問だ。それとも慣れというものだろうか。

「わざわざ席を設けていただきありがとうございます。私も久々に友人とゆっくり話したいと思っていましたので、謝っていただく必要はありません」

イルヴァーン人の暑さに対する抵抗力に一人恐れ戦(おのの)いていると、フリードが笑みを浮かべながら国王に挨拶を返していた。国王相手に堂々としたやり取りはさすがだ。

フリードはイルヴァーンに招かれたことの礼と、あとは国から持ってきた土産について触れた。側に控えていた兄がイルヴァーン側の、おそらくは宰相と思われる人物に目録を渡す。

彼は目録にさっと目を通すと、国王に献上した。

「ふむ……。確かに受け取った。フリードリヒ王子。こちらからもそなたたちが帰る日に合わせ、贈り物を用意しよう。ぜひ国に持ち帰っていただきたい」

「ありがとうございます」

イルヴァーン国王がふと、私に目を向けた。

「そちらが、フリードリヒ王子が娶(めと)ったという妃か。ふむ。遅くなったが、お祝い申し上げる。そういえば、娘と同じ年だと聞いている。是非、娘とも仲良くしてもらいたい」

「ありがとうございます。オフィリア様からは明日のお誘いをいただきました。とても楽しみに思っています」

目を伏せ、頭を下げたまま答える。国王は驚いたような声を出した。

「ほう？　オフィリアから？　そうか、それは良い話を聞いた。お二人とも、是非、この十日を実りあるものにしていただきたい」

「ありがとうございます」

「城の中は自由に歩いてくれて構わない。フリードリヒ王子。また改めて席を設けさせていただくが、よろしいか？」

「もちろんです」

フリードが頷く。彼はイルヴァーンに来るにあたって、国王から色々な命を受けている。多分、その話なのだろう。

政治の話は、フリードや兄の担当。それを悔しいとは思わない。それぞれ担当分野が違うのは当然のことだからだ。

私は、私にできることをする。それだけのこと。

和（なご）やかな雰囲気のまま挨拶を済ませる。最後に王妃からも言葉を掛けてもらったのだが、こちらも感触は悪くなかった。近々、お茶会を開くから来て欲しいと言われたのだ。もちろん快く、出席しますと答えた。

謁見の間を辞し、部屋に戻っている途中、隣を歩いていたフリードが感慨深げに言った。

「結婚すると、やっぱりずいぶんと変わるね」

「ん？」

首を傾げつつ、夫を見上げる。フリードが私の手を握った。

「イルヴァーンには今まで何度も来たし、国王とも何回も会談を行った。でもね、当たり前だけどその中に、王妃や王女との付き合いなんてものはなかったんだよ。ああ、もちろん夜会で挨拶したり、とかその程度のことはあったけれど」

「うん」

それはそうだろう。

「今までそれを気にしたことなんて一度もなかったんだけど、やっぱり妃という存在は必要なんだなとさっきのやりとりで改めて思ったんだ。少し前、アベルのことを最初に気づいたのも、お茶会から情報を仕入れてきたリディだった。女性の情報網は侮れない。だけどその情報は、同じ女性だからこそ手に入れることができたんだよね」

「あー、うん。それはそうだね」

マリアンヌやシャル、ティリスが教えてくれたから、私はアベルという存在を知った。男性からではあの情報はなかなか得ることはできなかっただろう。それはその通りだ。

「妃なんて要らない、自分一人で全て片付けてみせると、ずっと決意してきたのにな。リディと出会って結婚して、こうして過ごしてみるとよく分かる。やっぱり国を治めるには男だけでは駄目なんだ。どうしたって妃がいる。その存在は無視できない」

「フリード」

「リディが私の妃で良かったって思うんだ」

「……うん」

「一緒に歩いていく人がリディで良かったって。だってリディなら、無条件で信じることができるからね」

「無条件でって、それはどうかと思うけど」

「じゃあ、リディは私の言うことを疑ったりする？」

「しない」

するはずがないではないか。

即座に否定すると、「私も一緒なんだよ」という答えが返ってきた。

「だから、それだけ信じられる人が隣にいるのが幸せだなってね。……リディ、実は、母上は一度もイルヴァーンには来たことがないんだ。つまりどういうことか分かる？」

「……王妃を含め、イルヴァーンの女性王族とヴィルヘルムは殆ど接点がないってことだよね」

「うん。それって本当は良くないことなんだ。女性だから何も知らないだろうって侮っていたら痛い目を見ることを、私たち男はもっと知るべきなんだよ」

「……」

フリードの言うことは一理あると思った。

考えてみれば、アベルだって女性から情報を得ていたのだ。女性は政治に関わっていないように見えるが、実は自らの夫や兄弟を良く見ており、彼らより状況を正しく把握している場合もよくある。また、妻の働きかけによりその夫が動く場合もあり、決して無視して良いものではないのだ。

「だからね。さっき、イルヴァーン国王や王妃が、リディに誘いを掛けてくれたことを私は嬉しく思ったんだよ。向こうもリディに接触しようとしている。繋がりたいと考えていることが分かったからね」

「うん」

「だから、リディには悪いけど、頑張ってくれると嬉しい」

「任せて」

申し訳なさそうに言うフリードに、私は大きく頷いてみせた。

「もちろん、そのつもりで来てるから。私ができることなんてそれくらいだし、頑張る」

どんと胸を叩くと、フリードは私の頭をくしゃりと撫でた。

「ありがとう。リディにはイルヴァーンで、ただ楽しく過ごしてもらおうと思っていたのに、結局こんなことになってごめん」

「ううん」

王太子妃となった時に決めた。フリードが恥ずかしくない、誇れる妻になろうと。だからフリードの、国の役に立つことがあるのなら自ら進んで行動していかなければならないのだ。何よりも、私自身のために。

「私が、王妃様やオフィリア姫と仲良くなったら、フリードは助かるんだよね？」

「うん。すごくね。もちろんイリヤ妃と仲良くなってくれたことも有り難いけど、今後を考えると、王妃やオフィリア王女と親交を持っておくことは大事だと思う」

「そうだね」

フリードからは、ヘンドリック王子がいずれ王位をオフィリア姫とその配偶者に譲りたいと考えていることを聞いている。となると、オフィリア姫と仲良くしておくのは、むしろ必須とも言えるのだ。

「とりあえず、明日かなあ。二人で話せる機会があるみたいだから頑張ってみるね」

ぐっと拳を握って決意を伝える。

フリードはもう一度私の頭をくしゃくしゃに撫で、素早く屈むと、額に触れるだけの口づけをくれた。

◇◇◇

一度部屋に戻った私たちは、再度着替えを行い、今度は夜会の準備をした。

夜会用のドレスは紫色の、胸の下に切り返しがある柔らかな素材のものだった。

布地は軽く、夏の夜会にはぴったりだ。

フリードはヴィルヘルムで着ているのと同じような夜会服に身を包んでいた。非常に華やかで眼福だ。とはいえ、正装ほどではないが、やはり見た目はかなり暑そうである。男の人は大変だとつくづく思った。

夜会は立食式になっており、テーブルにはイルヴァーンの料理がたくさん並んでいる。南国だけあり、派手な色をした果物が多い。料理は大皿に盛ってあり、豚の丸焼きや、雉の香草蒸しなどが所狭しと並んでいた。

夜会はまず、国王とヘンドリック王子の挨拶で始まった。私たちのことも紹介される。フリードと一緒に前に出ていくと、ざわりと場がざわめいた。

——ふふ。皆、フリードの格好良さに見惚れてるな。

夫がよく思われて嬉しいのは妻として当然のことだ。ふふふんと自慢げに思っていると、フリードが小さく笑った。

「何？」

「ううん。なんだかリディが自慢げな顔をしているなって思ってね」

「皆がフリードに見惚れているのが良い気分だなって思っていただけだよ」

「その視線の半分くらいは、リディに向けられているんだけどね？」

「まさか」

いくら何でもそれは言いすぎだ。ともかく、自慢の夫を皆に見せつけることができ、私は非常に満足だった。音楽が流れてくる。フリードが手を差し出してきた。

「リディ、踊ろうか。……この曲は大丈夫かな？」

「うん、平気。任せて」

聞こえてきたのは、イルヴァーンの伝統的な曲だった。社交ダンスは得意中の得意。自国の曲はもちろんのこと、各国の伝統曲くらいはマスターしている。

フリードは私がダンスが得意なことを知っている。以前、彼と踊った時に話したからだ。

運動は苦手だが、ダンスならどんな難曲でも踊りきってみせる。自信をもって彼の手を取り、ダンスホールへと移動する。曲調に合わせて踊り始めると、周囲の視線が集まるのを感じた。

フリードが小声で話しかけてくる。

「やっぱり上手だね。他国の曲まで踊れるというのは助かるな」

「お父様の教育の成果かな。それとは関係なくダンスは好きだけどね」

王太子妃教育の一環として詰め込まれた技術の中には発音やダンス、マナー、他国の情勢、知識等、色々なものがある。これを幼い頃から勉強してきたおかげで、今、王太子妃となってもそう困ることなく過ごせているのだ。

王太子妃になるつもりはなくとも、真面目に勉強してきて良かったと、フリードとの結婚が本決まりになった時、心から思った。でなければ、突貫で妃教育をさせられることになっただろう。付け焼き刃で務まるほど王太子妃は簡単な職業ではないので、そうならなかったことに心底ホッとした。

一曲を無難に踊り終え、ダンスホールから下がる。その時に、兄の姿がちらりと見えた。

夜会には兄も側近として参加しているが、兄は踊るつもりはないようだ。とはいえ、ヴィルヘルムの筆頭公爵家の跡継ぎで、更には王太子の側近で独身。兄の周りには女性が集まっていた。

それを穏やかな表情で躱す兄はまるで別人のようだったが、兄が異常に猫かぶりが上手いことを知っていた私は、いつものことだと放っておくことにした。

フリードも苦笑するだけで、助けるつもりはないようだ。

というか、当たり前だが、兄よりもこちらの方が人が集まっている。自分のことは自分で何とかしてもらうしかないというのが本当のところだった。

「お二方とも、素晴らしいダンスの腕前でしたね。よろしければ私とも一曲踊っていただけますか？」

そんな誘い文句から始まり、老若男女、色々な人物が声を掛けてくる。

大国であるヴィルヘルム王太子夫妻と近づきたいのだろう。次から次へと申し込まれるダンスの誘いに辟易したが、フリードは慣れているのか全く動じなかった。

その腕は当然のように私の腰を抱いている。

「まだ新婚なもので。しばらくは妻以外とは踊らないと決めているのです。もちろん妻にも私以外の男とは踊って欲しくない。つまらない独占欲ですが、そういうことで今夜は勘弁して下さい」

「さ、さようでしたか。察することができず申し訳ありません」

普通なら通らないような話も、ヴィルヘルムの王太子が言うとまかり通ってしまう。

あまりにもフリードが堂々と宣言したこともあり、皆、気圧されたように頷くと、そそくさと立ち去っていった。

とはいえ、納得しない者たちも当然いる。

それが顕著なのは、当たり前だが、女性陣だ。

イルヴァーンの貴族と思われる女性たちは、フリードに断られてもしつこく食い下がっていた。予想通り、彼の妻として立つ私に嫉妬の視線が降り注ぐ。

——うーん。久しぶり、この感覚。

ヴィルヘルムでは今はもう殆ど感じない嫉妬の視線に、目を瞑る。チクチクと突き刺さる悪意ある視線は、他国の王太子妃に対しても容赦なく向けられるようだ。

——ま、それだけフリードが素敵だってことは認めるけど。

うんうん。あんなに格好良い人を私が独り占めしてるなんて許せないよね。

分かる、分かると頷いていると、フリードが心配そうな声で聞いてきた。

「リディ、大丈夫？」

「ん？　全然平気だよ」

「でも、嫌な視線が多いでしょう。ごめん。私のせいだね。……今すぐ追い払うよ」

その声の響きに、フリードが容赦なく女性陣を粉砕する未来を簡単に予測できてしまった私は、慌てて彼を止めた。

「良いから。来た初日から、問題を起こすのも良くないでしょ。本当に私は気にしてないし、なんなら羨ましいでしょう、くらいにしか思ってないから、余計なことはしないで」

「でも、リディに敵意を向けられることを私は許せない」

「その気持ちだけで十分だから」

遠慮でも何でもなく、そうされた方が困ると思ったのだ。

フリードもそれは分かっているのか、渋々ではあるが頷いた。

「分かった。でも、リディに悪意を持って行動するような者がいたら、その時は容赦しないから」

「それはさすがに私も庇（かば）ったりはしないかな。と言うか、私だって黙ってやられたりしないけど」

むしろ全力で仕返しする。

「ヴィルヘルムでは最近は変なのもいなくなったけどね。やっぱり他国に来ると事情も変わるね」

「……ヴィルヘルムでは、私がリディを溺愛していることは皆に知れ渡っているからね」

「イルヴァーンにも噂が広まっているって聞いたけど？」

確か、ヘンドリック王子がそんなことを言っていた。フリードが嫌そうな顔をする。

「噂だけではどれくらいかなんて分からないでしょう？　あわよくば、なんて考える人間は、特に自分に都合の良いように考えるんだよ」

「その辺りは、国が変わっても同じなんだね。やっぱり、同じ人間ってことなんだなあ」

あまり嬉しくない共通点だと思いつつも、深く頷いた。

とにかく、鬱陶（うっとう）しいだけで特に害のない視線は無視することにして、周りを観察する。少し離れたところにはヘンドリック王子と、その妻であるイリヤがいた。イリヤは私の視線に気づくと嬉しげに手を振ってくれる。

「……フリード。イリヤのところに行きたい」

「ああ、ちょうどヘンドリックも誰とも話していないみたいだね。良いよ。向こうに移動しようか」

くいっとフリードの袖を引いて強請（ねだ）ると、彼は快く頷いてくれた。人の輪から逃れ、ヘンドリック王子とイリヤがいる場所に行く。

「ヘンドリック」

「やあ、君は相変わらず大人気だね。でも、以前は来る者拒まずでダンスを受けていたのに、やっぱり奥さんができると変わるのかな？」

からかうような口調のヘンドリック王子に、フリードはムッとしながら口を開いた。

「何もかもがどうでも良かった頃と今を比べられても困る。リディという最愛の妻がいて、他を構う余裕などあるはずないだろう」

「ダンス一つで大袈裟だなあ」

「私がどうでも良い令嬢のダンスを受けているうちに、リディがどこぞの男と踊る羽目になったらどうするんだ」

真顔で文句を言うフリードに、ヘンドリック王子は軽く言い返した。

「どうするんだって……一曲くらいいいじゃないか。ほんの数分のことだろう？」

「なるほど。つまりお前は、イリヤ妃が誰と踊っても気にしないと、そういうことだな？」

「何を言っているのかな？　イリヤを他の男と踊らせるわけないじゃないか！」

「……酷い掌返しを見たような気がする」

思わず、ボソッとツッコミを入れると、フリードも「ヘンドリックはこういう奴なんだよ」と同意した。

イリヤと目が合う。私は彼女に頷いてみせると、ヘンドリック王子に尋ねた。

「あの、イリヤと話をさせてもらっても構いませんか？」

「ああ、もちろん。イリヤも楽しみにしていたからね。いつもなら憂鬱そうにしている夜会も、今日ばかりは積極的だった。よほど友人である君に会えるのが嬉しかったんだろう。二人で話すのなら、バルコニーに出ると良いよ。あそこなら人があまり来ないだろうから」

「ありがとうございます」

ヘンドリック王子に礼を言い、今度はフリードに言う。

「ちょっと行ってくるね」

「分かった。気をつけて」

心配そうな顔をするフリードに頷き、イリヤと一緒にバルコニーへと向かう。

ヘンドリック王子が言った通り、そこには誰もいなかった。これならゆっくり話ができそうだ。

「イリヤ。改めて、久しぶり。会えて嬉しい」

挨拶をすると、イリヤはにっこりと笑ってくれた。

「私も。まさかイルヴァーンに来てくれるなんて思っていなかったからすごく嬉しいの」

喜んでくれているのが一目で分かる表情と言葉に、私も自然と笑顔になる。

他に誰もいないのをいいことに、私たちは色々な話をした。

フリードは、私が頼んだ通り、ティティさんのことをヘンドリック王子への手紙に書いてくれていたようだ。それをヘンドリック王子から聞かされた時は、心底驚いたのだとイリヤは言った。

「ティティ姐さんがヴィルヘルムにいるなんて思いもしなかった……」

「うん。ティティさんも驚いてた。知り合いだって聞いて、私も吃驚したの」

その時のことを思い出しながら告げると、イリヤは真顔で言った。

「レナに会えただけでも奇跡だって思ったのに。リディ、ありがとう。ティティ姐さんは、随分前に島を出ていった人なの。行方が分からなくて心配していたから、所在が知れて嬉しかった」

「それなら良かった。本当はね、国際会議で会う時まで話せないかなと思っていたの。でも、イリヤが会議に来るかどうかも確実ではないし、できるだけ早く知らせたかったから」

ティティさんのことを教えれば喜ぶだろうと思ったが、期待以上にイリヤは喜んでくれた。フリードに無理を言った甲斐があったというものだ。

「それとね……あと、もう一つ、イリヤに言わなければいけないことがあるんだけど」

「何？」

声を潜める。秘密の話をしたいのだと理解したイリヤは私の側に寄ってきた。そっと耳打ちする。

「……フィーリヤさん。今、サハージャにいるみたい」

「え⁉」

ギョッとした顔でイリヤが私を見た。

「ど、どうして……」

予想もしていなかったのだろう。私は、デリスさんのことを隠しながら彼女に説明した。

「私の友人の占い師がね、占ってくれたの。その……占いなんて怪しいって思うかもしれないけど、私の友人のそれはほぼ百パーセント当たるって言うか。とにかく、今、どこにいるのかくらいしか占ってはもらえなかったけど、間違いなく彼女はそこにいると思う」

「……」

「信じられなかったら信じなくても構わないんだけど——」

変な説明になってしまった。

占いでサハージャにいると出た、なんて言われても、誰が納得すると言うのか。

私はデリスさんという人を知っているから、絶対にその情報が正しいと信じられるけど、彼女の存在を知らないイリヤが納得してくれるとはとてもではないが思えなかった。

——今更だけど、失敗した、かな……。

証拠だって用意できない。彼女にとっては曖昧すぎる情報だ。いっそ話さなければ良かっただろうかと早まったことを反省していると、イリヤが言った。

「……信じるわ」

「え……」

イリヤの目を見た。彼女の顔は真剣で、私は思わず息を呑んだ。

「イリヤ、今——」

「信じるって言ったの。だって、リディは意味のない慰めを言うような人ではないと思うもの。その……私には分からないけど、リディにはその占い師を信じると言えるだけの何かがあるのよ……ね？」

「う、うん」

驚きつつも頷いた。

「詳しくは言えないけど、嘘じゃない。その……できれば信じてくれると嬉しい」

「ええ、もちろん。私はリディを信じる」

イリヤが私の両手を握る。

「だって、リディは私がここにやってきて、全部を知ってくれた上で友達になってくれた初めての人だもの。そんな友達を信じないなんて選択肢はないわ」

きっぱりと告げるイリヤの目に、嘘はどこにもなかった。

「ありがとう、リディ。私のために、頑張ってくれたのよね。……姉さんは生きてる。生きて、その国にいる。今はそれだけ分かれば十分よ」

「イリヤ……ごめんなさい。曖昧な話しかできなくて」

もっと確実なことを言ってあげられれば良いのだけれど、それは無理な話だ。

申し訳なく思いつつも謝ると、イリヤは首を横に振った。

「ううん。今まで、生きているか死んでいるかも分からなかったのだもの。リディに教えてもらえなければ、それすら私は知りようがなかった。すごく感謝しているの」

「……何か続報があれば、絶対に知らせるから」

嫌な話だが、サハージャとは関わることが多い。きっと今後も何らかの形で関係するだろう。その折りにでも、フィーリヤさんのことを何か掴めたらと思っていた。

何かを察したのか、イリヤが心配そうな顔で言う。

「ありがとう。でも、無理はしないで」

「うん。分かってる」

無理をしたってイリヤが喜ばないことは分かっているし、そもそもフリードやカインがいて、無理をさせてもらえるとも思えない。

「そういえば、昼間、オフィリア姫とお会いしたけど、イリヤはあまり親しくないって言ってたよね」

これ以上、新しい情報もないので話題を変える。

オフィリア姫のことを話すと、イリヤは曖昧に頷いた。

「ええ。私はあまり接点がなくて……。その……殿下の妹君だし、私も話したいとは思うのだけど、生粋（きっすい）の王族の方だと思うと、どうにも気後（きおく）れしてしまって……」

「イリヤ……」

私とは普通に話してくれるようになったから忘れていたが、そもそもイリヤは非常に内向きな人だった。自分から話しかけに行くなど夢のまた夢。

向こうが歩み寄ってくれたら何とか、といったところだろうか。

「私……普段は引き籠（こ）もっているし、あまり積極的な方ではないから……オフィリア王女もあまり好ましく思ってはいないのではないかしら。このままではいけないと分かってはいるのだけれど……」

「イリヤ自身は仲良くしたいと思っているの？」

念のため聞いてみると、小さくではあるが肯定の返事があった。それならと頷く。

「私、これから十日間はイルヴァーンにいるんだし、オフィリア姫とイリヤが仲良くなれるように動いてみるけど……」

「う、動くって……」

焦ったような顔をするイリヤ。だが、協力とは言っても、できることには限りがある。

「大したことはできないけどね。とりあえず、オフィリア姫がイリヤのことをどう思っているのか聞いてみてあげる」

「ええっ⁉」

「まずはそれを聞かなきゃ、行動しようもないでしょう？　大丈夫。話の流れで上手く聞き出すようにするから」

「そ、そういう問題じゃないと思うんだけど……。リディは積極的というか、思い立ったらすぐ行動ってタイプなのね」

「わりとそうかな。だって、動かないと始まらないじゃない」

「すごいわ……私にはとても真似できない」

ほうっと私を見つめるイリヤの目がキラキラと輝いている。くりっとした目が可愛らしい。

やっぱりイリヤは可愛いと思っていると、「ご正妃様」という声が、夜会会場側から聞こえてきた。

低い男性の声。

この呼び方をするのは、間違いなくヴィルヘルムの兵士だ。確信した私は返事をした。

「何？」

「殿下がお呼びです。そろそろお戻り下さいませ」

気づかなかったが、かなり長い間話し込んでいたようだ。これはフリードが痺れを切らしたとみて間違いない。

「分かったわ。今行くから待っていてちょうだい」

イリヤに目を向けると、彼女も頷いた。二人でバルコニーから出ていくと、夜会服を着たがたいの良い男が待っていた。見覚えのある顔だ。

「ええと……」

確か、和カフェの準備を手伝ってくれたプリメーラ騎士団の騎士。名前をレヴィットと言った。元海軍兵士で、ガライ様の推薦を受けて、プリメーラ騎士団に来たのだとフリードから聞いている。今回の護衛の一人だ。

私が顔を知っている兵士を迎えに向かわせてくれたのだろう。彼と一緒にフリードのところに戻ろうとすると、驚いたような声が背後から聞こえてきた。

「……レヴィット兄様？」

「……え？」

思わず振り返り、イリヤを見た。

何を言っているのかと彼女を凝視すると、今度はレヴィットが愕然とした声で言った。

「お前……まさかイリヤか？　何故ここに」

「え？　は？」

　完全に混乱した私は、イリヤとレヴィットの顔を交互に見た。二人は互いに目を見開き、信じられないという表情で硬まっている。

「……ええと……もしかして、知り合い？」

　まさか、まさかと思いつつも尋ねると、二人は同時にこっくりと頷いた。それを見た私は咄嗟にレヴィットの腕を引っ張り、先ほどまでいたバルコニーへと連れていった。もちろんイリヤも一緒だ。

「ここなら誰もいないわ。……二人とも知り合いって本当？　よく似た別人ってことはない？」

　念を押したのは、イリヤの正体のことがあるからだ。

　イリヤが獣人であることを、容易に知らせるわけにはいかない。万が一、間違いがあってはと思ったのだが、先に口を開いたのはイリヤの方だった。

「……間違いないわ。レヴィット兄様。虎の一族、ノックスの次期族長。どうして、こんなところに……行方不明になってても、十年も経つというのに」

　その言葉に、レヴィットが過剰に反応した。

「イリヤ！　ノックスの話は――」

「兄様、大丈夫よ。リディは私の友達で、私が猫の獣人だってことも知っているから」

「……本当か」

　信じられないという顔でレヴィットが私を見てくる。

「……イリヤの友達って、本当ですか？」

「ええ、そうよ。私の数少ない友達の一人」

はっきりと告げると、レヴィットは「はあー」と首を左右に振った。そんなレヴィットにイリヤが語りかける。

「兄様。兄様こそ、どうしてヴィルヘルムの兵士に？」

「どうしてって。いや俺はご正妃様を連れてこいと殿下に命令を受けて……イルヴァーンの王太子妃と一緒にいるからと……は⁉　まさかお前が？」

「大きな声を出さないで、兄様」

「……悪い」

眉を寄せたイリヤに、レヴィットは小さくなって謝った。

「どうにも信じられなくて……でも、そうだな。そうでもないと、ご正妃様と友達とか普通にあり得ないか……」

「納得してくれた？」

イリヤの問いかけに、レヴィットが不承不承という表情ではあったが頷いた。

「お前がイルヴァーンの王太子妃という事実は、なかなか受け入れがたいが、うちのご正妃様がこちらにいらっしゃるということはそうなんだろう」

「そう、分かってくれたのなら良かった」

「正直……まだ信じられないが」

「それはお互い様。私だって、レヴィット兄様がここにいることが、信じられないもの」

互いに頷き合う二人。黙って二人のやり取りを見ていたが、そろそろ限界だった。

「ええと……良いかしら。どういうことか、できれば説明して欲しいんだけど」

我慢できずに口を挟んでしまった。二人が一斉にこちらを向く。

イリヤが困ったような顔で言った。

「ごめんなさい、リディ。その……私も驚きすぎて状況がよく分からないの。特にレヴィット兄様は、十年前に出奔して、それ以来行方不明だって聞いていたから……」

イリヤの言葉に、レヴィットは舌打ちをした。

「……大袈裟だ。少し連絡を取らなかっただけだろう。俺はどうしても騎士になりたかった。だからヴィルヘルムにやってきた。そして紆余曲折はあったが、念願叶って騎士になれたというだけだ」

簡潔すぎる説明だが分かりやすかった。ヴィルヘルムでは、外国からの兵士も登用している。レヴィットもその一人で、能力を認められて騎士へと至ったのだろう。

「あなた……獣人だったのね。知らなかったわ」

力が強いという印象は、和カフェを手伝ってもらった時からあったが、まさか獣人だったとは思わなかった。レヴィットが項垂れながら私に言う。

「……申し訳ないのですが、殿下には獣人とは言っていないのです。ヴィルヘルムは差別が他よりも少ない国ですが、それでも、全くのゼロだとは言えないので」

「……」

それはその通りだったので、レヴィットを責めることはできないと思ってしまった。

だけど、とレヴィットが言う。

「私を最初に取り立ててくださったガライ様は、私が獣人であることをご存じです。その上で、フリードリヒ殿下へお仕えできるようにとプリメーラ騎士団に特別に推薦して下さいました。フリードリヒ殿下も何もおっしゃらないけど、多分私のことは気づいているのだと思います。それでもこうしてご正妃様の警備を任せて下さっている。私は、ガライ様やフリードリヒ殿下に応えたい。そう思っているんです」

「……そう」

レヴィットの話を聞いて、思わず頬が緩んだ。

フリードなら十分にあり得る話だと思ったからだ。

レヴィットが獣人であることを察し、だけども有能だからと正体を問わず取り立てる。

彼にはそういう懐の深いところがあるのだ。

そしてそんな彼が私は大好きだったりする。自慢の旦那様だ。

嬉しくなってニコニコと笑っていると、イリヤが驚いた声で言った。

「えっ……兄様、騎士になって……島には帰らないの？」

イリヤの問いかけに、レヴィットは決意の籠もった目で告げた。

「俺がいなくても、なんとでもなる。俺は帰るつもりはない。せっかく騎士になれたし、尊敬する、仕えても良いって思えるお方に出会えた。俺はこのままフリードリヒ殿下にお仕えするつもりだ。それよりお前こそ、イルヴァーンの王太子妃とはどういうことだ？　何がどうなったら、そんな話になる」

「私はお父様の命令で嫁いだだけで……」

——意外と世間は狭い。

二人のやり取りを聞きつつ、思ってしまう。まさかレヴィットがイリヤの知り合いとか吃驚だ。

「ねえ、一つ聞きたいんだけど。さっきからイリヤはレヴィットのことを兄様って呼んでいるけど、本当の兄妹ってわけじゃないのよね？」

念のために聞く。猫の一族と虎の一族ということだが、何事も例外はあると思ったのだ。

イリヤが私の問いに頷く。

「ええ。レヴィット兄様は、昔からよく遊んでくれて、本当の兄のようにも思っている人よ。リディには前にも話したわよね。もう一人、狼の獣人のイーオン兄様って人もいるんだけど、彼も五年前、出ていってしまったから知り合いは殆どいなくなってしまって——」

「イーオンが出ていった!?　それは本当か？」

「え、ええ……」

レヴィットの突然の激しい剣幕に驚きつつも、イリヤは肯定した。

「まさか、イーオンが……」

レヴィットの顔には、信じられないと書かれてあった。

「あいつが残っているから、島を出ていっても大丈夫だと思っていたのに……」

よほどショックだったのか、レヴィットは呆然としていた。

「あいつは、先祖の血を強く引いていて、俺なんかよりももっと強い。それに、島を愛していた。そんなあいつが出ていくだなんて……」

「島ではつがいが見つからないから外に探しに行くんだって、イーオン兄様は言ってたわ。その……その後、姉様もいなくなってしまったんだけど」

「フィーリヤも？　……それじゃあ、俺の幼馴染みは殆どいなくなってるじゃないか……島はどうするんだ……」

目を見開き、レヴィットは愕然としていたが、すぐにハッと我に返った。

「い、いや。今は、そんな話をしている場合じゃない。殿下がお待ちになっているんだ。……ご正妃様。お戻りください」

「兄様？」

何を言い出すのかと、イリヤが怪訝な顔をする。そんなイリヤに、レヴィットは言い聞かせるように言った。

「イリヤ。今の俺は、ヴィルヘルムの騎士。確かに島の話は気になるが、今することではない。……だけど、お前に会えて良かったと思う。また機会があれば話そう」

「……はい」

納得できないという顔をしつつも、イリヤは頷いた。

私としては、せっかく会えたことだし、もっとゆっくり語らいあっても良いのではと思うのだが、今の彼らの身分を考えればそれはなかなか難しい話だ。

イルヴァーンの王太子妃となったイリヤに、ヴィルヘルムの騎士であるレヴィットが話しかけるのは誰が見たって不自然。

話をさせてあげたい気持ちはあったが、それが難しいことも分かっていたので、私は話を切り上げたレヴィットに従い、大人しくバルコニーから夜会会場に戻った。

バルコニーから出たところですぐに声が掛けられる。

「リディ」

「フリード」

待っていたのは私の旦那様だった。呼んだのになかなか戻ってこなかった私を心配して、自ら迎えに来たのだろう。私の顔を見たフリードはあからさまにホッとしたような顔をした。

「良かった。迎えに行かせたのになかなかリディが出てこないから」

「ごめんなさい。ちょっと、話が盛り上がっちゃって」

誤魔化すように言う。私の後から出てきたイリヤに問いかけるような視線を向けると、彼女はコクリと一つ頷いた。フリードに言っても良いと、そういうことらしい。

もう一人の当人であるレヴィットにも目を向ける。

獣人ということを知られたくないのかと思ったが、彼もまた覚悟を決めたような顔で小さく頷いてきた。どうやら二人とも、今の話をフリードにしてもいいと思ってくれているらしい。

どちらかが嫌だと言うのなら今は黙っていようかと思ったが、両方が良いと言ってくれるのなら話は別。

とはいえ、さすがにこの場で話せるようなことではない。あとで二人きりになった時にでも話そうと決めた。

　フリードが私の腰を引き寄せる。

「イリヤ妃と意気投合しているんだろうなとは分かっていたんだけど、そろそろ部屋に戻ろうかと思ってね。明日からも予定は目白押しだ。リディも疲れているだろうし、今日は早めに切り上げよう。国王陛下にはもう話は通してあるから」

「うん」

　このまま会場に戻ってというのはちょっと辛いかなと思っていたので、部屋に戻れるのは有り難い。頷くと、フリードはイリヤに向き直った。

「リディと仲良くしてくれてありがとう。あなたのことをヘンドリックが探していたから行ってやってください」

「は、はい」

「それでは、私たちはこれで。行こう、リディ」

　フリードに促され、私はイリヤに言った。

「今日はありがとう」

「私の方こそ。その……また誘ってもいい？」

「ええ。喜んで。待ってるね」

　イリヤと話せるのは嬉しい。十日間という強行スケジュールだが、私の予定はそこまで詰まっていないので、彼女とお茶をしながら話すくらいの時間は取れるだろう。

イリヤがヘンドリック王子のところへ戻ったのを確認してから、私たちも会場の外に出る。

人々の熱気から解放され、思わず息を吐いた。

「……疲れた」

外国での夜会出席は思いの外、疲れを私にもたらしていた。

無意識に入っていた力が抜ける。そんな私を見たフリードが、小さく笑った。

「お疲れ様、リディ」

「ありがとう。でも、部屋に帰るまで気は抜けないから、もうちょっと頑張る」

「ふふ。もう誰も見てないのに」

「そういう問題じゃないの。あっと……兄さんは？」

キョロキョロと辺りを見回した。護衛の兵士たちはいたが、兄の姿は見えなかったのだ。

どこに行ったのだろうと思っていると、フリードが言った。

「アレクももう少ししたら出てくると思うよ。あいつもこういう席は慣れているから、どうとでもするだろう」

「ああ、どこぞのご令嬢に捕まってるんだね。ま、兄さんなら上手く撒(ま)いてくるかな」

公爵家の長男として、そしてフリードの側近として、兄は今までにも様々な夜会に出席している。

私が心配するだけ無駄というものだろう。

「あ……夜景」

部屋に戻る途中で、夜景が綺麗に見える場所があった。

町には灯りが灯っていたが、海だと思われる場所は真っ暗だ。

「……本当に、イルヴァーンに来てるんだね」

普段見るものとは全然違う景色に、思わず口にしてしまう。フリードも足を止め、私の隣に並んだ。

「ヴィルヘルムとは全く違うからね。ね、帰りたくなった？」

「そんなことは言わないけど、やっぱり外国に来たのは初めてだから色々気になってしまうみたい」

「それは仕方ないよ」

耳を澄ませば、波音が聞こえてきそうな気がする。

しばらくフリードと一緒に夜景を楽しみ、部屋へと戻る。部屋の入り口で護衛をしてくれた兵士たちに礼を言って別れた。

「お帰りなさいませ、ご正妃様。浴室の準備が整っております」

待っていた女官たちに浴室へ連れていかれた私は、いつも通り夜の準備を整えた。

湯に浸かり、さっぱりしてから、薄い夜着を身につける。

四柱式の大きなベッドに腰掛けると、白湯を渡された。一息ついたところで、女官たちが就寝の挨拶を告げる。

「それでは私共はこれにて下がらせていただきます。何かありましたら、遠慮なくお呼び下さいませ」

「分かったわ。また明日、よろしくね」

「承知いたしました」

女官が頭を下げ、部屋を出ていく。入れ替わりに、隣の部屋で着替えを済ませたフリードが入ってきた。彼も湯浴みをしてきたのか、白いナイトローブを羽織っている。

私の隣に腰掛けたフリードがふわりとした笑みを向けてくる。

柔らかい笑顔。私にだけ、フリードが見せてくれる特別な表情だ。

「リディ、お疲れ様」

「フリードも。お疲れ様」

引き寄せられたので、素直に肩にもたれかかる。そうすると、安堵からかどっと疲れが押し寄せてきた。

イルヴァーンに来て、まずは王女と会い、国王夫妻に謁見し、そして最後が夜会。仕方ないのだが怒濤(どとう)だった。ようやく息をつけたのが今なのだから、王族というのはやはり暇ではない。

「あ、そうだ……」

とりあえず、忘れないうちに、レヴィットの話をしておかなければ。

そう思った私は、フリードにイリヤとレヴィットが知り合いだったという話をした。

レヴィットが獣人であることを告げる。フリードはやはりという顔で頷いた。

「フリード、気づいていた？」

「まあね」

苦笑しつつもフリードが肯定する。

「彼は人よりもかなり力が強かったしね。叔父(おじ)上から彼を紹介された時に、それとなくは告げられていたんだ。だから多分、そうなんだろうと。とはいえ、気にしてはいなかったんだ。大事なのは、彼が真面目で優秀な騎士だってことだけだから」

「うん、そうだよね」

獣人だということは、フリードにとってはマイナス要素にはなりえない。レナやイリヤに対する彼を見ていて、多分そうだろうなとは思っていたが、話を聞いて嬉しく思った。

彼は、人を見た目や種族で判断しない人だ。レヴィットが、そんな彼のいるヴィルヘルムに仕えているのも当然だと納得できる。

「とはいえ、まさかイリヤ妃の知り合いとは思わなかったけどね。ヘンドリックが嫉妬するから、彼女と個人的に話す機会を設けるのはなかなか難しいと思うけど、久しぶりに友人と出会えたことは喜ばしいと私も思うよ」

「うん。私もそう思う。イルヴァーン滞在中に話せると良いんだけど。……二人きりじゃなければ、ヘンドリック殿下も許して下さるかなあ。なんだったら、私、同席するけど」

ヘンドリック王子がフリードと同様の嫉妬深いタイプであることは分かっていたのでそう言うと、フリードは苦笑した。

「まあ、リディが一緒ならヘンドリックも文句は言わないんじゃない？」

「類は友を呼ぶって言うけど、ほんとそんな感じだよね……」

もちろん性格は違うが、伴侶に対する独占欲の強さや嫉妬深さが非常に似ているような気がするのである。

これはイリヤも大変だなと一人頷いていると、フリードがトンと私の肩を押した。コロンとベッドに転がってしまう。

「え……」

突然のことに驚き、目を瞬かせていると、フリードが覆い被さってきた。

「話はこれくらいにして、そろそろ二人の時間を楽しもうか」

「へ……？」

フリードの顔が近づいてくる。あっという間に唇が塞がれた。彼の手が私の身体をまさぐり始める。抱かれることに気づき、私は慌ててフリードの身体を押し戻した。

「ちょ……！　駄目だってば……！」

「どうして」

不満げに唇を尖らせるフリード。それを見て、ちょっと可愛いと思ってしまった。

再度口づけてこようとする彼を必死で押し返しつつ、私は言った。

「ここは、ヴィルヘルムじゃないの。イルヴァーンなんだから」

「うん、知ってるけど」

不思議そうに言わないで欲しい。首を傾げるフリードは、私が何故駄目だと言っているのか本当に分かっていないようだった。

「さ、さすがに他国に来ている時くらいは、やめよう？　お義母様もおっしゃっていたじゃないね？　十日ほどのことだし、帰ってからならいくらでも付き合うから」

「ええ？　別に誰かが覗いているわけでもないのに？　それに私たちは夫婦なんだよ？　しかも新婚。新婚夫婦が同じベッドで寝て何もないなんて誰も思わないと思うけど」

「それはそうかもしれないけど……！」

いつもと違う場所で抱かれるのは、妙に恥ずかしく感じるのだ。それに、ここはフリードの部屋とは違う。特殊な結界が張られているわけではないのだ。防音していないのだから、声を出したら外に漏れてしまう。

　フリードに抱かれて声を出さないなど私には不可能なので、できればイルヴァーンにいる時だけは我慢して欲しかった。

「お、お願い。フリード以外に声、聞かれたくないの。だから――」

「可愛い」

「んんっ……！」

私のお願いは、あっさりと無視されてしまった。抵抗も虚しく、再度口づけされてしまう。

身体を這う手が、いやらしい動きを見せ始める。夜着の中に手が潜り込み、私は思わず声を上げてしまった。

「あ……」

「つまりリディは、私以外に声を聞かれたくないから断っているんだよね。大丈夫。防音の魔術を使ってあげるから、心配することは何もないよ」

「で、でも……」

「なんだろう。いつもと違う場所だからかな。妙に恥ずかしがってるよね。すごくそそられるんだけど」

「……」

その言葉で、これは断れないと確信した。

だってフリードの顔がすごく楽しそうなのだ。この場合、さっさと諦めないと、私が大変な目に遭うと経験から知っていた。

「うう。分かった。でも、声、絶対に漏れないようにしてよね」

「分かってる」

諦めたように告げると、すぐに答えが返ってきた。それに納得し、私はフリードの首に両手を回し、目を閉じる。唇に、温かな感触。舌が口内に潜り込んでくる。

「んっ……」

フリードの舌が口腔を弄る。上顎を擦られると、擽ったいような気持ち良いような不思議な感覚に陥る。舌同士を絡ませ、互いの唾液を啜り合う口づけは、頭が馬鹿になってしまう程の心地よさだ。

「ふぅ……ん……」

フリードの手が器用に夜着を剥いでいく。彼は私に口づけながら、自身が着ていたナイトローブを脱ぎ捨てた。下着も脱ぎ、互いに一糸纏わぬ姿になる。

肌と肌を触れ合わせるのは大好きなので、私は遠慮なく彼に抱きついた。

「……フリード、好き」

「リディ、愛してる」

滑らかな素肌に触れる。フリードの身体は熱く、彼が興奮している様を伝えていた。

うっとりとしながら熱い息を零す。最初は気が乗らないと思っていたが、始まってしまえばやはり好きな人との触れ合いは心地よいもので、もっと欲しいと思ってしまう。

「ね、フリード。触って」

強請るように言うと、フリードの瞳に熱が灯った。彼の手が胸の膨らみに触れる。そっと触れられるのが焦れったい。

「や、もっと」

中途半端な触れ方では満たされない。

そんな気持ちでフリードを見上げると、彼は耳が蕩けてしまいそうな声音で言った。

「さっきは恥ずかしいから嫌だって言ってなかった？」

「ちゃんと防音してくれるなら嫌だなんて言わないもん」

フリードに抱かれることを嫌だなんて思うはずがない。そういう気持ちで告げると、彼は嬉しそうに微笑んだ。

「知ってる。リディは私のことが大好きだものね」

言いながらフリードが内股に手を這わせる。指の腹で撫でられると、ゾクリとした快感が湧き起こった。甘い息が自然と零れる。

「あ……」

　もう片方の手が乳房を掴む。

　フリードがこの半年、揉み続けてきたせいか、いつの間にか胸のサイズは大きくなっていた。

　最近気づいたのだが、前世で言うところの二カップは上がったのではなかろうか。

　おかげで、あまり胸のサイズを気にすることはなくなったけれど、それに気づいた女官たちに指摘された時は恥ずかしかった。

「殿下の愛のお力ですわね」

　なんて嬉しそうに言われ、羞恥のあまり突っ伏したくなった。

「んっ……」

　フリードの指に翻弄された胸が形を変える。指が膨らんだ胸の中に沈む光景がなんとも言えずいやらしい。胸の天辺にある尖りを優しい動きで撫でられ、声が出た。

「あんっ……ひゃっ」

　私の反応を見ながら、フリードがクニクニと胸の先を刺激する。些細な動きにも感じ入ってしまい、淫らな声が出てしまう。

「んっ、んんっ……」

「気持ち良い？」

「うん……気持ち良い……ひあっ」

　絶妙な強さで乳首を弄られ、キュンキュンと腹の奥が疼いた。蜜口からは触れられていないのに愛液が滲み出る。優しい刺激で硬くなった胸の先をフリードが口に含んだ。

「あっ……んんっ」

熱い舌が乳首を舐めしゃぶる。上下左右に舌先で転がされるのが、気持ち良い。たまに甘噛みされると、それだけで蜜道が物欲しげに収縮した。

「ふあっ……あああっ……フリードッ……」

キュウッと強めの力で胸の先を吸い上げられ、ビクンビクンと背筋が震える。蜜口が切なくて仕方ない。早く、そこも触って欲しいと思ってしまう。

なのに彼のもう片方の手は、太股を撫でさするばかりで、一向に触れて欲しい場所に近づいてくれない。それが物足りなくて堪らなかった。

「も、早く……胸ばっかりじゃなくて……あんっ……下も触ってよ……」

「うん？　気持ち良くない？」

「気持ち良いから、触って欲しいの……」

肉棒を銜え込むことに慣れてしまった身体が、早く早くとうるさいのだ。フリードの太く硬い肉棒で切なく疼く場所を埋めて欲しい。そうしてくれないと、この疼きは収まらないのだと、身体は覚えているのだ。だから早くと訴える。

「フリード……お願い。触って。放っておかれるの、やだぁ」

泣きそうな声で訴えると、フリードが苦笑した。

「……お強請りするリディって驚異的に可愛いよね。……良いよ、触ってあげる」

「んんっ……」

ようやく太股にあった手が上へと上がってきた。そのことにホッとする。

フリードの指が蜜口に触れた。待ち望んだ感触に、感じ入ってしまう。

「あ……」

「ふふ……もう濡れてる。いつもと違う場所でしてるから、興奮しているのかもね」

花弁を指でなぞられる。濡れているのは自分でも分かっているので、少し恥ずかしい。

フリードの指が襞の中に潜り込む。浅い場所を軽くかき混ぜられ、か細く高い声が出た。刺激に慣れた身体はすぐに深い刺激を欲しがり、反応する。

「フリード……だから……」

焦らさないで欲しい。

泣きそうな顔で自らの夫の顔を見ると、彼は欲の滾った表情をしていた。

——あ。

目を見開く。彼のこの顔を私は知っていた。

これは、早く挿れたいと思っている時のフリードの表情だ。

私が気づいたことに、フリードも気づいたようだ。彼はふっと表情を緩め、私に言った。

「分かってくれた？　別に焦らしているわけじゃないってこと。早く一つになりたいのは、私も一緒なんだよ」

「んっ、じゃあ、早くしてくれれば良いのに……」

「リディの準備が整ったらね。そうしたら手加減せず抱いてあげるから」

「ああっ……」

浅い場所を弄っていただけの指が奥まで入ってきた。私の弱い場所を的確に擦り上げてくる。

気持ち良いのが断続的に訪れ、自然と息が荒くなる。

「はあ……ああ……ああっ」

ビクンと身体が跳ねた。どっと蜜が溢れたのが自分でも分かる。フリードは私の反応を見ながら、指を動かし続けた。同じ場所を繰り返し刺激されると、腹の奥が引き絞られ、切なくなる。

「あん……ああ……ん」

刺激に反応した身体の震えが止まらない。フリードは中を擦り上げながら、蜜口のすぐ上にある陰核に触れた。今日初めての強烈すぎる刺激に、大きな声が出てしまう。

「アアアッ！」

ギュッと蜜口が締まる。フリードが容赦なく陰核を爪で弾いた。敏感な場所を攻撃され、目の奥がチカチカした。

「はあ……ああ……あああっ！」

激しすぎる絶頂感が私に襲いかかってくる。膣内を広げていた指はいつの間にか三本になっていた。柔らかく広がった蜜口はフリードの指を受け入れ、淫らな水音を響かせている。

「あ……あ……イくっ……！」

快感が限界まで溜まり、弾ける。頭の中が真っ白になる独特の感覚に、身を委ねた。身体に力が入らない。ぐったりとする私の足をフリードが抱えた。

「お待たせ。リディが欲しがったものを今からあげるね」

「ふう……んっ！」

潤んだ場所に熱いものが当てられたのを感じた次の瞬間、肉棒が隘路をかき分け、奥へと潜り込んできた。全部を埋め尽くす感覚に、息が詰まりそうになる。一度イって、かなり膣道は解れていたにもかかわらず、あまりの大きさに息苦しささえ感じてしまった。

「……はあっ……はあ……」

「ん……奥まで入った」

「フリード……大っきいよう……」

しかも硬い。

熱棒に貫かれる感覚に震えていると、フリードが熱い息を零しながら言った。

「だから、ちゃんと解さないと駄目だって言ったんだよ。いつもと違う環境でリディを抱いて、私も興奮しているんだ。こういうのもたまには良いよね」

「ん……あ、馬鹿……」

肉棒がビクンと中で震える。最初は驚いたものの、膣道はすぐ屹立に馴染んだ。フリードがきちんと前戯をしてくれたおかげだろう。いつもの快感がじわじわと湧いてくる。

フリードが腰を少し引き、軽く打ち付ける。それだけの動きが、途方もない快感へと繋がった。

「アアッ！」

「リディの中もいつもより熱いよ。ドロドロに溶かされてしまいそうだ」

「んっ、あっ、ああっ……！」

少し動かれるだけでも気持ち良い。フリードは、私の様子を見ながら少しずつ腰の動きを速めていった。膝裏を抱えられ、揺さぶられる。肉棒に膣壁を擦られるのは心地よく、思わずリネンを握り締めてしまう。その手をフリードの大きな手が覆った。

「駄目。縋るなら私に縋って」

「ん……」

フリードが上半身を倒してくれたので、遠慮なく抱きつく。彼の体温が心地よかった。

「フリード……フリード……」

「リディ、可愛い。愛してるよ」

「私も……好きっ」

肉棒が出入りする感覚に、全ての神経が集中しているような気さえする。フリードが更に上半身を倒し、口づけてきた。深いキスを交わしながら、膣奥を突かれるのが堪らなく心地よくて、私は小さく達し続けた。

「んんっ……んんっ……」

ビクビク震えながら肉棒を受け入れる私を、フリードが愛おしげな目で見つめてくる。肉棒の動きは更に速くなり、私はフリードにしがみ付いているだけで精一杯だった。

「リディ……イくよ」

「んっ……」

コクコクと頷くと、フリードは強い力で膣奥に亀頭を押しつけてきた。熱い飛沫が腹の奥へ流れ込む。フリードから与えられた精を私は身体全部で受け止めた。同時に深い絶頂に達する。

「あぁっ……！」

白濁の熱さに身体が反応し、イってしまったのだ。背中がピンと撓る。膣壁がフリードの肉棒をキュウッと締め上げた。最後の一滴まで搾り取ろうとする淫らな襞の動きが、私の心情を見事に表していた。

深すぎる絶頂に頭がクラクラする。再び全身から力が抜けた。ぐったりとリネンに沈み込む私の頭をフリードが撫でる。彼は慣れた動きで肉棒を引き抜いた。

白濁が飛び散るのを目の当たりにし、いつもの光景だと分かっているのに恥ずかしく思ってしまう。そして、まだ彼の肉棒が腹に付くほど反り返っているのを見て、嫌な予感がしてしまった。

——まさか、他国まで来て、二回目とかないよね？

抱かれるのはまあ、フリードだから仕方ないと思っていた。だけどさすがのフリードも、ヴィルヘルムでの毎日のようなエッチはしないだろうと楽観視していたのだ。具体的に言うと、一日一回くらいで離してくれるんじゃないのかなと、勝手な予測を立てていたのである。

「えっと……フリード。そろそろ寝る、んだよね？」

「ん？」

フリードがとても良い笑顔で私を見てくる。その笑顔に寒気を感じるのは何故なのか。反射的に逃げようとしたが、フリードから逃げられるはずもなく、四つん這いにさせられてしまった。

――嘘っ!?

この体勢はまずいと思ったが遅かった。肉棒が再び膣道を埋め尽くす。

あっという間に最奥まで侵入され、あられもない声が上がる。

「あああぁっ……！　ひゃあっ……フリード、駄目っ……ひうっ！」

両手で腰を掴んだフリードが激しく腰を振りたくる。

襞肉は再びやってきた肉棒に喜んで纏わり付き、キュウキュウに締め上げた。

ちょうど背中の裏側辺り、私が一番弱い場所を切っ先で擦られ、全身に痺れのような快感が走る。

「ああんっ!!」

今までにない大きな声が出てしまった。咄嗟に両手で口を押さえる。フリードが魔術で防音をしていると分かっていてもさすがに今のは恥ずかしいと思ったのだ。

だが、フリードはそんな私の行動が許せなかったようで、更に激しく突き上げてきた。

「んんっ……！　んんっ……！　フリード……駄目……激しくしないでっ……！」

力強い抽挿に翻弄される。先ほどと同じくらい硬い肉棒が深い場所を抉るように打ち付けてきた。

「はあ……！　んんっ……！　やあ……大きい声、出ちゃうから……！」

今更と分かっていたが、それでも必死で堪えた。フリードとの相性なのか、彼とのセックスは後背位が一番気持ち良いのだ。つまり、大声が出てしまう。

一度恥ずかしいと思ってしまった私が、今更大きな声を上げられるはずもなく、私は必死で声を抑えた。

「んんっ……んんんんっ!!」

それを許さないとでも言うように、フリードがグリグリと肉棒を奥へ押しつけてくる。最奥を亀頭で捏ねられるのに弱い私は、すぐにイってしまった。

リネンに突っ伏す。ビクビクと快感の余韻に震える私を無視し、フリードは容赦なく抽挿を再開した。また達してしまいそうになる。

「フリード……フリード……これ、やだってば……声、出ちゃうよぅ……」

だらしなく身体を震わせながら訴えると、フリードは少しだけ腰を振る速度を落としてくれた。それでも抽挿を止めたりはしない。押し回すような動きで私を苛みながら、背中に唇を落としてきた。チクリと痛みが走ったので、痕をつけられたのだと思う。

「フリード……」

「手加減せず、抱くって言ったでしょう?」

「え……」

フリードの言葉を聞き、リネンから顔を上げる。息を乱しながらも彼を見ると、彼はにっこりとそれは良い顔で笑っていた。

「もちろん、一回でなんて終わらない。そんなの当たり前じゃないか。私がそんなもので足りるはずがないってリディなら知っているでしょう?」

「し、知ってるけど、イルヴァーンに来てまでとは思わないじゃない」

「場所なんて関係ないよ。私はいつだってリディを抱きたいんだから」

爽やかに断言し、フリードがまた腰の動きを速めていく。その動きが耐えきれないほどの激しい悦楽を生み出し、私は必死で声を殺した。フリードが面白くなさそうな声で言う。

「リディ。どうしてさっきから声を殺すの？　私はリディの可愛い声が聞きたいんだけど」

「だ、だって……この格好で抱かれると、おっきな声が出ちゃうから……さすがに他国でそれは恥ずかしいもん……」

「魔術で聞こえないようにしてるって言ったのに？」

分かっているけど、それとこれとは別なのだ。

他国に来てまで、大声でアンアン喘ぐのは嫌だと思ってしまう。

さっきまでも声を上げていたと言われればその通りなのだが、後背位で抱かれるとその比ではないくらいの声が出てしまう。

それはフリードも分かっているはずなのに、納得してはくれなかった。

「リディ。ねえ、声を殺したりしないで。リディの感じてる声を聞きながらイきたいんだよ。我慢なんてしないで欲しい。そのままの、いつもの可愛いリディを見せて。お願いだよ」

「でも……」

「絶対に声は聞こえてないって約束できるから。ねえ、分かるでしょう？　私が、リディの可愛い情事中の声を他の誰かに、たとえ僅かでも聞かせると思う？」

「それは……思わないけど」

フリードの独占欲の強さは身に染みて知っているので、その辺りは心配していない。素直に答えると、フリードは「だったら」と言った。

「今更、声を殺す必要はないよね？　いつも通り、私に抱かれてよ。そしていつも通り朝まで私に愛されて、私に抱き締められて眠って欲しいな」

他国に来てまで、朝までと言い出す夫が怖すぎる。

久々に、自分の夫の鬼畜ぶりを目の当たりにし、遠い目になってしまった。

でも——。

「分かった」

なんやかんや言っても、結局最後には頷いてしまうのは、惚れた弱みというやつだろうか。

そのまま私は彼の言葉通り朝日がカーテンを照らし出すまで抱かれ、その後は気絶するように眠りについた。

2・死神の見回り

「暑いな……」

熱帯夜と言っても過言ではない夜。

王宮を一通り調べ終えたオレは、その近くの海岸沿いを一人でのんびり歩いていた。

目的は地理の把握だ。

姫さんにも言ったが、オレは外国で仕事をしたことがない。サハージャなら目を瞑っていても歩けるが、その他の国のことはさっぱりだった。

ヴィルヘルムに関しては、主が住んでいる国ということもあり、かなり頭に地図を入れたが、イルヴァーンになるとお手上げ。

だが、主を守るヒユマがそれで許されるはずがない。

姫さんより一日早くイルヴァーンに着いたオレは、それからずっと町を実地で歩き、頭の中に地図を叩き込んだ。その甲斐あってか、大分、イルヴァーンという国にも慣れたようだ。

「海か……」

波音が心地よい。

海岸沿い、砂浜に降りてゆっくりと歩く。サハージャが砂漠の国だったこともあり、本物の海を見るのは初めてだ。話には聞いていたが、最初に見た時は吃驚した。

波が浜辺に打ち寄せるのを見た時は、一体これは何だと思った。

もちろん、ただ驚いているだけというわけにはいかないから、すぐに慣れたが。

一通り、調べ終えたこともあり、最後に夜の海でも確認しようと浜辺を歩くことにしたのだが、思いのほか海は黒く、何とも言えない恐怖を感じた。

ざざーという波が打ち寄せる音。真夜中のことだ。当然ながら浜辺には誰もいない。昼間は人も多く、海水浴を楽しむ者もいたこの場所は、今は酷く寂しく感じた。

砂浜は足場が悪い。すぐに足下を掬われそうになってしまう。しかも、足音を消すのが難しい。走っても速度は期待できないし、あまり良いことはない。

それでもここを歩いているのは、サハージャでは見ない海というものになんとなく誘われたからなのだろう。そろそろ泊まる宿に戻ろうかと思っていると、少し先に人影が見えた。

「……あれ？」

間違いない、人だ。

顔は分からない。だが、砂浜に仰向けに転がっており、ずいぶんと不用心だ。

潮が満ちれば、溺死してしまう危険もある。声を掛けた方が良いだろうと考えたオレは、その誰かがいるところまで行くことに決めた。

こういう行動も以前までのオレなら絶対にしなかった。他人など知ったことではないと無視していたに決まっていると断言できる。

姫さんと過ごすようになり、手放していた色んなものをオレは再び得るようになった。それは時に

　邪魔だなと思うことも多いが、なくしてはいけないものだと今のオレは知っている。

　だからたとえ面倒だと思っても、できるだけ取り零さないように気をつけていた。

「おい、寝てるのか？　このままだと潮が満ちてしまうぞ？」

　声が届くところまで来たので声を掛ける。親切心だったのだが、返ってきた答えは、素っ気ないものだった。

「あ？　んん？　大丈夫。ちょっと休憩しているだけ……って、あ」

「ん？」

　近づこうとした足が、ピタリと止まる。相手に向かって指を差し、大声を上げてしまった。

「あー!!」

　だけどそれも仕方ないだろう。真夜中、砂浜の上で大の字になって寝ていたのは、つい先日、逃げられたばかりの情報屋アベルだったのだから。

　アベルは身体を起こすと、目を丸くしてこちらを凝視してきたが、オレも似たようなものだった。なんと言うか、感情とか色々なものが追いつかない。

「え、あんた……！　なんで？」

　唖然としつつも問いかける。驚きのあまり声が掠れていた。アベルが信じられないと首を振る。

「うわー……すっごい偶然ー。え？　死神さんがいるってことは、もしかして王太子妃さんイルヴァーンに来てるの？　何それ。オレ、すっごい確率」

「……なんで、サハージャの情報屋がイルヴァーンにいるんだよ」

思わず質問すると、アベルは渋い顔をしながら言った。

「実はオレ、サハージャから逃亡中の身でさ。サハージャと関係ないところでほとぼりが冷めるまで大人しくしてようと思って、わざわざイルヴァーンまでやってきたってわけ」

「逃亡中だと？」

予想しなかった言葉に驚いた。

「そ。前回のアレのせいでな。別にオレはサハージャ国王に雇われていたわけじゃないんだけど、向こうはそうは思わなかったみたいで。黒のギルドから暗殺者が本格的に派遣されてきてさ、これはまずいと思って逃げ出してきたんだ」

それは運がない。彼が国を飛び出してくるのもある意味納得だった。

「暗殺者……。あんた、『黒』のターゲットになったのか」

「そうなんだよ。オレは関係ないっていくら言っても、向こうは話も聞いてくれないし」

「当たり前だろう。『黒』にはお前の事情なんて関係ない。依頼があれば殺す。それだけだからな」

相手を何故殺すのか。

そんな聞いて当然の疑問さえ、持つことを禁じられている。それがサハージャの暗殺者たちだ。

オレだってそう教えられて育ってきた。

命令には絶対に従う。殺せと言われた者を確実に仕留めることだけが大切で、それ以外はどうでもいい、些細なことなのだ。

アベルが狙われたことに驚いていると、彼は立ち上がり、淡々と語った。

「今のサハージャ国王は、余計だと断じたものを生かしておくことを許さない。ウェスティン侯爵も今頃死んでるんじゃないのかな。ま、彼は自業自得だったから別に良いんだけど、オレはとばっちりもいいところじゃん？」

「……そうでもないと思うけど」

ペジェグリーニ公爵に化けていたことを考えれば、十分当事者だと思う。

だが、アベルはそうは思わないようで、眉を吊り上げ、否定してきた。

「オレは、金をもらって依頼を受けただけ！　サハージャ国王とはそもそも関係ないし、殺される理由がない！」

「あっそ。それで逃げてきたってことか」

「仕方ないでしょ。相手は話を聞かないし、殺すつもりで来ている。対してこっちは、向こうを殺す気がないんだ。どっちが有利かなんて、死神さんなら言わなくても分かるでしょ？」

「……まあな」

殺すつもりで来ている者と、殺したくないと思っている者。当然、殺すつもりで来ている者の方が有利だ。そういう相手を躱すには、かなりの技量の差がないと難しい。

「……そういうことか」

アベルが嘘を吐いているとは思わなかった。だって、今のサハージャ国王なら普通にやりそうなことだからだ。失敗は許さず、本人のみならず、それに関わった者全員を殺す。しかもアベルは、王族から依頼を受けないと有名な情報屋だ。自分に従わない者をあの国王は許さない。今回のことを理由にして、ついでに殺そうと思ったとみて間違いない。

王太子時代からそういうところのあった男だが、国王になっても変わらないようだ。

サハージャ国王、マクシミリアン。彼は合理主義で、非情な男として、サハージャの暗部では有名だった。もちろん、表向きには完璧な外面を張り付けていたから気づいている者は少なかっただろうが、裏の人間は皆、戦々恐々としていた。

彼の治めるサハージャは、さぞ息がしにくいことだろう、と。

つい、ヴィルヘルムの王太子と比べてしまう。

姫さんの夫となった王太子。姫さんのこととなると暴走しがちだが、それ以外では文句をつけるところはないし、むしろ、姫さんを溺愛していることで、実は親しみやすい王子だと好印象になっている。ヴィルヘルムに仕える兵たちは皆、楽しそうだ。彼についていけば間違いないと信じ切っている。

そんな彼ならきっと、アベルを殺そうとはしないのだろう。そして姫さんも、それは同じだ。

二人とも人を許すということを知っている。自分が前に出て動くということを知っている。だから皆、あの二人についていこうと思うのだし、周りに人が増えていくのだ。

「……ま、運が悪かったな」

ヴィルヘルムに来て、姫さんに会えたオレと、サハージャで情報屋をしていたアベル。

誰の近くにいるかで、こんなにも人生は変わっていく。

オレは幸運だったのだ。

しみじみと己の幸運を噛み締めていると、アベルが諦めたように言った。

「しゃーない。こんな仕事しているから、たまにはこういうこともあるでしょ。オレは優秀だからどこでもやっていけるし、もうちょっとここでゆっくりしたら、どこかの国でまた情報屋としてやっていくつもりかな。老後の資金には全然足りないから、働かないって選択肢はないし」

「そうか」

今度会ったら捕まえてやろうと思っていたが、話を聞いているうちに気が抜けてしまった。

サハージャから用済みと判断された男を今更捕らえることに意味がないというのもあるし、今、アベルを姫さんたちの前に連れていっても、彼らは外交中だ。困るだけだというのも分かっている。

なんとなくアベルを観察する。

黒い髪に、金色の瞳（ひとみ）。細い肢体は、だけどなよなよとした印象を抱かせない。

ぶかぶかのチュニックを着ているが、刃物（はもの）を隠しているようには見えなかった。あれだけの逃げ足があれば、必要ないということなのだろう。不用心ではとも思うが、万華鏡（カレイドスコープ）は殺しは受けない情報屋としても有名だ。そんな彼が、刃物を持っていないのは、むしろ当然のように思えた。

「……」

初めて、落ち着いてアベルという男を見た気がした。

前に見た秘術のこともあるし、これで瞳が赤ければ、間違いなくヒユマ一族だと思うところだ。

だが、彼は違う。あり得ない。

そう思っていたのに、口は全く違う言葉を紡いでいた。

「……お前、ヒユマ一族なのか」

何を言っているんだと、自分にツッコミを入れてしまった。

彼はヒユマではあり得ないと今、思ったばかりだというのにどの口がそんなことを言うのか。

皆から忌み嫌われる赤い目。今はオレも黒目になっているから、町を彷徨(うろつ)いても平気だが、赤目はどの国に行っても忌避の対象となる。

その目を持たないアベルがヒユマ一族のはずはないのに、どうしてそんなことを口走ったのか、自分で自分が分からなかった。

「い、いや……今のは忘れてくれ――」

「そうだぜ」

「え？」

何の気負いもなく返された答えに、思わずアベルを凝視する。

アベルはオレの視線を避け、代わりに真っ黒な海に目を向けた。

「オレは、死神さんと同じ、ヒユマの生き残りだよ。両親が亡くなってからは、情報屋としてずっと一人で生きてきた」

「な……」

静かな声が嫌になるくらいよく響く。アベルは片手で砂を掴(つか)み、意味もなく海に向かって放(ほう)り投げた。パラパラと砂が散る。目が自然とそれを追ってしまう。

「最初に死神さんの話を聞いた時は吃驚したよ。ヒユマで生き残っているのはそれこそオレだけだって思ってたからな。あんたの名前は、親父から聞いて知ってた。次期族長、リュクスを継ぐ者。そんなあんたが暗殺者になって『赤の死神』なんて呼ばれてるって知った時は、なんでって思ったけど、オレも人のことは言えないから」

生き残った二人。生きていくために片方は暗殺者となり、もう一人は情報屋となった。

声には出さなかったが、分かったのだろう。アベルは頷く。

「そう。生きていくためには何だってしなきゃいけない。嫌だなんて言ったら、それこそ死んでしまうからな。だから、まあ……会うことはないだろ、お互い生き延びれば良いな、くらいに思ってた。でもさ、あんたがヒユマだと皆に知れて、しかも主を持ったって聞いた時は、人生って何が起こるか分かんないんだなあって吃驚したよ。ヒユマはもう、消えてしまうものだって、あんたも一生明かすつもりはないんだろうなって勝手ながら考えていたから」

「――ヒユマを途絶えさせたりはしない」

声に怒りが滲む。

簡単に『消えてしまう』と口にしたことが許せなかった。

オレにとってヒユマ一族を復興させるのは悲願と言っても良い。

オレの代ではもちろん無理だが、その礎くらいは築きたいと、ヒユマが生きている証を残していかなければと思っているのだ。

それを同じ『ヒユマ』であるアベルが否定したのが許せなかった。いや、そもそも――。

「お前の目は金色だ。ヒユマ一族は皆、赤目。秘術を発動する時に出るはずの魔術陣だって出なかった。お前がヒユマであるはずがない」

「あんただって、黒目のくせに。人のことは言えないでしょ」

「オレは、主を守るために、一時的に黒くする薬を飲んでいるだけだ。ヒユマの誇りを失ったわけじゃない」

反射的に言い返すと、アベルは「へえ」と目を見張った。

「一時的に。そんな薬使ってるんだ。オレとは違うな。オレは、魔女と特別な取引をしたんだ。代償を差し出し、その代わりにこの金色の目と、契約しなくても秘術を使える身を得たってわけ」

「魔女だと？」

——まさかばあさんが。

いや、それはない。

頭の中に浮かんだばあさんの姿を即座に打ち消す。魔女は世界に七人いる。ばあさんはそのうちの一人でしかない。アベルがヴィルヘルムにいるばあさんと取引したと考える方が不自然だ。

「誰だ……どの魔女とそんな……」

ヒユマの誇りを失ってしまうような取引をした。

完全に瞳の色を変えてしまうなど、ヒユマに誇りを持つ身であり得ない。

だが、アベルはハッと鼻で笑い飛ばした。

「言いたくないね。オレはオレのために魔女と取引をした。後悔はしていないし、誰にも文句は言わせない。——誰だって、言いたくないことの一つや二つ、あるだろう？」

その口調に、決意のようなものを感じ、オレは仕方なく口を噤んだ。

誰にもでも言いたくないことはある。

それは、その通りだと思ったからだ。

たとえば、オレが『赤』にいた時のこと。

あそこにいた時の詳細は、たとえ姫さんにだって話したくはない。

血と裏切りと、死が常に隣り合わせにあった世界。誰も信じられず、ただ自分が生きるために恨んでいるわけでもない人間を殺し続けた日々。

あれは、オレがこれからもずっと一人で抱え続けていくべきものだと思っている。

そして、そんな風に思うものがあるからこそ、アベルの言い分を理解してしまった。

「あ、分かってくれた？　さっすが死神さん」

おどけたような口調だったが、目は笑っていない。

彼は、自らの領域に踏み入られることを嫌う人間だ。そのことがよく分かった。

「……一応言っておくけど、あんたに会ったことは、オレの主に報告するからな」

今、捕まえたりはしないが、報告は当然するつもりだった。

アベルがイルヴァーンにいることを、姫さんも、その夫である王太子も知りたいと思うだろうから。

それが分かっていて、言わないなどあり得ない。

「別にいいぜ。あ、そうだ。もし情報屋が必要ならいつでも訪ねてくれって言っといてくれ。値段は張るけど、仕事はきちんとするからさ」

「……あんた、王族からの仕事は受けないんじゃないのかよ」

まさかの売り込みに、ギョッとした。

『万華鏡は、王族からの依頼は受けない』

それはあまりにも有名な話だからだ。

そこを指摘すると、アベルは肩を竦めた。

「それはサハージャの王族限定。ヴィルヘルムなら話は別。あの王太子と王太子妃さんなら、妙な依頼もしてこないだろうし、金払いも良さそうだ。この国でも稼げるなら稼いどきたいんだよな」

さらりと言い、彼は自らが宿泊している宿の名前を告げた。

その宿は、イルヴァーンの王都にある宿の中でも一番豪勢な宿で、高位貴族たちが好んで泊まる施設としても知られていた。

「あんた……そんなところに泊まってんのかよ。情報屋なら、もっと人目に付かない襤褸宿に泊まるもんじゃないのか？」

「オレは金を貯めるのが大好きだけど、使うのも嫌いじゃないんだ。せっかく稼いだ金、使わない手はないだろう？　自分に投資しつつ、貯蓄もする。それが、できる男ってやつだと思うんだよね。せこい男はモテないぜ？」

「……」

余計なお世話だった。

「死神さん、あんた知ってる？　最高級の寝台の寝心地。疲れも取れる。部屋も広いし、ああいう場所は、金さえ払えば、見た目が平民でも下に置かない扱いをしてくれる。金が正義なんだ。商売人って良いよな。分かりやすくってさ。オレ、初めてイルヴァーンに来たけど、この国が大好きになった」

「そりゃ、良かったな。いっそ、イルヴァーンに住んでしまえばいいんじゃないか？」

オレは中の下くらいの宿を取ったが、十分満足している。暗殺者なんて、宿に泊まれること自体が殆どないのだ。野宿に比べればどんな宿だってオレにとっては天国。

最高級の寝台というのは、姫さんたちの寝室にあるようなものだと推察はできるが、あのばかでかい寝台で寝たいとは思えない。あれは、姫さんたちのような人間のために作られたものだと常日頃から思っているからだ。とはいえ、それを相手に押しつける気はない。

アベルがそういうのが好きなら勝手にすれば良いし、それが許される場所に住めば良いのだ。彼は、どこででも生きていける人間なのだから。

だが、アベルは気が乗らない様子だった。

「うーん。イルヴァーンに定住はなあ。良い国だとは思うんだけど、ちょっとオレには物足りないって言うか……たまにバカンスに来るくらいがちょうどいいかな」

「……勝手にしてくれ」

どうにもアベルと話していると気が抜ける。アベルはニコニコしながらオレに言った。

「ま、そういうわけだから、王太子夫妻が訪ねてきても問題ない。遠慮なく、金のなる木を連れてきてくれ。あんたが代理人として来てくれても良いぜ。通常は直接依頼しか受けないんだけど、あんたの主人が王太子妃さんだってことは、この目で確認が取れてるからな。信用できる」

「そうかよ」

まだその依頼という話は続いていたようだ。

どうやら冗談で言っているわけではないと知り、オレは大きな溜息を吐いた。

「……分かった。一応、伝えてはおく。でも、姫さんたちがどうするかまでは知らないぞ。もしかしたら、捕まえろって言うかもだし」

「言わないって。あの王太子さんは、使える者は使おうって考えっぽいし、王太子妃さんは死神さんを抱え込むようなお人だろ？　絶対、そんなことにならないって賭けても良いね」

どうする？　と無言で問いかけられ、首を横に振った。

そんな、負けが確実な賭けなどしたくない。

姫さんたちが取るだろう行動を、ほんの少ししか関わっていないアベルが口にしたことに驚いたが、まあ、情報屋というくらいだ。相手の真贋を見極める目は持っているというところだろうか。

「……じゃ、オレは行くから」

「ああ、王太子妃さんの護衛だろ？　オレは引き続きバカンスを楽しんでるから、あんたは頑張れよな～」

何だろう。すごくイラっときた。

「いてっ！」

あまりにも腹が立ったので、アベルの頭に拳骨を一発落としておいた。

3・彼女と二日目

フリードに宣言通り、朝日が昇るまで抱かれた朝。私は、欠伸（あくび）を噛（か）み殺しながら朝食をとっていた。数時間は眠ることができたが、やはり眠い。

ヴィルヘルムの王族を相手にして、寝不足にならない女などいないと思う。妃（きさき）に、午前の仕事は入れないというのは、非常に優れた優しい制度だったのだと改めて思った。

朝、寝ることができるのはとても大きい。

「ふあああ……」

「眠そうだね」

事の元凶が何か言っている。

思わずフリードを睨（にら）むと、輝くような笑顔が返ってきた。

……顔が良い。

これだけで全（すべ）てを許したくなってしまうのだから、嫌になる。

「もう……誰（だれ）のせいだと……」

「ごめんね。リディが好きすぎてつい。今夜からはもう少し早く眠れるようにするから許してくれないかな」

「本当に頼むからね。私も色々予定があるんだから」

「分かってる」

真面目な顔で頷くフリード。

だけど、しないとは絶対に言わないところが彼なのだ。それはもう、フリードだから仕方ないと諦めつつ、イルヴァーンの南国料理を楽しんだ。

ヴィルヘルムではあまり使われないココナッツミルクや南国フルーツの数々。

見た目も鮮やかで、見ているだけでも楽しい。

魚料理が主のようで、夏だからかさっぱりと仕上げている。

「美味しい……」

マンゴージュースが身体に染みる。

疲れが残っているから、朝からボリュームのある朝食は厳しいと思っていたが、意外と食べられる。ヴィルヘルムから連れてきた私付きの女官たちが、イルヴァーン料理に戸惑いつつもサーブしてくれた。

基本的に食事は各自、部屋で済ませて良いらしい。

食事くらい気を張らずにしたいだろうと、ヘンドリック王子が気遣ってくれたからなのだが、これは本当に有り難かった。もちろん、国王や王子たちに誘われた場合はこの限りではないが、それは当たり前のことだと理解している。

「フリード、今日の予定は?」

朝食が終わり、女官たちも下がった。二人きりになったタイミングで彼の予定を尋ねると、ソファで寛ぎながらフリードが言った。

「私は、イルヴァーン国王と、昼食会と銘打った会談がある。もう少ししたらアレクが迎えに来るだろうから、一緒に出るつもりだよ」

「ふうん」

「リディは？　昨日、オフィリア王女と約束していたみたいだけど」

「うん。さっき手紙が届いて、準備ができたら彼女の部屋を訪ねて欲しいって。私も、昼食を一緒にって誘われたの。それとね、なんか、私に見せたいものがあるんだって書いてあったんだけど」

手紙は朝食前に届けられた。

フリードが隣の部屋に着替えに行っているタイミングだったのだが、手紙を持ってきてくれた女官はすぐに返事を欲しがったし、昨日約束していたこともあったので、「喜んで伺わせていただきます」と返書をしたためたのだ。

手紙が来たと伝えると、フリードが少し眉を上げた。

「そう。念のため、その手紙、見せてくれる？」

「うん、良いけど」

机の上に置いたままにしてあった手紙をフリードに手渡す。彼はさっと中を確認し、納得したように頷いた。

「うん、大丈夫。本物みたいだね」

「え」

「友好国といえど、ここはヴィルヘルムではないからね。どんなことでも確認しておかないと。それが自衛に繋がるんだよ」

「そ、そっか」

　さすがにイルヴァーンにいて、王女の名前を騙るとかあり得ないと思っていたのだが、気をつけるに越したことはない。

「ご、ごめん。今度からは、返事を書く前にまずフリードに見せるね」

　手紙を持ってきてくれた女官は王女付きということだったので、普通に信用していたのだが、思い込みは良くないと反省した。

「うん。そうして。リディに何かあってからでは遅いから」

「分かった」

　フリードが私を大事にしてくれているのはよく分かっていたので、素直に頷く。

　ふと、窓を見ると、カインがこちらに向かって手を振っていた。

「あ、カイン」

　慌てて窓を開けに行く。私たちの他に誰もいないことが分かっていたのだろう。カインはするりと中に入り込んできた。

「おはよう、姫さん」

　挨拶を交わす。

彼は改めて周りを確認すると、口を開いた。

「二人に話がある。――良いか？」

「？　もちろん良いけど、何か重要な話でもあるの？」

「ああ」

カインは首肯し、私とフリードを見た。大事な話だと聞き、私もフリードも話を聞く態勢になる。

そうしてカインから話を聞いた私たちは、驚きで目を丸くした。

◇◇◇

「ええ!?　アベルがいたの？　しかもヒユマ一族!?　何、その怒濤の展開……！」

「アベルは、サハージャから逃げてきた、とそういうことか……なるほど」

私が驚きの声を上げる傍らで、フリードは顎に手を掛け、冷静に頷いていた。

「自分が利用できない存在が鬱陶しかったのだろうね。ウェスティン侯爵のことにかこつけて始末するとは、実にマクシミリアンのやりそうなことだと思うよ。カイン、アベルは、私たちに保護を求めているわけではないのだな？」

フリードの質問に、カインは否定した。

「のんびりバカンスを楽しんでるくらいだからな。ただ、金を稼ぎたいから、依頼があれば是非にって言ってたぜ。自分が泊まっている宿の名前も言っていた。これはオレの勘でしかないんだけど、訪ねていけば普通に出てくると思う」

「うん。なんか私もそんな気がする」

ドキドキミラクルクイズ、なんて言っていた人だ。彼と少し話せば、非常に自由な人だということは分かるし、お金に対する執着も知っている。稼ぎたいから、雇って欲しいというのは、むしろ彼らしいと思った。

「でも彼、王族の依頼は受けないんじゃなかった？」

「それはオレも聞いた。なんでも、それはサハージャ限定らしい。サハージャの王族に恨みでもあるのかね。詳しく聞けるような雰囲気じゃなかったから、その辺りは流したけど、気になるよな……」

「サハージャの王族……ね、アベルってヒユマ一族だったんでしょ？　それなら普通にヒユマ一族を殺した元凶だから……じゃないの？」

カインだって、サハージャの国王を許せないと感じていたはずだ。それを指摘すると、カインは「それはどうだろう」と疑念に満ちた顔をした。

「アベルは、ヒユマ一族の誇りである赤目を捨てた。そんなあいつが、オレと同じような恨みを持っているとは思えない。魔女と取引して赤目を金の目に変え、どういう方法でか、秘術さえ使えるようになった。ヒユマの技を使っているくせに、あいつはヒユマであることを捨ててるんだよ。そんなあいつをオレは同じヒユマとは認めたくないんだ」

「そっか……」

それ以上は言わなかった。

カインの複雑な気持ちを理解しようとは思わない。だって理解できるものでもないと思うからだ。だけどせめて、その考えは尊重したいと思う。

カインが仕切り直すように口を開く。

「とにかく、だ。もし姫さんたちがあいつに依頼するつもりなら、オレのことは気にしなくて良いから。あいつがヒユマであることは認めたくないけど、万華鏡としての実力は知ってる。オレでは難しい任務がもしあるのなら、あいつを使うのも選択肢の一つだとオレは思う」

「カイン……」

てっきりカインは、アベルなんて必要ないと言うのだと思っていた。

意外な言葉に驚いていると、カインはきっぱりと言った。

「少なくともあいつの情報収集能力は、オレよりも上だ。オレは、自分よりできる奴を認めないなんてことはしない。もちろん戦闘においては、あいつはオレの足下にも及ばない。適材適所って言葉があることくらいは分かっている。……死んだ父さんも言ってた。それぞれ得意分野があるんだって。全部に秀でる必要はないんだって。姫さんは、状況に応じてオレを使うなり、アベルを雇うなりすればいい。選択肢が増えたと思えば良いだけのことだ」

「うん」

「姫さんたちが直接出向くのが難しいってなら、オレが代わりに依頼に行く。オレなら代理でも構わないってアベルの奴も言ってたし」

「……なんか、いつの間にか随分と仲良しになってたんだね」

ついこの間までとは全然違うと驚いていると、カインは渋い顔をした。

「別に仲良くなんてなってねえよ。ただ、サハージャの暗殺ギルドに追われてるって言うし、今のアベルはオレたちの敵ってわけじゃないだろ。ただ、それだけなんだけど」

「そっか。うん、そうだね」

アベルには確かに偽フリードの件もあり怒っていたし、直接謝らせてやるくらいの気持ちでいたのだが、全てが解決して時間が経(た)ったからか、まあ良いか、程度になっていた。

とはいえ、ティリスを傷つけたことはまだ許していないけれども。

あと、マリアンヌを騙(だま)したこともだ。

だけどそれが私情だということくらいは分かっているし、実際問題として、謝らせるのは難しい。

マリアンヌはそもそもアベルを知らないし、ティリスも変装した彼のことしか知らないのだ。

アベルを目の前に連れていったところで彼女たちも困るだろうし、すでに前を向いている二人の邪魔にしかならない。謝らせたいなんて言うのは、私の自己満足でしかないのだ。

――何を考えているのか、いまいち分からない人だったけど。

カインが有能だと太鼓判を捺(お)す存在なのだ。いざという時は、依頼をすることになる可能性もあるし、ここは大人(おとな)になるべきだと判断した。

――友達になるわけではないんだし。

依頼人と情報屋。ただ、それだけ。ビジネスライクな関係だと思えば良い。

そう自分に言い聞かせていると、フリードが言った。

「分かった。彼の力が必要な時は、頼らせてもらおう。とはいえ、イルヴァーンにいるのは今日を含めて九日程度、依頼することになるとも思わないが」

「オレもそう思う。ただまあ、伝えて欲しいって頼まれたから言っただけ」

「そうか」

やはりと言おうか、フリードはアベルという存在を受け入れると決めたようだ。

フリードからしてみれば、自分に成り代わられたり、優秀な部下であるペジェグリーニ公爵に化けられたりと、わりと散々な目に遭っている。思うところがないはずはないと思うのだが、それよりも彼はアベルの有用性を重要視したらしい。

王族らしい判断をしたフリードに、私も彼に従おうと改めて決める。

カインの話がちょうど一段落したところで、ノック音が聞こえた。兄の声がする。

「おい、フリード。そろそろ出かけるぞ。用意はできたか？」

「今行く」

扉越しに声を掛け、フリードが「じゃあ」と言った。

「私は行くよ。今日は夕方には帰ってくるから。カインが付いているだろうから、そこまで心配はしていないけど、リディも気をつけて」

「分かった。行ってらっしゃい。お仕事頑張ってね」

軽く口づけ、旦那様を送り出す。

フリードが出ていってから、私も時計を確認し、カインに言った。

「じゃ、私たちも出かけよっか。今日は、オフィリア姫と昼食を食べる約束をしているの」

◇◇◇

フリードが付けてくれた護衛三人を連れて、オフィリア姫の部屋へと向かう。

カインは隠れて付いていてくれる。途中、王族居住区に入る時に、申し訳ないがヴィルヘルムの護衛はここまでだと断られてしまった。

「姫様から、ヴィルヘルムの王太子妃がいらっしゃるという話は聞いています。お通しするようにとも。ですが――」

チラリと連れてきた兵に視線が向けられる。

他国の兵士を自国の王族が住む場所にはさすがに入れられない。そういうことなのだろう。

それは当然だと思ったので、私は彼らに入り口で待つようにと命じた。

「ですが……ご正妃様」

「ヴィルヘルムでも王族居住区は決められた人間しか入れないでしょう？　同じよ。王族居住区ということは警備もしっかりしているだろうから大丈夫」

「……分かりました」

不承不承ではあったが、決まりなら仕方ないと結局護衛たちは引き下がった。

「姫様のお部屋はお分かりになりますか？　よろしければご案内させていただきますが」

「それじゃあお願いするわ」

「かしこまりました」

王族居住区の入り口にいた兵士の一人が案内を申し出てくれたので、素直にお願いする。

護衛たちと別れ、イルヴァーンの兵士の後を歩いた。昨日見た通りの開放的な城の造りに改めて驚かされる。入り口の警備体制はしっかりしているのに、中に入ればオープンすぎる。高い場所にあるからそう不安に思う必要もないのだろうが、これではカインのような人間は入り放題だと思うのだが、その辺りは大丈夫なのだろうか。

他人事ながら心配していると、進行方向側から歩いてきた、おそらくはイルヴァーンの令嬢と思われる人物がピタリと立ち止まり、何故か私を睨み付けてきた。何だろうと思いつつも、気にしないことにして歩いていくと、すれ違い際に彼女が小声で言った。

「……あなたみたいな女があのフリードリヒ殿下の正妃だなんて。あの方にはもっと美しい女性が似合うのよ」

「……」

まさか他国の王族居住区を歩いていて、そんなことを言われるとは思いもしなかった。驚きつつも立ち止まる。無視しても良かったのだが、私だけではなく、フリードも侮られた言葉だったので許せなかったのだ。

——まるで、私を選んだフリードの目が節穴だって言われてるみたい。

確かに私は絶世の美女というわけではないが、彼を愛する気持ちだけは誰にも負けないし、使うつもりはないが、父の位が筆頭公爵と非常に高いため、それなりに権力だって持っている。

というか、ヴィルヘルムとイルヴァーンは同格のはずなので、令嬢程度に王太子妃である私が侮れる理由はないのである。それとも、小声だから構わないとでも思っているのだろうか。

普通に、喧嘩を売るべき相手ではないと思うのだけど。

「……あなたは？」

名乗れという意味を込めて令嬢を見ると、彼女は少し怯みはしたものの、堂々と名乗った。

「リリック侯爵家の娘、ケイトですわ。私に何かご用でしょうか」

「用も何も、最初に話しかけてきたのはそちらだと思うのだけれど」

いけしゃあしゃあと、先ほどの発言をなかったことにする令嬢の図太さに呆れた。ケイトと名乗った令嬢は、イルヴァーンらしい派手な、だけども可愛い衣装に身を包んでいる。彼女自身も華やかな雰囲気で、よほど自分に自信があるのだろうなと思った。

「話しかけるだなんて畏れ多い。単なる独り言ですわ。誰にも聞こえないほどの小声だったと思うのですけど」

明らかに、こちらに聞かせるつもりだったくせに良く言う。

しかし、侯爵令嬢か。

相手の身分も考えず喧嘩を売ってくるとは、父親の顔が見たいところではあるが、とりあえず疑問に思ったことを聞いてみる。

「――ここは、王族居住区だと聞いているのだけれど。侯爵令嬢であるあなたが立ち入れる場所ではないのではなくて？」

「王妃様のお話し相手として呼ばれておりますの。ここのところ、王妃様に一番呼ばれているのは私。王妃様はずいぶんと私を気に入って下さっているのですわ」

自慢げに告げる令嬢を私はじっくりと観察した。

——なるほど。

虎の威を借る狐というわけか。

身のほどを弁えず、私に喧嘩を売ってきたのも、自分がイルヴァーンの最高位にいる王妃に気に入られているという絶対の自信から。

理由は分かったが、だからと言ってやって良いことではない。

「あなたが王妃様に気に入られていることは、私には何も関係がないわ。他国の王太子妃に対して、無礼な発言は控えるべきね。侯爵令嬢程度に貶される覚えはなくてよ。国際問題に発展するということくらい想像できないのかしら」

淡々と告げると、ケイトは屈辱からか顔を真っ赤にした。

「な……！　関係ないなんて……ここはイルヴァーンよ！　ほんとムカツク女。あんたみたいなの、フリードリヒ殿下に相応しくないわ。私の方がよっぽど……」

「ああ、昨夜の舞踏会でフリードに惚れたの？　そうね、彼は素敵な人だから、当然だと思うわ」

危惧していた通りの事態になったというわけだ。

私を王女の部屋に案内してくれていた兵士が、顔を蒼白にして、ケイトに言った。

「お前！　いくら王妃様のお気に入りだからといって、他国の妃殿下に対して、無礼が過ぎるぞ。控えろ」

　私を庇（かば）うように立つ兵士。イルヴァーンの兵士はきちんとしているのだなと思いながら私は言った。

「良いわ。別に気にしないから。……残念だけど、よくあることなの」

「よくある、ですか？　こんなことが？」

「ええ、嫉妬（しっと）って怖いわよね」

　驚いたように目を見張る兵士に私は言った。

「フリードに見えないところで罵詈雑言（ばりぞうごん）を言ってくる女性って意外と多いの。でもね、いつも思うのだけど、どうして私に言うのかしら。文句があるのなら、彼に直接言えば良いのにね」

　本当、馬鹿（ばか）みたいだ。

　そんなことを言われたくらいで私が引くと思ったら大間違いなのである。

「それに皆、気づいていないのか分かっていない振りをしているのか知らないけれど、私は筆頭公爵家出身で、今は、王太子の正妃なのよね。あなたたちが大好きな権力なら腐るほど持っているわ。私がそれを使わないなんて誰が思い込んだのか知らないけれど、使う時は使うわよ」

　虐（いじ）められ、誰にも相談できず、精神を病んだ挙げ句、身を退（ひ）く。高位令嬢であっても、そういう気の弱い女性は確かにいるし、話を聞くこともある。だけど、私は違う。

　大体、どうして私がフリードを譲らねばならないのか。あの人は私だけの夫だ。

　私の、フリードだ。

そもそも、私以外にあの絶倫フリードの妻が務まるとはとてもではないが思えないし、まず彼が頷くはずがない。これは自慢だけれども、彼にものすごく愛されている自信はあるのだ。

私が側からいなくなったら、比喩ではなくフリードは爆発すると思う。いやまあ、王華があるから、離婚とかは絶対にあり得ないのだけれども。それを抜きにしても、彼が私を手放すとは思えないのだ。だから彼女の野望は絶対に叶わない。彼は、私でないと駄目なのだから。

私は憐憫さえ覚えながら、彼女に言った。

「馬鹿なことを言っていないで、現実を見た方が良いわ。あと、これは親切心で忠告するけど、私に喧嘩を売って、困るのはどちらなのか、冷静に判断してね」

ケイトの顔色が、目に見えて悪くなっていく。どう見ても、そこまで考えてなかったのだろう。浅はかすぎる。後悔するくらいなら、喧嘩を売らなければ良いのに。それとも私は、言い返すこともできないような深窓の令嬢に見えるのだろうか。それはそれで嬉しいけれど。

大体、私は売られた喧嘩は買う主義だ。舐められるのも好きではないし、ここはガツンと言っておいた方が良いだろう。こういう令嬢たちは結託していることが多い。噂が流れて、手を出さない方が良いと思ってもらうのが一番手っ取り早いのだ。

そういうことを考えた私は、少々威圧的に言った。

「そういえばあなた、王妃様に気に入られているって自慢していたわね。実は、私も王妃様にお茶のお誘いをいただいているの。せっかくだからその時にでもあなたの話をさせてもらうわ。お気に入りの子がいるらしいですねって」

「やっ……やめてっ！」

「あら？　あなたを可愛がっている王妃様に言えないような話を、あなたはしていたと、そういうわけ？」

なかなかに性格が悪いなと、我がことながら思いつつもにっこり笑う。ケイトはワナワナと全身を震わせた。そうしてキッと私を睨み付けてくる。

「ヴィルヘルムの王太子妃がこんなに性格が悪いなんて知らなかったわ！　オフィリア王女と良い勝負よ！」

「オフィリア姫？　彼女がどうかしたの？」

どうしてここでオフィリア姫の話が出るのか。首を傾げると、ケイトは苛立たしげに言った。

「知らないわよ！　あんな男女王女のことなんて！　王妃様が私たちを可愛がって下さるのは当然なんだから！　言いたかったら、王妃様に言えば良いわ。告げ口なんて最低だけどね!!」

そうして私を睨み、「王太子様に、あんたみたいな性格の悪い女は似合わないんだから。私の方が綺麗だし、胸だってあるわ！　見てなさいよ！」と言いながら逃げていった。

その最後の言葉に、ピクリと反応する。

「……最近、私も大きくなったもん」

確かにケイトの胸は私よりも大きかった。そこは否定できないと思いつつ、私だってそれなりに大きくなった、負けていないはずだと思い直す。まだ十代。今後も期待できるはず。義母くらい欲しいとは言わないが、それでも豊かな胸部というか谷間にはまだまだ憧れがある。

「……リディアナ様」

恐る恐る、兵士が私に話しかけてくる。それに気づき笑顔を作った。

「なに？」

「申し訳ありません！」

兵士が勢いよく頭を下げる。

「今すぐ、他の兵たちに連絡し、今の令嬢を捕らえます。他国の妃殿下に対し、とんでもない失礼を……！」

「良いわよ、別に」

「ですが！」

青ざめながら私を見つめてくる兵士に、私は言った。

「こんなどうでも良いことを問題にしたくないわ。私は気にしていないし、放っておけば良いんじゃないかしら。ああいう手合いは、口ばっかりで行動に起こせないことも多いし、起こしたら起こしたで、二度と手を出したくないって思うほど完璧に伸してあげるから」

今日は見逃すが、何度も目を瞑るほど私だって優しくはない。

あれだけ身のほどを弁えろと言ったのにもかかわらず、まだ突っかかってくるようなら、それこそこちらも黙ってはいない。フリードに迷惑を掛けるような真似はしないでおこうと思っているが、それなりに報復はするつもりだ。

「でないと舐められちゃうものね」

心の中でファイティングポーズを決める。

兵士はかなり困惑していたが、「リディアナ様がおっしゃるのでしたら」と最後には納得してくれた。

「ですがもし、今後何か困ったことがございましたら、すぐにお申し付け下さい。あのような者ばかりがイルヴァーンの人間などと思われたくはありません」

「そんな風には思っていないわ。でもありがとう。いざという時は頼らせてもらうわね」

「はい」

「じゃ、行きましょうか。無駄な時間だったわね」

兵士を促し、歩き始める。兵士がポソリと言った。

「リディアナ様ってお強いんですね。なんと言うか、精神的に。……でも、あなた様のような方なら、姫様とも合うのかもしれません」

「何のこと？」

先ほどのケイトの発言といい、今の兵士の言葉といい、なかなか無視できないものがある。

だが兵士は言葉を濁し、「あとは、ご自分の目でお確かめ下さい」と頭を下げるばかりだった。

◇◇◇

「姫様。リディアナ様がいらっしゃいました」

私をオフィリア姫の部屋の前まで送り届けてくれた兵士に代わり、部屋の警護と思われる兵が、中にいるであろうオフィリア姫に声を掛けた。すぐに答えが返ってくる。

「入っていただいて」

「承知しました。リディアナ様、どうぞ」

「ありがとう」

扉を開けてくれたので、中に入る。

初めて入ったオフィリア姫の部屋は、なんというか全然女らしくなかった。

女性が好みそうなものは一切ない。広い部屋はすっきりとしていたが、茶色と緑で統一されており、どちらかと言えば、王子の部屋だと言われた方が納得できる有様だった。

どんと目立つ場所に、大きな執務机がある。そこでオフィリア姫は書類に向かい、羽根ペンを動かしていた。そのすぐ斜め後ろには、彼女の護衛騎士が立っている。

オフィリア姫は、私が部屋に入ってきたことに気づくと、手を止め、椅子から立ち上がった。

「リディアナ様！　来て下さってありがとう。嬉しいわ」

「こちらこそ、お誘いいただきありがとうございます」

軽く挨拶を交わす。オフィリア姫の今日の格好は、昨日見たのと同じようなシンプルなドレスだった。彼女は私の顔を見て、にっこりと笑う。そうして、彼女の護衛騎士に言った。

「エド、出ていってちょうだい」

「殿下、しかし私は殿下の護衛で――」

「私は、出ていけと言ったのよ。命令が聞けないの？」

「――御意」

少し迷った様子ではあったが、護衛騎士――エドワードは部屋の外へと出ていった。

どうして護衛をわざわざ遠ざけたのか。意味が分からないと首を傾げていると、オフィリア姫が満面の笑みを向けてくる。

「オフィリア様？」

「失礼を承知で言います。今から、あなたを試させて下さい」

「？」

何を言い出すのか。眉を寄せた私に、オフィリア姫は何も言わず、自らの髪に手を掛けた。そうして思いきり引っ張る。

「えっ……！」

現れたのは、男性と見間違うほどの短髪だった。長い髪のヘンドリック王子と正反対の短い髪。フリードくらいの長さしかない。先ほどの肩までの髪も大概だと思ってはいたが、まさかの髪型に唖然(あぜん)とした。

「……」

何も言えない私に、オフィリア姫はにんまりと笑う。そうしてすっと姿勢を正した。

それだけで随分と印象が変わる。

「驚いたかしら。さっきのはカツラです。ちなみに、普段はこんな話し方もしません。――改めて、

初めまして、リディアナ様。私は、オフィリア・レイド・イルヴァーン。城の者たちには、男女、気狂い、変人王女と好き放題言われているよ。さて、君はどのように思うのかな？」

「えっ、なんで自国の王女にそんな酷い呼称を……？」

　男性的な口調にも驚いたが、それより彼女が言った呼称の方が気になった。

　どの呼び名も、酷い侮蔑だ。己の国の王女につけてよい渾名とはとてもではないが思えない。信じられない気持ちで王女を見ると、彼女は平然と言った。

「私はれっきとした女だが、女の格好をするのが嫌いでね。もちろん、女のような話し方をするのも嫌いだ。そうして自らを偽らず過ごしていたら、いつの間にか周りから敬遠され、そんな呼び方をされるようになったというわけさ。私としては彼らの気持ちも分かるから、今更怒る気にもならないけどね」

「怒る気にならないって……」

「自国の王女がこんな女のまがい物では、文句の一つも言いたくなるだろうってことだよ」

　自虐の言葉を口にする王女。だが、彼女の表情には悲壮感はない。自分の生き方に絶対の自信を持っている。そんな風に見えた。

　そして、先ほどケイトや兵士が言っていた言葉も思い出した。ケイトは王女のことを『男女王女』と言っていたし、兵士は『もしかしたら王女と気が合うかも』と言っていた。

　それはこのことだったのだ。

　納得していると、王女が肩を竦め、ぼやくように言った。

「公式の場では先ほどのように、取り繕いもするが、必要以上に自らを偽るような真似をするのは許せなくてね。皆も私が出ることを嫌がるし、夜会なんかはできる限り断っている。昨夜も夜会に出なかったのは、そういうことさ。イルヴァーンの誰も、私の話をしなかっただろう？　皆、私が夜会に出ないことを知っているんだ」

そういえば、確かに誰もオフィリア姫の話をしなかった。自国の王女が夜会に出席していないというのに、誰も何も言っていなかった。あれは、話題に出すことすら憚っていたのか。

「そう……でしたか。でも、どうして私にその話を？」

それが不思議だった。

だって、取り繕えるのなら、取り繕ったままでも良かったではないか。

私たちが滞在するのはたった十日間程度のこと。しかも王女と毎日会うわけでもないのに。

私の疑問に王女は答えず、逆に質問をし返してきた。

「リディアナ妃。先ほどの問いに答えてもらおう。君は、私のこの髪や話し方を聞いてどう思う？　ああ、一応言っておくと、普段は兄上と同じような格好をしている。ドレスのようなヒラヒラしたものは好きではなくてね。今後、私と付き合ってくれるのなら、そういう格好で君の前に現れると思ってもらいたい」

「……どう思うか、ですか？」

ひたすらに驚きながらも、私はイルヴァーンの王女を観察した。

彼女は私よりも背が高く、すっきりとしたドレスがとても良く似合っていた。だが、男装をすると言うのなら、それはそれで似合うのではないだろうか。

　中性的な顔立ちだし、違和感なく男性に見えそうだ。そう思い、私はそれをそのまま口にした。

「男装姿、是非見てみたいなって思います。すごく似合いそうだなって……。ただ、一つ質問しても良いですか？」

「なんだ？」

　首を傾げる仕草までもが、なんだか男性っぽくて格好良いなと思いながら、私は疑問を口にした。

「最初に私と会った時の姿です。どうせカツラを被るのなら、ロングヘアのものを使えば良かったのではないですか？　わざわざ短いカツラを被っていた理由が分からないんですけど」

　何故中途半端な女装（？）をしたのか。それが不思議だった。

「ああ、それは篩い分けのためだ」

「篩い分けですか？」

　言葉を反芻すると、オフィリア王女は真顔で頷いた。

「今までの経験なのだが、まず人は、女の短髪に拒否反応を示す。女性は、背中や腰まで髪があるのが当たり前だからな。その反応も当然だろう。だから私は、まず最初の時点であの髪型に拒否感を見せないかどうか判別するんだ。大丈夫そうなら、次の段階。つまりカツラを取って、本当の姿を見せる。段階を踏まず、いきなり今の姿を見せると、大概卒倒されるからな。これは私を受け入れられる可能性があるかどうか見極めると同時に、大切な自衛手段でもあるんだ」

「自衛手段……」

「とはいえ、大抵の人間は、男も女も私に対して拒否感を見せるのだが。……君は平気そうだな」

「驚きましたけど、短い髪も似合っていると思いますから」

前世ではショートカットの女性など珍しくなかった。男のような格好を好む人もいたし、それを覚えているからか、オフィリア姫はそういう趣味の人なのだなとしか思わなかったのだ。

――自分の好きな格好をして何が悪い。

日本という国に生きていた私だから思うのだろうが、それでも私はそう考える。それに、本来の彼女は、なんというか生き生きとしていて、好感が持てるのだ。

「私としては、是非、お友達になっていただきたいなって思います」

「それはヴィルヘルムの妃としてか？」

ズバリ問いかけられ、私は素直に頷いた。

「もちろん、そうして欲しいと言われたからというのもあります。でも、私自身が、オフィリア様を見て、友達になりたいなと思ったのが一番なんですけど。……駄目ですか？」

あまりにも隠さなすぎただろうか。だが、なんとなく嘘は吐きたくなかったのだ。

じっとオフィリア姫を見つめる。彼女は私を見つめ返し……ふっと表情を緩めた。

「いいや、正直でいい。それに私のこの話し方や髪型を見た上で、友になりたいと言ってくれたのは、君が初めてなんだ。君の申し出は素直に嬉しいと思うよ。私の方こそ、このような形で良ければ、是非友人になってもらいたい」

差し出された手を私は躊躇せず握った。嬉しいという気持ちでいっぱいだった。

「よろしくお願いします！」

満面の笑みを浮かべて言うと、オフィリア姫は困ったように言った。

「敬語はやめてくれ。私たちは友人だろう？　それと、私のことは、レイドと呼んでくれ。君のことは、リディアナで良いのかな？」

「あ、それなら私のことはリディ、で。仲の良い人は、皆、そう呼んでくれるから」

嬉しい提案に笑顔で答えると、オフィリア姫――レイドも笑顔になった。

「リディ、だな。よろしく、リディ」

「こちらこそよろしくね、レイド」

少し迷ったが、フリードや兄と話す時の、本来の口調に戻すことにした。

レイドは私を信じて自らを曝け出してくれたのだ。私も、一番自分らしい姿で挑むべきだろう。そう思ったのだ。

互いに微笑み合う。部屋の中に漂っていた緊張感が解けたような気がした。レイドがグルグルと肩を回す。

「早速で悪いんだが、着替えてきても構わないだろうか。慣れない格好で肩が凝って仕方ないんだ」

「もちろん、どうぞ」

着替えるとは、男装をするということだろう。彼女がどんな風になるのか純粋に興味があった私は、笑顔で頷いた。

レイドは「助かるよ」と言い、部屋の奥へと一人で向かっていった。それを見送りつつ、疑問に思ったことを聞く。

「ね、女官は呼ばなくていいの？　一人で大丈夫？」

「私の着替えを手伝いたい女官は少なくてね。今はそうでもないが、最初の頃はそれこそ誰もいなかった。だから自分で覚えるしかなかったんだよ。結果、私は一人で着替えができるようになったというわけさ」

「そ、そうなんだ……」

聞いてはいけなかったかと一瞬後悔したが、レイドの声は明るかった。何とも思っていないのがすぐに分かる。

着替えるまで時間があると思った私は、近くにあったソファに適当に腰掛け、レイドが着替え終わるのを待った。

「待たせたな」

意外と短時間でレイドは出てきた。彼女は、フリードやヘンドリック王子がいつも着るような服を上手く着こなしている。

クラヴァットを締め、太股まである長いフロックコートを着ていたが、思っていた以上に似合っていた。体型がスレンダーだからだろうか。思わず、前世の女性だけで行う某歌劇団の男役を思い出してしまった。

「わあ……似合う。格好良い……！」

素直に称賛の言葉が零れ出た。それを聞いたレイドが嬉しそうに笑う。

「ありがとう。君は、この格好の私を格好良いと言ってくれるんだな」

「格好良い以外、ないんだけど。むしろ他に何かある？」

「女が気持ち悪い、とはよく言われるな」

「なんて見る目のない」

そんなことを言う人がいるなんて信じられない。

私が本気で言ったのが分かったのだろう。レイドが嬉しそうにクスクスと笑った。

「まさかヴィルヘルムの王太子妃がこんなにも話せる人物だとは思わなかった。筆頭公爵家の令嬢。王太子に見初められ、わずか半年で結婚。イルヴァーンにすら聞こえるほどの王太子の溺愛ぶり。一体どんな女性だろうと興味はあったんだが、私はこんなだろう？　生粋の令嬢である君はきっと忌避すると思ったんだ」

「格好なんて個人の自由だと思うんだけどな……」

「そう考えてくれる人は意外に少ないということさ。さて、そろそろエドを呼び戻すか。――エド！」

名前を呼ぶと、部屋の外に追い出されていたエドワードが扉を開けて中に入ってきた。己の主人の姿を見て、目を丸くする。

「殿下……そのお姿は」

「リディはこんな私でも構わないそうだ。いや、自らを認めてもらえるのは嬉しいものだな」

「わ、私は、どんな殿下もお慕いしております！　私の方が殿下を！」

「ああ、お前の忠節は分かっている」

訴えるように言ったエドワードの言葉を、レイドは軽く受け流した。そしてそれ以上はいらないとばかりに追い払うような仕草をする。

エドワードは少し悔しげに顔を伏せ、「ありがとうございます」とだけ告げたが、私はその時の彼の表情を見逃さなかった。

明らかにレイドに対する燃えるような恋情が、彼の瞳の中に見えたのだ。

——こっちは、本当にレイドのことが好きみたい。

レイドの方は分からないが、少なくともエドワードの方は彼女を好いているということで間違いない。

男装して、周囲から疎まれている主人に付き従っているくらいだ。忠誠は厚いのだろうと思っていたが、これは完全に恋愛感情だ。ヘンドリック王子が言っていた通りだと頷く。

——ふうん。でも、確かに。男装してるレイドを好きだって思えるんだものね。本気で間違いないし、ヘンドリック殿下も認めるわけ、か。

レイドの男装については初めて知ったが、当然ヘンドリック王子が知らないなんてことはないだろう。そんな彼女を支え、愛するエドワードを彼女の夫にと考えるヘンドリック王子の気持ちは分からなくもない。

ここで問題になるのは、レイドの気持ちだと思うのだけど。

今のところ、レイドがエドワードを好きそうに見えるところはなさそうだ。

護衛騎士として側に置いているくらいだから、信頼はしているのだろう。だが、私には彼に対するレイドの態度が、友人の域を出ないように思うのだ。私がいる手前、素っ気なくしているだけなのかもしれないけれど、ヘンドリック王子のように断言はできない。

むぅと考えていると、何かを思いついたようにレイドが言った。

「そうだ、リディ。今日は天気も良いし、中庭を散歩でもしないか。ヴィルヘルムとは咲く花の種類が違うから、君にも楽しいと思うのだが」

「わ、行きたい！」

南国にしか咲かない花や植物に興味はある。それに、庭の造りもヴィルヘルムとは違うらしいと以前読んだ本に書いてあったから、実際の庭を見られるのなら見てみたかった。

「決まりだ」

私が喜んだのを見て、レイドはにこりと笑った。その笑い方も、先ほどまでのドレスを着ていた時とは違い、どこか男らしさのようなものを感じる。

女性なのに格好良いなんてすごいなと感心していると、レイドが私に手を差し出してきた。

「？」

「お手を拝借しても？　レディ？」

私は大喜びで自分の手を乗せた。

◇◇◇

　中庭の散歩にはエドワードも来たがったが、レイドがはっきりと拒絶した。

「女同士の気軽なお喋り、そう、つまりは女子会だ。お前は女子会を覗き見すると言うのか？　それはあまりに趣味が悪くないか？」

　そんな風に言われ、男性であるエドワードは引き下がるしかなかったのだ。

　それでも最初は何とか食い下がろうとしたが、「初めてできた女友達と二人きりで散歩したいという主人の願いをお前は無視すると言うのだな？」と駄目押しされ、レイドのことが好きなエドワードは「分かりました」と答えるより他はなかった。気の毒なことだ。

　案内してもらった庭は、まるで熱帯植物園のようだった。大きな葉の植物が生い茂っている。ヴィルヘルムでは見ない植物ばかりだ。その中にコーヒーノキがあることに気づき、私は立ち止まった。白い花が咲いている。

「これ、コーヒーノキ？」

「良く知ってるな。そうとも。イルヴァーンの名産、珈琲の元となる木だよ」

　イルヴァーンは、珈琲の世界最大輸出国だ。ヴィルヘルムでは紅茶が殆どだが、珈琲も飲まれている。その珈琲豆は、ほぼイルヴァーンからの輸入に頼っていると言っても過言ではなかった。

　原材料となるコーヒーノキが熱帯地方で育ちやすいというのもあるが、イルヴァーンの珈琲はとても美味しいのだ。たまに父や兄が飲んでいるのを知っている。

　そういうことを思い出し、頷いた。

　世界最大輸出国であるイルヴァーンの王宮の庭にコーヒーノキが植えられているのは当然だと思っ

たのだ。

「君が嫌いでなければ、食後に珈琲を用意しよう。我が国の珈琲はちょっとしたものだと自負しているが、好みはあるからね。基本的に、外国からのお客様には希望がない限り、紅茶をお出しするようにしているんだ」

「あ、それなら是非」

せっかくイルヴァーンにいるのだ。イルヴァーンの王宮で出されている珈琲も飲んでみたい……と言うか、知っておくべきだろう。何せ、ヴィルヘルムに輸入される珈琲豆は一種類だけなのだ。他の種類もあるのなら是非試してみたいと思う。

「分かった。では、厨房(ちゅうぼう)に伝えておこう。是非、イルヴァーン珈琲の味を確かめてくれたまえ」

「ありがとう、楽しみにしてる」

やはり地元名産のものはチェックしたい。きっとフリードも喜ぶだろう。

ニコニコとしながらお礼を言う。そのあとはまた散歩に戻ったが、レイドとのお喋りは時間を忘れるほどに楽しく、すっかり私は彼女のことが大好きになっていた。

「なあ」

「何?」

機嫌良く歩いていると、レイドが話しかけてきた。それに返事をする。レイドが立ち止まったので、私も足を止め、彼女を見た。

「レイド?」

「一つ聞きたいんだ。リディ、君はフリードリヒ殿下に望まれて結婚したと聞いている。最初こそ殿下の一目惚れだったものの、最終的には大恋愛の末にゴールインし、現在も一身に寵愛を受けている、と。君にとって、フリードリヒ殿下とはどんな存在だ？　それを教えて欲しい」

「え？　なんでいきなり……」

どうしてそんなことを聞いてくるのかと思ったが、レイドの顔が真剣だったので、彼女にとっては意味のある質問なのだろう。

私は少し考え、レイドに答えた。

「フリードは、私の全てだよ。彼がいないなんて私にはもう、考えられないから」

彼と想いを交わし、結婚し、私は私の全てを彼に差し出した。同じく、私もフリードの全部をもらったと思っている。私は彼のもので、彼は私のもの。私たちはそういう関係だ。

気負わず答えると、レイドは目を丸くした。

「全て、か。そう言い切れるのはすごいな。……うん、やはり私の目に狂いはなかった。君たちなら私の新たな燃料になり得る」

「燃料？　どういうこと？」

キョトンとしつつ尋ねると、レイドはニヤリと笑った。そして言う。

「実はな、これは兄上にも言っていない秘密なのだが、私は本を書いているんだ。別名を使って書籍もいくつか出している」

「へ？」

予想しなかった告白に目を丸くする。

本を書いている？　つまりは彼女は作家だと言うのだろうか。

「えと……」

「テーマは男女の恋愛。だが、最近スランプ気味でね。困っていたんだ。そんな時に、君たち夫婦の話が聞こえてきてね。これは是非、色々話を聞かせてもらいたいと思っていたんだよ」

「は、はあ……」

「だから、兄上のヴィルヘルムへという話は嬉しかったんだがなあ……」

至極残念だと言わんばかりに、溜息を吐くレイド。私はここぞとばかりに彼女に聞いた。

「それならどうしてレイドは、ヴィルヘルムに来なかったの？　私たちの話を聞きたかったんでしょう？　私、あなたが来るって聞いて楽しみに待ってたんだけど……」

「私はこの形だぞ？　他国へなど行けるか」

「で、でも……取り繕うことはできるって、さっき……」

言っていたではないか。だがレイドは首を横に振った。

「短期間だけならな。ヴィルヘルムに滞在中ずっと、なんて無理だ。兄上なんかは、『お前が本気を出せば、大丈夫』なんて適当なことを言っていたが、数時間が限界の私に、留学などできるはずがないだろう！」

「あ、あー……なるほど」

「それに、エドと二人きりだと聞いてな。ますます嫌になった。兄上の策略など分かっているんだ。

どうせ、私とエドをくっつけようとか、そういうくだらない試みに決まっている」

　怒りを見せるレイドに、私は恐る恐る聞いてみた。

「レイドはランティノーツ卿のことが好きではないの？　ランティノーツ卿はあなたのことが気になるみたいだけど」

「まさか」

　レイドが心底嫌そうに眉を寄せる。

「やめてくれ。どうしてエドなんだ。あんな乙女な男、誰が好きなものか」

「乙女？」

「『月夜の下を散歩しませんか？』とか『あなたが眩しすぎて正視できない』なんて言葉を真顔で言ってくるような男だ。最初に聞いた時は、頭がおかしくなったのかと思ったぞ」

「……あはははは」

　乾いた笑いが出た。

　何故かと言えば、フリードも似たようなことを言うからだ。ただ、私の場合はその誘いなり口説き文句なりは嬉しかったりするから、全く問題ないのだが、頭がおかしくなったと思うということは、エドワードに対し、本当に恋愛感情がないのだろう。

　まあ分かる。私もフリードを好きと自覚していなかった時は、寒いなあと感じていたから。

　恋愛感情が絡むと、受け取り方も変わるのだ。

　レイドが苦々しげに言う。

「あれを好きとか、考えられない。兄上もどうして妙な誤解をしているのか。何度違うと否定しても、照れ隠しだと笑われてしまうのだ」

　心底納得いかないという顔をするレイド。私はそれを聞きながら、確かにヘンドリック王子は照れ隠しだと言っていたなと昨日の彼の言葉を思い出していた。

「私がエドを側に置いているのは、あれが気心の知れた幼馴染みで、腕の立つ騎士だからだ。更に言えば、私のこの男装についても理解がある。これ以上、側仕えに適した男もいないだろう。ただ、それだけのことなのに、兄上は何故か誤解してな」

　嘆息するレイドを見つめる。彼女は疲れたように笑った。

「兄上は、どうにも私をエドと結婚させたいようだ。だが、こちらとしてはな。命令となれば拒否することも難しいが、できれば身内のようにも思っている幼馴染みとの結婚など勘弁して欲しいというのが本音といったところだ」

「身内同様に思っている幼馴染みと結婚。確かにそれは無理だよね」

　長く幼馴染みとして付き合ってきた相手を夫になんて、考えられない。

　見も知らぬ相手と結婚させられる方がマシだと思う。

　私も、フリードとの結婚から逃げていた時、真っ先にウィルを結婚相手候補から外した。仲の良い大事な友人との関係を変えたくない。その気持ちはよく分かる。

「分かってくれるか。有り難い」

　重々しく頷いた私を見て、レイドが真顔で礼を言う。

「とにかくそういうわけでな。興味はあるが、ヴィルヘルムへは行けないと判断した。だが、兄上はそれを許さなくてなあ。毎日毎日、エドと二人でヴィルヘルムへ留学に行け。あちらにはもう話を通しているのだからと……こちらが頼んだわけでもないのにとだんだん腹が立ってきて、キれたというわけだ」

「……そ、そう」

「そうしたら、今度はリディたちをこちらに呼ぶ、だぞ？　これ以上他国を巻き込んでどうするつもりだと余計に腹が立ってな。兄上と話すのも嫌になり、無視していた。とはいえ、リディたちは巻き込まれただけだからな。君たちに恨みはない。それに君に会いたかったのも本当だし、それはそれとして楽しみにしていたというわけだ」

「……そっか、そっかあ」

結局は、早まったヘンドリック王子の暴走だったと言われ、こめかみに手を当てる。

「その……なんて言うか、大変だったんだね」

「ああ」

一言だったが、その一言が妙に重く私には感じられた。

「ま、ヴィルヘルムに行きたくなかった理由は他にもあるんだがな……」

「えっ？」

思わず聞き返すと、彼女は苦笑した。

「そこは秘密ということにしておいてくれ。リディと友達になりはしたが、これはもっとプライベートな話なんだ。話しても良いと思えるようになったら話すから」

「う、うん。分かった」

気にはなったが、昨日今日の知り合いに、自分の深い部分の話がしにくいのは当たり前だ。

頷くと、レイドはホッとしたような顔になった。

「ありがとう。ああ、そうだお礼と言ってはなんだが、良ければ明日にでも、町に出てみないか。私は作家をしていることもあり、町へ繰り出すことも多いんだ。完璧にとは言えないが、初めてイルヴァーンの王都に来た者をある程度満足させるくらいの案内はできるぞ」

「本当⁉　是非！」

イルヴァーンの町は見てみたかったから、案内してもらえるのは助かる。

先にレイドと一緒に見ておけば、あとでフリードを案内することもできるし、レイドの提案はとても有り難かった。

キャッキャと喜んでいる私を見て、レイドも嬉しそうな顔をする。

「それだけ喜んでもらえると、こちらとしても嬉しいな。……あ、そうだ。明日だが、私は今のような格好をしていると思うのだが――」

「？　分かってるけど、それが？」

彼女にとってはそれが自然な姿なのだから、男装で来るのは当然だ。そう思っていると、レイドはポリポリと頬(ほお)を掻(か)いた。

「いや、その、だな。自分で言うのもなんだが、この格好をしていると、やはり男性と間違われることも多いんだ。それで……余計な世話かもしれないが、フリードリヒ殿下が勘違いしないかと思って。できれば、私のことは事前に伝えておいてくれると助かる」

「……フリードは知らないの？」

てっきり知っていると思ったのだが、レイドは首を横に振った。

「ご存じない。何度かお会いしたことはあるが、それこそ公式の場だけだからな。私もその時は女性の格好をしていたし、兄上もいくら友人とは言え、身内の恥を自分から話したりはしないだろう。私は別に言ってもらっても構わないのだがな」

「ふうん。分かった。じゃ、フリードには私から言っておくね」

確かに知らずにレイドと歩いているところを見られれば、絶対にフリードは嫉妬するし、なんなら怒り狂うだろう。私は女性の友人と話しているつもりでいるから、男性より当然距離が近いし、それを勘違いされればどうなるか。火を見るより明らかだ。

「……」

微妙な顔になっていると、私が何を想像したのか分かったのだろう。レイドが真顔で言った。

「頼む。フリードリヒ殿下の君に対する寵愛は兄上からも聞いているし、君に随分執着していることも分かっている。勘違いで殺されたくはないからな」

「あ……あはは。うん、絶対に言っとく」

そんなことはないよと言えない辺りがフリードの怖いところである。

最後の言葉を真顔で告げ、明日の待ち合わせ時間を決めた。

あとはゆっくりと雑談を交わしながら庭を歩き、エドワードが待っているところに戻ってきた。

エドワードは中庭の入り口に立っていたが、私たちが来たことに気づくと、大喜びでやってきた。

……なんだろう。ご主人様が帰ってきたことに喜ぶ犬を思い出して仕方ない。

「殿下」

「明日、リディアナ妃とでございますか？　承知しました」

「リディアナ妃に町を案内することにした。エド、予定を調整しておけ」

レイドに命じられたエドワードは生き生きとした様子で返事をした。レイドに命令されるのが嬉しくてしょうがない。そんな風に見える。

エドワードも連れて彼女の部屋に戻る。ちょうど昼食に良い時間になったので、約束通り食事を一緒にさせてもらった。

その時に出たイルヴァーン珈琲を飲んでみたのだが、酸味がきつくなくて、非常に私好みの味だった。

「わ、美味しい。こんな珈琲もあるんだ！」

「ヴィルヘルムには一種類しか輸出していないが、イルヴァーン珈琲は何十種類もあるからな。これは最近の私のお気に入りだ。城のオリジナルブレンドなんだが、深めのローストで、アイスにも適している」

「へえ……！」

これは少し買って帰りたいかもしれない。

　レイドと話すのは楽しく、あっという間に時間が過ぎていった。

　時計を見れば、もうすぐ夕方という時間だった。そろそろフリードも部屋に戻っている頃だろう。

「あ、もう帰らなきゃ」

そう思った私は、レイドに辞去の挨拶をした。

「ごめんね。フリードが帰ってくるから戻らなきゃ」

「こちらこそ、長々と引き留めて申し訳ない。リディ、また明日」

「うん、また明日。今日は楽しかった！」

「私もだ。エドにリディの護衛が待っているところまで送らせよう。何かあっては困るからな」

「え、そうしたらあなたの護衛がいなくなるじゃない」

　さすがにそれはまずいのでは。

　表情を曇らせた私に、レイドが心配ないと笑みを浮かべる。

「見えないかもしれないが、私は結構強いんだ。もちろん基礎体力などは男性には敵わないが、そうだな、逃げるくらいならできる。それに、他国の王太子妃であるリディに何かあった時の方が問題だ。私のためにも、是非、エドを連れていって欲しい」

「そういうことなら」

　有り難く借り受けよう。

　朝にもフリードに警戒心を失わないようにと注意されたばかりだし、その方が良いだろう。

　本当はカインがどこかにいるから警備の面で心配することはないのだけれど、それをレイドには言えないし、素直に頷くのが一番良い。

　エドワードに私の護衛たちがいるところまで送ってもらう。

　道中、エドワードは私に一言も話しかけてこなかった。職務を遂行するのが大事なのだろう。ピリピリした雰囲気に、こちらも自然と無言になる。

「……殿下と友人になって下さったこと。私からもお礼申し上げます」

「え」

　もうすぐ護衛たちのところに着くという場所で、前を歩いていたエドワードがポツリと言った。

「殿下にはずっと友人がいらっしゃらなくて。ああいった格好を好む方で、なおかつ己を曲げない方ですから仕方ないことなのでしょうけど、殿下を分かって下さる方が増えて、とても嬉しく思っております」

「レイドを分かる人……」

「殿下に近しい身分で、友人と呼べる存在はあなただけです。先ほど、殿下は本当に嬉しそうにしていらっしゃった。あのようなお顔を見たのは久しぶりです。短い滞在期間だと分かっておりますが、できるだけ殿下と共に過ごしていただければ嬉しいです」

　私の方には振り返らず、エドワードは一人で話し続ける。

　今日、レイドはずっと楽しそうだった。自分に誇りを持っているように見えた。

　だけど、それが本当の姿とは限らない。

　自分の国、王女という地位にあってなお、彼女は孤独なのだ。それが現状。

レイドは、本を書いていると言っていたが、もしかしてそれは、寂しさを紛らわすために始めたことだったりするのだろうか。

なんとなくだが、色々と考えてしまう。

でも――。

「イリヤは？　イリヤはレイドのことを知らないの？」

あまり付き合いがないとはイリヤから聞いていたが、レイドの真実を彼女は知らないのだろうか。

イリヤなら、レイドを見ても妙な偏見を持たないと思うのだけれど。

身近にいる王族同士、イリヤはレイドを気にしていたし、仲良くなれるのならと思ったが、エドワードから返ってきた答えには頭を抱えてしまった。

「イリヤ妃殿下のことですか？　妃殿下は城の部屋の奥に籠もりきりでめったに出ていらっしゃいません。殿下も同じで、二人がお会いになったことなど、結婚して数回あったかどうかというところです。もちろん、その時の殿下は女性らしい正装姿でした。ヘンドリック殿下が話していれば別ですが、おそらくはご存じないかと」

「そう……」

接点がなさすぎた。

レイドとイリヤ、仲良し大作戦は、また後で考えることにしよう。

そう決めて、私は大人しくエドワードの後ろをついて歩いた。

◇◇◇

エドワードの案内で護衛たちの元に無事辿り着いた私は、彼に礼を言い、自分の護衛たちと一緒に与えられた部屋へと戻った。

部屋にはすでにフリードがいて、私が中に入るや否や、思いきり抱き締められた。

「ふわっ⁉」

ギュッと抱き締められるのは大好きだが、いきなりで吃驚した。パチパチと目を瞬かせていると、フリードがホッとしたように息を漏らす。

「フリード？」

「良かった。遅いから何かあったんじゃないかって心配してたんだ」

「大丈夫だよ。レイドはすごく良い子だったし、楽しくて時間が経つのを忘れていただけだから」

「レイド？　それ、誰のこと？」

レイドが言った通り、フリードは彼女のことを知らないようだ。これは早めに説明しておいた方が良いなと思った私は、フリードに抱き締められたまま、彼女のことを話した。

話を聞いたフリードが、驚いたように目を見開く。

「オフィリア王女が？　いや、確かに彼女のミドルネームはレイドだけど……で、男装？　何回かイルヴァーンには来たことがあったけど、初めて知ったよ」

「短時間なら、女性の格好も大丈夫なんだって。フリードと会った時は、そうやってやり過ごしてたって言ってたよ」

「ええ？　いや、確かに印象の薄い人で、すぐには思い出せないって感じだったけど……」

「全力で猫をかぶってたってことなんじゃない？　フリードはヘンドリック殿下から聞いてないの？」

「いや……全然」

呆然としながらフリードは首を横に振った。彼としては想像もつかないと言ったところだろうか。

「髪が短いのは覚えていたよ。綺麗な髪なのに、肩までくらいしかなくて勿体ないと思った記憶があるから。ヘンドリックも何も言わなかったし、彼女はそういう人なんだと思って流したんだけど……そんなに？　女性が男性の格好をしている、くらいではないの？」

「ううん。女顔ではあるけれど、知らなかったら普通に男性に見えると思う。私は、女性のレイドを見た後だから、格好良い女の人って思えるけどね」

「で、それを私に教えたのは、私が嫉妬しないか心配になったからかな？」

じっと私の顔を覗き込んでくるフリードに私は真顔で頷いてみせた。

「それ以外ないでしょ。明日なんて、町へ遊びに行く約束をしたんだから。ねえ、一つ聞くけど、私が男の人とデートしてるなんて噂が立ったら、フリードはどうする？」

「その男を殺すよ。当たり前でしょう」

「やっぱり……」

一切の躊躇なく放たれた言葉を聞き、嘆息する。

そんなことだろうと思ったが、想像通りすぎて嫌になる。

フリードが抱き締めていた腕を解き、私を抱き上げる。お姫様抱っこをされた私は慌てて彼の首に両腕を絡めた。

「な、何？」

「私のリディに男が近づくなんて許せない。リディは私のものなんだから」

「分かってる。私だってフリード以外とデートなんてしたくないし」

「うん」

やたらと重々しい『うん』だったなと思っていると、フリードが私を抱きかかえたままゆっくりと歩き出した。

「オフィリア王女のことは分かったよ。私も明日、ヘンドリックに確認してみる。イルヴァーンの国民が皆、知っているようなことなら、聞けば素直に答えるだろうと思うしね。あ、でもその前に」

「何？」

じっと私の目を見てくるフリードを見つめ返す。

「私も用事があるし、ついていきたいとは言わないけれど、オフィリア王女がどんな風になっているのか、確認はさせてもらうから。実物を見ておかないといざ、噂が流れた時、落ち着いて対処できないからね」

「……うん。そうしておいて」

きっとレイドもそうして欲しいと言うだろう。

あと、話してないことはないかと考え、エドワードのことを思い出した。

「あ」

「どうしたの？」

「フリード、覚えてる？　ランティノーツ卿のこと」

エドワードについて話を振ると、怪訝な顔をしつつもフリードは頷いた。

「オフィリア王女の相手にって、ヘンドリックが考えている騎士のことでしょう？　昨日も会ったし覚えているよ。彼がどうかしたの？」

「レイドに聞いたの。ランティノーツ卿のことをどう思っているかって。そうしたら、あり得ないって返ってきたんだけど」

「え……そうなの？」

驚いた様子のフリードに私は言った。

「うん。幼馴染みだし、自分のことを分かっているから側においているけど、恋愛感情はないって」

「そうか……なら、やっぱりヘンドリックの勘違いなんだね？」

「みたい。レイドは、ヘンドリック殿下には説明したけど分かってもらえないって言ってた。ヴィルヘルムに来たくなかったのも、男装の件もあるけど、好きでもない男性とくっつけようって考えているのに気づいて、嫌気が差したっていうのも大きいみたい」

「それは……確かに嫌だろうね」

「うん」

フリードの言葉に同意した。

ただの護衛騎士としてエドワードを連れていくと言うのなら、レイドもそこまで怒らなかったと思う。ヘンドリック王子は色々と間違えたのだ。

「多分、早く二人をくっつけて、ゆくゆくは国を継がせたいって考えているから焦ったんだろうけど……見事に裏目に出たよね。レイドは、ランティノーツ卿のことが好きではないし、強硬手段を取ろうとしたヘンドリック殿下に対して、当たり前だけど怒ってる」

「なるほど。この辺りも、ヘンドリックと一度話した方が良いかもしれないな」

溜息を吐くフリード。そんな彼に私は慌てて言った。

「ちょっと待って。その、レイドがヴィルヘルムに行きたくなかった理由は、まだあるらしいの。で、もっと仲良くなって、話しても良いって思うようになったら教えてくれるって言ってくれて。だから、男装の件を聞いてみるのは良いにしても、他については、全部話を聞いて、正しい情報を得てからヘンドリック殿下には話した方が良いと思うんだけど」

「……分かった」

少し考えはしたが、フリードは頷いた。

「そもそも、オフィリア王女の件は、私では全く手も足も出ないところだからね。男装についても知らなかったし、ランティノーツ卿についての本心を聞き出せたのもリディだからだ。だから、この件に関してはリディの指示に従うよ」

「ん」

私を信頼してくれているからこその言葉だと分かり、嬉しくなる。彼の信頼に応えなければと強い気持ちが湧いてきた。

「頑張らないとね。とりあえず、明日も会うし、もっと仲良くなれたらいいな」

レイドと話しているのはとても楽しかった。話を聞き出せるかは置いておいて、仲良くしたいと思える女性。言いたくはないけど、外見だけで彼女を遠ざけているイルヴァーンの人たちは勿体ないことをしているなと思う。

「町を案内してもらうんだって言ってたね。気をつけて行ってくるんだよ」

「分かってる」

私を抱えたフリードは、寝室へとやってきた。まあ、そうだろうなと予測していたので驚きはしない。ベッドの上に下ろされたが、私はむしろ、自分から両手を伸ばし、フリードを誘った。

「フリード、来て」

誘いを聞いたフリードの表情が蕩けるようなものへと変わる。

「いいの？」

「もちろん」

私の上に覆い被さりながら、フリードが言った。

「本当に、色々知らないことが出てきて驚きの連続だよ。オフィリア王女のことも私は知らなかったし、ヘンドリックとイルヴァーン国王とだけ話して帰っていたあの頃が嘘みたいだ。まるで、初めてこの国に来たかのように知らないことが次々と出てくる」

「私、フリードの役に立ててる？」

まだイルヴァーンに来て二日目だ。だけどなんとなく聞いてみたくなって尋ねると、フリードは真顔で頷いた。

「すごくね。まさか早速オフィリア王女と友人になっているとは思わなかったし、リディは私の知らなかったことを次々と見つけてくれる。リディがいてくれてとても助かっているよ」

「そう、なら良かった」

フリードの言葉を聞いて安堵した。

頬を緩めると、フリードが額に口づけをくれる。

「フリード？」

「でもね」

「ん？」

「こうして、公務にリディを連れてこられることが私は一番嬉しいし、私の精神安定のためにも役立っているんだよ。リディがいるのなら、外国を訪問することも悪くないなって思えるし、頑張ろうって気合いを入れることができるから」

「……うん」

「本当に、リディは私の側にいてくれるだけで、役に立っているんだ。しかも変わりがきかないんだよ？　それは本当にすごいことなんだ」

「ふふ……側にいるだけで良いの？」

笑いながら尋ねる。

私の言いたいことが伝わったのか、フリードは少し目を見張り、それから「まさか。側にいるのに何もしないなんてあり得ないでしょう」と言って、私の唇を塞いだ。

4・彼と二日目の夜

「うにゃ……すぅ……」

私の隣でぐっすり眠るリディを起こさないよう、細心の注意を払いながら身体を起こした。

◇◇◇

可愛くリディに誘われ、それに喜んで応じたあと、私たちは少し遅めの夕食をとった。

食後には、昨日は出なかったイルヴァーン珈琲が出て少し驚いたが、リディがリクエストしたのだと聞き、得心した。

イルヴァーンは珈琲の輸出、世界一位の国だ。普段は紅茶を選びはするが、私も珈琲は嫌いではない。

ただ、今までイルヴァーンを訪れて、一度も珈琲が出ていなかったことに初めて気がついた。珈琲はコクや酸味が苦手な者も多いから、希望がない限りは紅茶を出すようにしていたらしいとリディから聞き、納得したのだが味わってみて驚いた。

本場で飲む珈琲は、ヴィルヘルムで飲むものと比べものにならないほど美味しかったのだ。今までこれを逃していたとは惜しいことをした。ヴィルヘルムに輸入されているものとは違う豆だったらしいのだが、他にも種類があるのならぜひ味わいたいと思ったし、輸入すれば絶対にヴィルヘルムでも爆発的な人気となるだろう。これについても、ヘンドリックたちと話さなければならないなと思いながら、リディに礼を言った。

私では、珈琲が出てこないことに気づかないままだっただろう。それはつまり、この今飲んだ美味しい珈琲とも出会えなかったということで。

オフィリア王女のこともそうだが、お手柄だ。

リディは自分が役に立っているのか気にしていたが、役に立つどころの騒ぎではない。来て二日で早速色々と見つけ出してくれる彼女は相変わらずで、そして変わらず愛おしい存在だった。

夕食後は、昨夜無理をさせたせいか、ソファに座ったまま船を漕ぎ出してしまったリディを寝室に連れていった。

夕食前に付き合ってもらったことだしと、先に眠るように告げれば、リディは驚きつつも素直に従い、すぐに寝入ってしまった。

今も深い眠りの中にいるのだろう。柔らかい表情で時折、寝言のようなことを言っている。

その頬をするりと撫でた。

「可愛いな……」

警戒心の欠片もない寝顔が愛おしくて堪らない。私がいれば大丈夫だと、そう信じ切っている表情に、胸の中が温かくなる。

「……」

ふと、今日の国王との会談を思い出した。

私がわざわざイルヴァーンまで出向いたのは、もちろんヘンドリックの馬鹿な頼みに応えたからというわけではなかった。

サハージャがイルヴァーンに手を伸ばしている。その情報の真偽、そして、可能ならばその前に手を打てと父に厳命され、ヘンドリックの招きに応じたという建前でこちらに来たのだ。

私の目的は、イルヴァーンと協力協定を結ぶこと。

今、ヴィルヘルムとイルヴァーンは友好関係にあるが、何かの約束をしているわけでも、条約を結んでいるわけでもない。そこをサハージャに突かれ、先に行動を起こされる前に、イルヴァーンと正式に協定を結ぶ。書面で契約を交わせば、さすがにイルヴァーンもサハージャの誘いを簡単には受けられないだろうし、一種の防波堤にもなる。

だが、残念なことに国王との話はあまり進んではいなかった。こちらの提案をのらりくらりと躱し、良い返事をしない。協定など結ばなくても、友好関係なのだから良いではないかと、話を終わらせようとしてくる。

それではこちらが困る。代わりにサハージャと何らかの約束をされでもすれば目も当てられない。ヘンドリックは私の味方になってくれると言ってくれたが、彼は私と同じで王太子でしかない。国王がこうと決めたものを覆すことはできないのだ。だから、できればイルヴァーンという国と正式に協力協定を結びたかった。

とはいえ、そう簡単にいくわけがない。帰国までの間に何とか話を決めなければならない焦りもある。もちろん諦めるつもりはないが、話し合いはギリギリまで掛かるだろう。なんとか国王の気持ちをこちらへ向けなければと、実はかなり悩んでいた。

「いや、弱気になるなんて、私らしくなかったな」

重くなった気持ちを振り払う。明日に向けて英気を養わねばと思い直したところで、見知った気配を感じた。

「……」

私は無言でベッドから出て、主室として使っている場所へと移動した。そこで声を掛ける。

「カイン」

少し前、カインからここに来るという念話があったのだ。それに応じ、待っていたのだが、こんな夜中に何の用事だろう。

「……悪いな」

窓からではなく、天井から飛び降りてきたカインと目を合わせる。赤い彼の瞳を見る度に、よくリディはカインを引き込むことができたなと感心してしまう。

もちろん私の妻は、それだけの価値がある女性なのだけれども。

運すらも味方に付けてしまうリディは、何をやらせても引きが良く、気づけば最強のカードを揃えていることが多い。しかもリディ自身、自ら動くことが大好きときたものだから、アレクが振り回されていたのもある意味当然だった。

「どうした？　こんな夜中に」

「一応、あんたには言っておこうと思って」

カインの言葉に無言で先を促す。リディのことだと察したからだ。

「――今日の昼前のことだ。オフィリア王女の元へ向かおうとしていた姫さんに因縁を付けてきた女がいた。リリック侯爵家のケイトと名乗っていたな。なんでも王妃のお気に入りらしいが、昨夜のあんたに一目惚れでもしたクチなんだろう。身のほど知らずにも、姫さんに喧嘩を売っていたぜ」

「リディに？　リディは大丈夫だったのか？」

そんな話は聞いていない。慌てて尋ねると、カインは「大丈夫だ」と落ち着いた様子で断言した。

「いざとなれば見つかっても良いから出ていこうって覚悟していたんだけどさ。そんな必要なかった。見事に相手をやり込めていたし、追い返していたから。多分姫さんは気にもしていないと思うし、何なら忘れてるんじゃないかと思う」

「そう……か」

リディが傷ついていないのなら何よりだ。だが、そのリリック侯爵家のケイトという女については放っては置けない。

「その女、リディに追い返されたんだろう？　諦めたようだったか？」

「いんや。捨て台詞を吐いて逃げていきはしたけど、戦意を喪失したようには見えなかった。アレは放っておけばまた何かやらかすんじゃねえか」

「王族居住区で他国の王太子妃に堂々と暴言を吐けるくらいだ。するだろうな」

「一応言っておくと、イルヴァーンの護衛は、姫さんを守ろうとしていたし、そのケイトって女のことも諫めていた。王妃に気に入られているからって調子に乗ってるんだろうな。私の方が綺麗だとかなんとか言っていたぜ。姫さんは気にしてないだろうけど、オレは気になるから、一応あんたには言っておこうと思って」

「感謝する」

カインの報告が有り難かった。

しかし、リリック侯爵家の令嬢、か。

昔から、私の妃の座を虎視眈々と狙ってくる女たちは多かったから、その心理も行動パターンも大体は把握できる。

大方、正妃一人しか娶っていない私の愛妾の座でも狙っているのだろう。私が、愛妾の権利を放棄したことは広く知れ渡っているはずだが、気にしない者が多くて嫌になる。そしてその殆どが、愛妾の身でありながらも、いずれ自分が一番力を持とうと狙う野心家タイプだ。うんざりする。

話を聞くだに、その令嬢も同タイプだ。自分の容姿に絶対の自信を持ち、さらに父親の爵位は高く、王妃に可愛がられている。さぞ、周りからチヤホヤされているのだろう。そしてその我が儘令嬢が次に目を付けたのが私であり、その一端として私の妻であるリディを攻撃したわけだ。

とはいえ、リディは一筋縄ではいかない。実際、容赦なく追い払ったらしいから、その令嬢は間違いなくリディを恨んでいることだろう。

次に令嬢が考えそうなことなど容易に想像がつく。

そして、リディが気にしてなくても、最愛の妃を侮られて、私が許すはずがなかった。

――良いだろう。その喧嘩、私が買ってやろう。

大人（おとな）げないと分かってはいたが、リディが侮られたと聞いて、無視できるわけがない。

私の命よりも大切なリディ。彼女を馬鹿にするような者に、掛ける情けも容赦もないのだ。

「カイン、頼みがある」

「ん？」

思いついたことをカインに話す。私の話を聞いたカインは、最初は眉（まゆ）を中央に寄せていたが、やがて仕方ないという風に頷（うなず）いた。

「分かった。姫さんのためになるってんなら、気は進まないけど引き受ける」

「頼んだ」

その令嬢が、欲を出さず、今回のことで大人（おとな）しくしているようなら、何もしないし起こらない。リディも気にしていないことだし、賢い選択をしたのだからと私も目を瞑（つむ）ろう。

だが、反省せず、次の行動を起こした場合までは知らない。

因果応報（いんがおうほう）という言葉の意味を噛（か）み締めてもらうだけだ。

「じゃ、早速行ってくる」

「カイン」

天井ではなく、窓を開け、バルコニーの手摺（てす）りに手を掛けたカインに声を掛ける。振り返った彼に私は言った。

「明日、リディがオフィリア王女と町を散策するらしい。もちろん警備は付けるつもりだが、お前も頼む」

「そんなの、頼まれる前からやるつもりだぜ。——姫さんは、オレの主だからな」

カインの姿が消える。それを確認して窓を閉めた。

——しかし、よりによって他国の王太子を狙おうとするとは。

自国の王子であるヘンドリックが己の妃を溺愛していることは、イルヴァーン国内に知れ渡っている。そちらの愛妾になるのは無理だと判断し、こちらに来たということは推測できるが、何も私でなくともと思ってしまう。

大体、私も自国では似たようなものだ。私がリディを心から愛しているのは、皆が知るところ。だから今のヴィルヘルムで私たちにちょっかいを掛けるような愚かな令嬢や令息はいない。そんなことをしても、不利になるだけだと、分かっているからだ。

他国にはそこまで噂が広まっていないからこその今回の話なのだろうが、迷惑極まりなかった。

「やれやれ」

溜息を吐きつつ、リディが眠るベッドへ戻る。彼女は起きた様子もなく、くうくうと幸せそうに眠っていた。ベッドに腰掛け、リディの頭をゆっくりと撫でる。

「言ってくれれば良かったのに」

本音が零れ出る。

こういう時ばかりは、彼女の強さが恨めしかった。

妙な女に絡まれたのだと一言教えてくれれば良いのに、リディは何も言ってはくれない。

その理由は分かっている。真実気にしていないし、もしくは忘れているだけなのだ。彼女にとってはどうでもよい事柄。だけど、夫としては悔しい限りだ。

たとえ他国であろうが、関係ない。私はいつだってリディを守りたいと思っているのに。

どんな些細(ささい)な問題からも遠ざけ、ただ幸せな日々だけを彼女には過ごしてもらいたい。そう思っているというのに。

リディがコロンと体勢を変える。私はベッドに入り、彼女を抱き寄せた。

「……信頼してくれているのは嬉(うれ)しいけど、たまには嫉妬(しっと)の一つもして欲しいなあ」

それは、まごうことなき私の本音だった。

結局今回のことをリディが気にせず、妬(や)く気配すらないのは、私に愛されているという絶対的な自信があるからなのだろう。それを心から信じてくれていることは嬉しいし、今までの彼女に対する接し方が間違っていなかったということだから良かったと思えるのだが、時折、恨めしくも感じてしまう。

だって、嫉妬しているのはいつも私ばかりだから。

リディに愛されているのは分かっているけれど、だからと言って、彼女に近づく男を許容できるわけではない。そう思うのだが、リディは違うのだろうか。

私が誰(だれ)かに狙われていると知って、妬いたりはしないのだろうか。私なら、想像すら許せないと思うのだけれど。

そう、いつだって翻弄(ほんろう)されているのは私の方。

最初に好きになった方が負けとはよく言ったものだと思う。

「愛しているよ、リディ」

抱き込んだ彼女にキスを贈る。

寝ているくせに嬉しそうに笑うリディが可愛くて、やっぱり私ばっかりが惚れているような気がしてずるいと思った。

5・彼女と三日目

「うーん、よく寝た！」

ぐぐっと大きく伸びをする。

有り難いことに、昨夜はフリードが気遣ってくれたおかげで、早い時間から眠ることができた。

すっかり疲れていた私は朝まで熟睡。今、目が覚めたのだが、体調は万全でなかなか良い感じだった。

「おはよう」

上半身を起こし、機嫌良く腕の柔軟に勤しんでいると、隣から声が聞こえた。フリードが笑いながらこちらを見ている。彼も同じタイミングで目が覚めたようだ。

「おはよう、フリード」

「朝から元気いっぱいだね」

「うん！　フリードのおかげで、体力も回復したし、今日一日乗り切れそう」

「それは良かった」

優しい声音で言ってくれるフリード。彼は結婚してから、ますます優しくなった気がする。私が本当に疲れていると分かれば退いてくれるし、無理強いなんてそれこそされた覚えがない。

回数が多いのも、朝まで抱かれる日が多いのも本当だが、それは最初から分かっていたことだ。承知の上で結婚したので騙されたとは思わないし、肝心な時は気遣ってくれると分かっているので、普段は断ろうと思わない。子作りは、妃としての最優先任務だし、愛する人に抱かれるのは嬉しいことでしかないから、今の新婚生活に不満はないのである。

――優しい旦那様で幸せだなあ。

改めて自分の幸運に感謝していると、扉の外からノック音がした。

「？　誰だろ」

「見てくる。リディはここにいて」

「うん」

フリードは立ち上がると、ナイトローブ姿のまま出ていった。扉が開く。外にいた護衛が彼に申し訳なさそうに何かを渡していた。それを受け取り、フリードが戻ってくる。

「どうしたの？」

「王妃からリディに、だそうだよ」

「私に？」

「うん。この手紙を持ってきたのは王妃の女官らしい。本人からの手紙で間違いなさそうだね」

入念に確認してから、フリードは私に手紙を渡してきた。受け取りつつも首を傾げる。王妃とは、まだ一度しか会っていない。一体、何の用だろう。

「……あ、お茶会の誘いだ……」

手紙を読むと、中身は王妃からのお茶会の誘いだった。時間は今日の午前。ちょっとホッとした。午後からはレイドと町に行く約束をしていたからだ。

これならレイドとの約束をキャンセルしなくても大丈夫そうだと一安心していると、お茶会の出席者の名前が目に入った。

出席者は王妃と私、そしてレイドらしい。

「三人でのお茶会？」

別におかしいとは思わないが、それでも少しは考えてしまう。昨日会ったケイトの話を推測するに、王妃はおそらくレイドの男装に心を痛め、その代わりにケイトを可愛（かわい）がっているということだろうからだ。

——王妃とレイドは仲が良くないのではないの？

それとも、ケイトの話の方が間違っているのだろうか。

ともかく行ってみれば分かることだ。私は手紙をフリードに渡し、ベッドから下りた。急な誘いだ。返事を早くせねばと思ったのだ。

「リディがお茶会に誘われていたのは知ってるけど……ちょっと急すぎない？」

手紙を読んだフリードが微妙な顔をする。それに私は便箋（びんせん）を取り出しながら答えた。

「私もいきなりすぎるって思ったんだけど、断るって選択肢はないし。時間はあるから行ってくる」

「……オフィリア王女と王妃、そしてリディ。三人だけのお茶会か。……心配だから私もついていっちゃ駄目かな？」

「駄目に決まってるじゃない。何言ってるの」

羽根ペンを走らせていた手が止まった。

振り返ると、フリードが心配そうに私を見つめている。

本当に心配性だ。どういう種類の誘いにせよ、これは私の戦いの場だというのに。

「ちゃんとやってくるって。それともフリードは私のことが信じられない？」

「私ほどリディを信じてる男はいないよ。でも、それとこれとは関係ない。大事な人を心配するなって言うのは無理な話だと思うんだ」

「心配ないと思うんだけどなあ。でも、これは私の戦場だから、フリードは介入してこないで」

「……分かってるよ」

少し考えたようではあったが、最後にはフリードも頷いた。

「私も予定は詰まっているしね。リディ、何かあったらすぐに助けを呼ぶんだよ」

「……大丈夫だって言ってるのに」

本当に困った旦那様だ。

だけどその心配も私を思ってのことだと分かっているから、嫌だとは思えないし、むしろ嬉しいと思うのだ。

◇◇◇

「こちらです」

女官に案内されてやってきたのは、王妃の私室と思われる部屋だった。盛装に身を包み、ドキドキしながら入室許可を待つ。

内側から扉が開かれる。中から顔を出したのはレイドだった。

「おはよう、レイド」

「おはよう、リディ。おや、随分と可愛らしい格好をしているね。昨日も美しかったが、今日はそれ以上だよ。さ、中に入って」

まるで口説き文句のようなことを言うレイドに苦笑しつつ、中に入る。

レイドはフリードが着るような華やかな盛装だった。短い緑色の髪はセットされ、その姿は涼やかな貴公子のようだ。

部屋はやはり開放的で、外の風が直接吹き込んでくるイルヴァーンらしい様相だったが、置かれている家具類が、昨日見た、レイドの部屋とは全く違った。

いかにも女性が好きそうなデザイン。ソファの色はパステルカラーで、その上に置かれているクッションは猫の形をしている。お茶会用の白いテーブルの脚には可愛らしい天使の彫刻が刻まれていた。椅子の形も優美で、とても繊細なデザイン。王妃が可愛らしいもの好きであることが一目瞭然の部屋だった。

「……」

呆気にとられていると、部屋の主が姿を現した。

イルヴァーンの王妃だ。改めて会った王妃は小柄なとても細い人で、長いたっぷりとした黒髪を綺麗に編み込んでいる。ふんわりとしたリボンの多いドレスが良く似合っていた。やはりおっとりとした印象を受ける。

「ようこそいらっしゃいました。リディアナ妃。急な誘いで申し訳ありませんでしたね。できるだけ早く、あなたと話したかったものですから」

「お招きにあずかり光栄です。王妃様とは是非お話しさせていただきたいと思っていましたので、お誘いいただけて嬉しかったです」

お互い笑みを作り、挨拶（あいさつ）を交わす。王妃が白いテーブルに目を向けた。

「今日はここでお茶をしようと思って。さ、どうぞ」

「ありがとうございます」

示された席に座る。全員が座ったところで、女官が入ってきた。

二段の銀でできたワゴンを押している。その上には、大きなガトーショコラが載っていた。あとはサイフォン。珈琲（コーヒー）を用意してくれたのだと知り、嬉しくなる。

昨日今日で、私はすっかりイルヴァーン珈琲に嵌（は）まってしまったのだ。

嬉しそうな顔をした私を見て、王妃が笑顔で言う。

「まあ、リディアナ妃は珈琲がお好きなのですね」

「はい、すっかりファンになってしまいました。珈琲ってこんなに美味（おい）しいものだったのですね」

「ええ。珈琲は、豆だけでなく、ローストやグラインドの方法でも味が変わりますからね。是非、色々な珈琲を楽しんで、リディアナ妃だけの逸品を見つけてください。……ところであなたたち、下がってちょうだい」

「失礼いたします」

　珈琲とケーキの準備をしたあと、王妃に命じられ、女官たちが退出する。

　三人で話したいのだなと気づき、少し緊張した。レイドに視線を向けると、大丈夫だという風に頷いてくれる。

　――レイドが大丈夫だって言うのなら、平気なのかな。

　友人が一緒にいてくれるというのは心強いものだ。

　とは言え、何を言われるのかは非常に気になる。ドキドキしつつも王妃の顔を見ると、何故か彼女は目を潤ませていた。

「えっ……」

「オフィリアに友人が……しかもちゃんと女の子……嘘みたい……」

「ええっ？」

　思わずレイドを見た。レイドは呆れたように溜息を吐いている。

「だから、本当に友人になったと言ったでしょう。母上。全然信じないんですから」

「だって、あなたに女性の友人なんて、今までいた試しなどなかったではありませんか。あなたはいつまで経っても男の人のような格好や話し方をしているし、あとは部屋に引き籠もっているか、町にふらふらと出かけているだけ。そんなあなたにようやく友人ができたと聞いて、しかもそれが同じ王族女性だと聞いて、母がどれだけ嬉しく思ったことか。できるだけ早く確かめたいと思うのも当然でしょう」

「……」

突然のお茶会の誘いの理由が、今の話だけで分かった気がした。

なるほど。どうやら王妃は、娘に友人ができたことが信じられなくて、できるだけ早く確認しようと、こんな直前の誘いをしてきたらしい。

他意はなさそうだし、無駄に緊張する必要がないと知った私は、小さく息を吐き出した。親子のやり取りを眺めることにする。

「あなたにもようやく女性の友人ができたのだから、少しは女性らしさに目覚めてくれると良いのだけれど。皆から腫(は)れ物のように扱われて、恥ずかしい。その格好は目を瞑(つむ)るにしても、せめて髪くらいは伸ばしてくれれば良かったのに……」

「私は母上の望むような女にはなれませんよ。それはこの十八年ほどで、母上も思い知ったことと思いますが」

「ええ、ええ。分かっています。せっかく娘が生まれて……可愛らしい格好をさせられると喜んだのに……母が選んだドレスを着てくれたことも殆(ほとん)どなかったではありませんか。少しくらい母親に孝行しようという気持ちはないのですか」

「母上の好みは、フリフリなリボンとレースがついたド派手なドレスでしょう。あのようなものが私に似合うとは思えませんね。似合わない女装と陰口を叩(たた)かれるのが関の山だということくらい聡明(そうめい)な母上ならお分かりでしょう」

「素材は良いのですから、似合わないということはありません。カツラと化粧である程度は誤魔化せます」

「無理なものは無理です。大体母上には、お気に入りの令嬢たちが何人もいるでしょう。彼女たちを着飾らせるだけで満足して下さい」

「あの子たちは確かに可愛くて、母の無聊（ぶりょう）を慰めてはくれますけれど、母は娘を着飾りたいのです。それくらい娘なら分かろうものでしょう」

「分かりたくありませんね。私は今の私が一番、私らしいと思っていますから。いくら母上の頼みでもやめる気はありません」

「はあ……残念です。非常に残念です」

心底残念そうに、頬（ほお）に手を当てる王妃。二人のやり取りにポカンとしていると、私の様子に気づいたレイドが気の毒そうに言った。

「申し訳ない、リディ。母上とはいつもこんな感じなんだ。母上は私に女の格好をして欲しいらしいんだが、それは受け入れられない。だが決して仲が悪いわけではないことは分かって欲しい」

「うん……それは分かるけど」

二人とも、遠慮のないやり取りをしていた。そういうことができるのは、気を許しているから。それくらいは見ていれば察することができる。

しかし――とまだ言い合いを続ける二人を見つめながら思う。

昨日のケイトが言っていた『王妃様のお気に入り』的な話は、娘を着飾れない母親が、そのストレスを別で発散させているということだったらしい。

ケイトは女の子らしい体型と、顔立ちをしていたから、王妃の好みに合っていたのだろう。

そしてケイトは、王妃がレイドを好きではないと思っていたらしいが、それはどうやら勘違いだということも分かった。

今、話を聞いているだけでも分かる。王妃はレイドのことを自分の娘として愛している。ただ、レイドの成長の仕方が自分の好みとは違って寂しい。娘を着飾りたかったのにできなかったと文句を言っているだけなのだ。

もちろんレイドの方も、母親を嫌ってはいない。面倒だという顔はしているが、きちんと相手をしているし、そもそも二人の間に流れる空気は柔らかい。

——なんだ。仲良しなんだ。じゃ、心配する必要もないかな。

私は娘の友人がどんな人物なのか気になった母親に呼ばれたと、ただそれだけのことだったのだ。

「ふふ……」

分かってしまえば、気持ちはとても楽になった。三人でのお茶会。どうなることかと思っていたが、これなら普通に楽しめそうだ。

「リディ、どうしたんだ？　急に笑い出して」

王妃との言い合いをやめたレイドが不思議そうな顔で聞いてくる。私は今の気持ちを正直に告げた。

「うん。レイドって、王妃様のことが大好きなんだなって思って。私もお義母様が大好きなの。一緒だね」

「っ!?　リ、リディ、何を……！」

ボッとレイドの顔が赤くなった。その反応を見て、彼女はちょっと捻くれたタイプなのだなと理解する。好きなのに、素直に好きと言えないタイプ。

それに対して、王妃の方は「ええ。私とオフィリアは仲良しですから。私もオフィリアが大好きなのです」と実に暢気だ。

「母上！」

「あら、何か否定するところがあったかしら」

「〜〜‼」

今度こそレイドは顔を真っ赤にして黙り込んでしまった。恥ずかしいけれど、じゃあ嫌いだとは言えない。そういう可愛らしさをとても好ましく思う。

――レイド、可愛いな。

こうしてみれば、レイドがちゃんと私と同じ年の女の子だということが分かる。

見た目は男のように見えても、彼女は女性なのだ。それを強く実感した。

仲の良い親子のやり取りが楽しくて、また声を上げて笑ってしまう。

私が笑ったことに、からかわれたと思ったレイドが「リディ！」と怒ったような声を上げたが、それが本気でないと分かっていた私は全然怖くなかった。

◇◇◇

楽しいお茶会はあっという間に終わった。

あれから、互いの緊張も解れ、私は王妃やレイドと楽しいひとときを過ごすことができた。

王妃は別れ際、私の両手を握り、「どうかオフィリアと友人付き合いを続けてやって下さいね。あの子はとても良い子なのだけど、外見で差別されやすいから」と潤んだ瞳で語っていた。

もちろん、すっかりレイドが大好きになっていた私に断るという選択はない。

「ヴィルヘルムに帰っても、仲良く付き合っていけたらなと思います」と正直な気持ちを告げると王妃は甚く喜び、「私にできることがあれば、何でも言って下さいね」とまで言われてしまった。そのあと、「できれば、あなたにも私の選ぶドレスを着てもらいたいわ。部屋に届けたら着て下さるかしら？」と言われ、断れなかった私は、いつか前世で見たどこぞの居酒屋の店員のように「ハイ、ヨロコンデ！」と答えるしかなかったわけだが。

あとで、レイドに「私の方から断ってやろうか」と聞かれたが、私がドレスを着るくらいで喜んでくれるのなら、嫌だなんて言うはずがない。どんなドレスが来ても、その日一日は着続けるという決意を込め「やる」と言った私にレイドは「母上の趣味は、フリフリのドレスだから覚悟しておけよ」ととどめを刺してくれた。

まあ、大丈夫だろう。王妃の着ていたドレスは確かにフリフリだったが、趣味は悪くなかった。一つだけ懸念があるとすれば、胸元が開いているかどうかくらい。

王華が見えないドレスを着るとフリードの機嫌が悪くなるのだ。イルヴァーンの王妃からと言えば一日くらい我慢してくれるのは分かっていたが、不要な波風は立てたくない。

部屋に戻り、同じくヘンドリック王子との用事を済ませて帰ってきたフリードと一緒に昼食をとる。

外出の準備を整えた頃、部屋の扉がノックされた。

入ってきたのは、兄と……カインだ。

兄はヴィルヘルムにいる時とは違い、きっちりと服を着込んでいる。他国ではさすがに、だらしない格好はできないということだろう。だが何故、二人は一緒にいるのだろうか。

「カイン？　なんで兄さんと一緒に？」

カインは兄の横で憮然とした表情を浮かべていた。対する兄は満面の笑みだ。それだけでなんとなくことの成り行きを察してしまったが、一応説明を求めてカインに目を向けると、彼はとても渋い顔をしながら言った。

「アレクのご指名」

「は？」

今度は兄を見る。兄はニコニコしながら言った。

「いやさ、フリードがお前の散策の供をしろって言うから。姿は見えないけどどうせカインも連れてきてるんじゃねえかって思って、試しにカマを掛けてみた」

「くだらないことをやるなよ……」

げっそりとした様子のカインだったが、兄は嬉しそうだ。

「いいじゃねえか。どうせ、リディの護衛に付いていく予定だったんだろ。一人でこっそりついていくより、堂々と護衛した方がやりやすいって」

「オレは、ヴィルヘルムの護衛としては来てないんだって言ってるだろ」

「別に問題ないだろ。うちの護衛たちは皆、リディの護衛であるお前の顔を知ってるし。ああ、遅れて来たのかくらいにしか思わねえよ」

確かにそれはそうかもしれない。

デリスさんの薬のおかげで、最近ではカインは色んな人に認識されている。この前、グレンやウィルにも紹介したから、知らないのは国王とうちの父くらいではなかろうか。

いや、父のことだからすでに情報を掴(つか)んでいて、見て見ぬ振りをしている可能性もある。

フリードや兄が知っているのならと、私たちが言い出すまでは黙っている……という線は非常に濃そうだ。

「良いの？　フリード」

知らない護衛が増えるのはイルヴァーン側も困るのではと思ったのだが、そこはさすがのフリードだった。

「午前中のうちにヘンドリックに報告しておいたよ。やっぱり心配だから一人、リディの護衛を増やしたってね。私がリディに惚(ほ)れきっているのは知られているし、普通に納得してたよ」

「そ、そか……」

「だから、午後の護衛はカインとアレクの二人に行ってもらおうと思う。カイン、お前も隠れて護衛するよりは堂々とできた方が楽だろう？」

フリードに話を振られたカインは微妙な顔をしつつも頷いた。

「店の中にもついていけるから、正直助かるけど……はあ。ほんと、もういいや。姫さんと王太子が良いと思ったタイミングで国王たちにオレのこと言って良いぜ。今更すぎて、拘ってるのが馬鹿らしくなってきた」

「良いの？」

「考えても答えなんて出ないし、アレクと無理やりとはいえ、友達になったからな。公爵家の御曹司とつるんどいて上の人間が嫌いだなんて言ってられないだろ。良い機会だと思うことにする」

「そっか……！」

カインの言葉に嬉しくなった。

出会った当初、王侯貴族が嫌いだと言っていたカイン。だからこそ私はその意思を尊重し、父たちには彼の存在を秘密にしてきた。だけど彼は少しずつ自らの存在を周囲に明かし始め、ついに、国王や宰相に知られても良いとまで言ったのだ。

最初の頃を知っている身としては、信じられない変化だし、そう言ってくれるようになったことを心から喜ばしく思った。

「じゃ、じゃあ、帰ったらお父様たちに紹介するね！」

「紹介とか大層なのは要らねえよ。適当に話のついでにでも言っといてくれればいい。とにかく、だ。午後の護衛はオレとアレクなんだな？　アレクは護衛には向かないぞ。本当にオレとアレクの二人で良いんだな？」

「お前がついていれば安心だからな。アレクが戦力にならないのは分かっているが、お前が一緒にいて、一番やりやすいのはアレクだろう？」

　カインは渋々ではあるが頷いた。

「それはまあ……そうだけど。……ん？　ということは、最初からオレを外に引っ張り出すつもりでアレクに声を掛けたな？」

　その言葉にフリードは、肯定するような笑みを返した。

「友好国とはいえ、外国だ。リディの安全第一でいきたい。そのためには、お前にリディを隠れてではなく、近くで守ってもらうのが一番だと思った。私は予定があって行けない。私が手放しで信頼できるレベルの技量を持つのはお前だけだ。だから仕向けた」

　はっきりと、信頼しているのだと告げられたカインが、ポカンとフリードを見る。その頬がじわりと染まった。それに気づいたのだろう。彼は慌てて誤魔化した。

「ひ、姫さんのためだって言うんなら、オレが嫌だって言うわけないだろ。……そこの戦力にならないアレクもついでに守ってやるよ」

　その言葉に兄が敏感に反応した。

「おい！　二人とも！　戦力にならないとはなんだ！　そりゃあ、完全無欠とか赤の死神とか言われてるお前らほどではないけど、これでもそこそこは使えるんだぞ！」

　貴族にある程度の剣の嗜みは必須である。兄も小さな頃から教育はしっかり受けていたし、筋も悪くないと聞いている。

　ただ、武官になれるほどではないし、フリードやカインと比べるのがそもそも間違っているという話なだけだ。

「ほんっと、俺の周りは化け物並みに強い奴らばかりかよ……こういう時、ひょろいウィルがいてくれたらなって思う」

「なんでウィル？」

突然出てきた名前につい横やりを入れると、兄が真面目くさった顔で言った。

「あいつ、俺と比べてもひょろひょろしてるだろ？　あいつ見てると安心する」

「……ウィルの魔術の腕を知っていてそれを言えるお前を私は尊敬するが」

兄の悪口に、フリードが真顔で返した。それに対する兄の答えは酷いものだ。

「ああ、発動されちまえば、負けるのはこっちだよな。それは分かってる。だからさ、ウィルの場合は先に拳で沈めてしまえば良いんだよ。俺、今までウィルと喧嘩して負けたことねえから。あ、そういえば、グレンにも負けたことねえな」

「……自慢げに言わないでよ」

現魔術師団団長や近衛騎士団団長を拳で沈めたと笑う、実の兄を見ていると頭痛がする。

深い溜息を吐いていると、私の隣に移動してきたカインが言った。

「ほんっと、アレクって姫さんの兄なんだなって、こういう時すごく思う」

「……やめてよ」

一緒にしないで欲しいと心から思った。

◇◇◇

レイドとの待ち合わせ場所に行くと、すでにそこには彼女と彼女の騎士が待っていた。

ちなみに私の方だが、フリードも一緒だ。レイドを見てから次の仕事に向かうと言うので連れてきたのだが、フリードを見たレイドはすぐに納得したように頷いていた。

どうして彼が来たのか分かってくれたのだろう。

「フリードリヒ殿下、本日はあなたの妃をお借りします。このような形で申し訳ありませんが——」

神妙な顔で挨拶をするレイドに、フリードは驚きつつもきちんとした態度で彼女に接した。

「こちらこそ今まで知らなくて申し訳ありませんでした。リディはあなたと友人になれたと、昨日もとても喜んでいました。今日は妻をよろしくお願いします」

和やかな雰囲気の中、挨拶を済ませたフリードは私の側に戻ると小声で言った。

「本当だ。吃驚したよ」

「ね。だから言ったでしょう?」

「うん。リディから話を聞いていなかったら、一瞬誤解したと思う。だけど確かに彼女は私の知っているオフィリア王女だ」

信じられないと首を振っているフリードに、話が聞こえていたのかレイドが言った。

「この姿でお会いするのは初めてですが、間違いなく私ですよ、フリードリヒ殿下。あと、一応言っておきますが、私の恋愛対象は男性ですので、リディアナ妃に手を出す心配もありません」

「それは安心しました。良い情報をありがとうございます」

「……」

絶対に本気で喜んでいると分かる声でフリードが返事をした。

レイドは男装しているだけで、ちゃんと女の子だとフリードには説明したのだが、やはり実物を見るまでは実感できなかったのだろう。

とは言え、すでに彼女を受け入れているところはさすがだと思う。その点に関してはレイドも同じことを思ったようで、感心しながらフリードに言っていた。

「ヴィルヘルムの王太子夫妻はすごいですね。まさかご夫婦共に受け入れてもらえるとは思いもしませんでした」

「あなたが好んでしていることを否定するなど、私にはできませんから。それにリディが友人になったと言うのです。夫である私が妻の友人を受け入れないはずがないでしょう」

キッパリとしたフリードの返事に、レイドは目を見張り、次に声を上げて笑った。

「なるほど！　確かに。溺愛している妃の友人だからというのは、実にあなたらしい理由だ！　変に取り繕われるよりよほど信用できる！」

「彼女は私の全てですから」

そう答えたフリードに、レイドは目を見張り、次に柔らかい表情を見せた。

「――昨日、あなたの妃も同じことを言っていましたよ。あなたたちは本当に仲の良い夫婦なのですね。羨ましい」

「リディがそんなことを?」

「ええ。まるでそれが当たり前であるかのように言っていました」

フリードが私を見る。それに私は頷いた。

「本当のことだもん。嘘を吐く必要なんてないでしょ?」

「うん、そうだね。でも、私の知らないところでリディが惚気てくれていたとは、残念なことをしたかな。是非、直接聞きたかった」

「似たようなことなら、いつも言ってるのに」

「ふふ……また気分が違うんだよ」

上機嫌でフリードが笑う。レイドがそんな彼に言った。

「では、私たちは出かけます」

「邪魔をしてすみませんでした。楽しんできて下さい。リディ、気をつけてね」

「うん。カインもいるから大丈夫」

ついでに兄もいる。そう告げると、フリードは「そうだね」と笑い、私たちが向かうのとは反対方向に歩いていった。

「リディ、行こうか。……ええと、その二人がリディの護衛かい?」

フリードを見送ったあと、レイドが私の後ろにいる二人を見て聞いてきた。それに答える。

「うん。兄さんとカイン。兄さんは知ってるよね。私の兄で、カインはヴィルヘルムでの私の専属の護衛官……と言ったら分かりやすいかな」

心の中で、「本当は、マイ忍者だけどね」と付け加えておく。誰にも分かってもらえないことは理解しているので言いはしないが、私の中でカインはいつだって忍者なのである。ニンニン。

「兄君と護衛官、ね。承知した。私のところはいつも通り、エドが一人だ。一人で不安かもしれないが、腕は確かだから安心してくれていい。私も戦えるしね」

恋愛感情はないにせよ、己の護衛騎士に全幅の信頼を置いているのだろう。

頷くと、レイドは昨日と同じように、私に向かって手を差し出してきた。

「それではお手をどうぞ、お姫様。今日は君に、イルヴァーンの町を案内しよう」

◇◇◇

レイドに連れられて初めて足を踏み入れたイルヴァーンの町は、活気に溢れていた。港町らしく、近海で捕れた魚が売られている。生で食べることはないみたいだが、煮物が売られていたり、日干しが売られていたりして楽しかった。

また商人の国と言われる通り、露店の数も多かった。町中至るところに露店がある。中には敷布を敷いて、その上に商品を並べているだけの店もあり、ごったな印象だ。商品は、食料品に宝石、日用雑貨に、服。怪しげな薬草や薬も売っている。明らかに外国から来たであろう人たちも店を開いていた。ヴィルヘルムではあまり見ない光景に驚いていると、レイドが言った。

「イルヴァーンでは、申請さえ出せば、国民以外でも好きに露店を出すことができる。登録料なんかも一切取らないから、利益は全て商人たちのものになるな」

「へえ……」

「ただし、申請時に虚偽の報告をすると罰則がある。申請には、本名と住んでいる国と町の名前。売る予定のものの一覧表。可能ならば見本を提出。販売予定の場所。それと、連帯保証人を一人」

「連帯保証人？」

聞き慣れない言葉だ。レイドを見ると、彼女は頷いた。

「何かあった時に、逃げられては困るからな。それに、悪事防止にも繋がる。連帯保証人は申請時に、申請者と一緒に王宮に来なければならない。そこで本人の意思を確認し、同意が得られれば初めて登録が認められるというわけだ。脅されている様子、本当は嫌だと思っているような様子だった場合は、登録は認められない」

「それだと、登録するのが難しくならない？」

私の疑問にレイドはニヤリと笑って、町の奥を指さした。茶色いテントが張られており、男が一人、小さな椅子に座っている。『保証人、応相談』という看板が掲げられていた。

「金を出せば、連帯保証人になってくれるような商売も存在する。決して安くはないがな。あとは、王宮で一定期間働けば、国が連帯保証人になってくれる制度もあるな。一年、問題を起こさず王宮で下働きを勤め上げれば連帯保証人を探さずに済むというわけだ」

「そんなのがあるんだ」

お金がない人のための受け皿がちゃんと用意されていることに驚いた。

「それぞれ好きな方法を選べば良い。保証人がいるのなら連れてくれれば良いだけだし、いないのなら、金を出して雇うか、王宮で働く。何かしら、取れる方法は用意してあるというわけだ」

「そっか。それでも登録しないようなのは、罰則対象と、そういうわけね」

「ここまでしても登録したくないということは、それなりの理由があるわけだからな。たとえば、売っているものが違法なものだとか」

「港町だものね。色々なものが持ち込まれる可能性はあるよね」

違法なもの。それはたとえば禁止されている薬物だったり、必要以上の剣や槍といった武具。疫病を持っているかもしれない動物と、様々な種類がある。

「検閲は行っているが、それでもすり抜けてしまうものもある。それをできるだけ早く取り締まるためにも一役買っているな」

「そうだよね。密輸は取り締まってもなくなることはないし、どこの国も大変だよね」

ヴィルヘルムでも似たような悩みは抱えている。犯罪はどんな豊かな国でも決してゼロにはならないのだ。ヴィルヘルムの王都は、高い塀と門に囲まれていて、入り口が限られているからまだマシだが、港がある町は大変なのだとフリードからも聞いている。海軍の本拠地があるその場所は、フリードの叔父であるガライ様が治めているが、とても大変な仕事なのだろうと、推測することくらいはできる。

しみじみと頷くと、レイドは苦笑した。

「ヴィルヘルムにも、港町があるんだったな」

「王都ってわけじゃないから、ここよりはマシだと思うけどね」

「いや、どこも似たようなものだろう」

二人で話しながら、大通り沿いを歩く。

兄やカイン、そしてレイドの護衛騎士であるエドワードは口を挟まず、私たちの後ろをついてくる。

人の数が多い。そして着ている服の種類が皆、違う。国際色豊かだなと思っていると、レイドが大通りに面した赤煉瓦造りの建物の前で立ち止まった。

カフェなのだろう。外から中を覗くと、中にも飲食スペースがあったが、外にもテーブル席が何席もあった。客入りは七割程度といったところか。

のんびりとした様子で客たちが飲んでいるのは珈琲だ。

「リディ、ここに入ろう。ここは私が気分転換する時によく使っているカフェなんだ」

「是非！」

近くにいた店員にレイドが声を掛ける。

「すまない。良いかな」

「？　はい」

レイドを見た店員は、すぐに笑顔になった。

「おや、レイド様。いらっしゃいませ。また王宮から抜け出して来られたんですか？」

「いや、今日は友人を案内してきたんだ。席は……そうだな。せっかくだから外のテーブル席にしようか。二名と三名に分けてくれ」

「ご一緒でなくてもよろしいのですか？」

「ああ、アレらは護衛だからな。席まで一緒だと息が詰まる」

嫌そうに言うレイドに、店員は「相変わらずですね」と笑い、席に案内してくれた。

常連っぽいやり取りに、よほど普段から入り浸っているのだろうと推察する。

とはいえ、私も大概王都をふらついている自覚はあるので、それについては何も言わない。外に出るのは、皆に心配を掛けて申し訳ないが良い息抜きになるし、町の様子を見ることもできるからやめたくないのだ。

「こちらにどうぞ」

店員が案内してくれた席に座る。兄たちの席は私たちの隣だった。男三人、しかも皆、見目が良いものだから、彼らは非常に目立った。私たちよりよほど兄たちの方が皆の注目を集めている。

「目立つね」

「ああ、良いカモフラージュになるだろう？　どうしたってあちらに目が行く」

「兄さんについては認めたくないけど、目の保養になるもんね」

「そういうことだ。ちなみに私たちはカップルに見えていると思うぞ」

「それも面白いね。フリードに知らせてなかったら、面白いなんて絶対に言えなかっただろうけど」

先にレイドに会っておいてもらって良かった。恋人と勘違いなんて、一番恐ろしいパターンではないか。フリードを嫉妬（しっと）させても何も良いことはないのである。

店員がメニューを渡してくれたので、目を通す。

十種類以上、珈琲がある。あとは珈琲に合いそうなお茶菓子。軽食もあり、昼食くらいならここで十分に済ませることができそうだ。

紅茶もあったがそちらは一種類だけ。イルヴァーンでは珈琲がメインで間違いないのだとそれだけで分かる。

「レイドはこの店の常連なんだよね？　お勧めのものがあれば教えて欲しいな」

初見では、何が良いのか分からない。正直に助けを求めると、レイドは「そうだな」と少し考え、メニューの真ん中辺りを指し示した。

「それなら、ラムダール珈琲を。ラムダール地方で栽培された豆なんだが、芳醇な香りや甘みが特徴で、特に女性に高い支持を得ている。ブレンドもあるが、本来の味が味わえるストレートが特にお勧めだ」

「へえ、じゃあ、それで。お茶菓子は……どうしようかな」

「このプリンはどうだろう。生クリームとカラメルが別添えになっている」

「美味しそう！　じゃ、お茶菓子はそれにするね」

プリンなんて久しぶりだ。生クリームとカラメルが別添えというのも色んな味が楽しめそうだし、私は迷わずレイドの助言に従った。

「私も同じものにしよう。あと、クッキーを三枚追加で。種類はお任せで構わない」

「かしこまりました」

店員がレイドの注文を受けて、笑顔で去っていく。兄たちの方に視線を向けると、彼らも注文を終えていた。イルヴァーン人のエドワードもいるし、特に問題は起こらなかったのだろう。

「レイドは普段、町に出て何をしているの？」

注文の品が来るまでの間、雑談に興じる。私の何気ない問いかけに、レイドは真面目に答えてくれた。

「大体は、人間観察だな。執筆活動をしていることもあるが、色々な人物を見るのが好きなんだ。特にここは港町で様々な人が通るから飽きない」

「そういえば、本を書いているって言ってたね。恋愛小説って話だったけど」

昨日はさらりと流してしまったが、よくよく考えればすごく興味のある話だ。

この際だ。聞いて良いのなら聞いてみようと思った私は、レイドに話を振ってみた。

「スランプだ、とも言っていたけど」

「はは。実はそうなんだ。今まではこうやって人々を観察しているだけで、色々なシチュエーションや情景が浮かんだものだったんだが、最近ではどうにも気が乗らなくてね。筆を取ってみても、『これじゃない』感が強くて、続きを書く気になれない。何か、心を燃え上がらせるものでもあればと考えていたところに、リディたちの話を聞いたってわけさ」

「私とフリードの話が、レイドの執筆の役に立つとは思わないけど」

極々、普通の話だ。

実情はどうあれ、対外的には政略結婚にしか見えないし、フリードが溺愛、なんて噂（うわさ）も、イルヴァーンにいては、正確な話も伝わらないだろう。

特に彼女の興味を引くような話もないと思ったのだが、彼女は頷かなかった。

「いや、そうでもないぞ。絵に描いたような政略結婚のはずなのに、どう見ても相思相愛。それは幸せな結婚式だったらしいと、イルヴァーンでも随分と噂になった。それで興味を持ったんだ。会えるなら会ってみたい。もしかしたら、今のこのスランプを脱することのできる何かが得られるんじゃないかって思ってな」

「期待されても……それに、劇的な話って言うなら、あなたのお兄さん、ヘンドリック殿下の方がドラマチックじゃない？　どこの誰とも分からない女性を正妃に、なんて、それこそヴィルヘルムでも噂になったし、二人のことが書かれた本まで出たくらいなんだから」

イリヤと友人になってから、私は、実はこっそりその本を入手していた。読んでみたが、なかなか当人が恥ずかしさで死んでしまいそうな感じに仕上げてあり、イリヤには悪いが、笑ってしまった。だって、それこそまさにシンデレラストーリーか何かのように書かれてあったからだ。

私がイリヤたちの話を出すと、それまで楽しそうだったレイドの顔がふっと真顔になった。

「さすがに実の兄の恋愛話を糧にしたいとは思わないな。リアルすぎて、創作には向かない」

「そ、そっか。えっと、もし良ければ、レイドが書いた話っていうのも読んでみたいな。どこかで買えるなら買いたいんだけど。ペンネームは？」

なんとなく彼女の雰囲気から話を変えた方が良いと察し、話題をすり替えた。レイドはホッとしたように話題転換に乗ってくれる。

「私の本なら、見本誌が王宮にあるから、それをプレゼントしよう。あとで部屋に届けさせる」

「良いの？」

「ああ、本を書いていることは、王宮ではエドしか知らないからね。無駄に本が余ってるんだ。もらってくれると有り難い」

「ありがとう。それなら遠慮なく。でも、どうして皆に言わないの？　すごい才能なのに」

本を書けるというのは一種の才能だと思う。それを隠している意味が分からなかったが、レイドは憮然とした表情になった。

「恋愛話を書いていることを、母や兄上に知られたくないんだ。母はああいう人だから、間違いなく『本に書けることがどうしてあなたはできないの？』なんて悪気ゼロで言ってくるだろうし、兄上には……恋愛小説を書いているとなんとなく知られたくない」

もし君なら兄上に言えるかと聞かれ、私はぶんぶんと首を横に振った。

自分の書いた恋愛小説を兄に読まれるとか、恥ずかしすぎる。絶対に嫌だ。

もちろん、平気な人も世の中にはたくさんいるだろうが、少なくとも私は恥ずかしいから嫌だと思うタイプだし、レイドも同じということだろう。

「特に私はこんな格好をしているからな。男装して、男のような話し方をしているくせに、女性が主人公のベタベタな恋愛小説を書いているとか知られるのは……無理だ」

「ベタベタなんだ……」

「ああ、自分でも吃驚するぐらいベタベタなんだ。王道が好きと言うか……幼馴染み（おさななじみ）とか、身近な人物がヒーローとかそういうのが多い」

「幼馴染みのヒーロー」

それは、もし読まれたら、ヘンドリック王子辺りが「やっぱり」と思う案件になりそうなことこの上ない。私の表情を見て、考えていることが分かったのだろう。レイドが渋すぎる顔で言った。

「そういうことだ。ここぞとばかりにエドを勧められでもしたら堪らない。小説と現実は違うんだ。私が小説で幼馴染みヒーローを書いていたからといって、現実でも幼馴染みが好きだとは限らない。そこをきっと兄上は理解してくれないと思う」

「そ、そうかな……話せば分かってもらえる気も——」

「すでに完璧(かんぺき)に勘違いしている状況だぞ？　本当にそう思うか？」

真顔で問い返され、私は白旗を揚げた。

「ごめん。更なる誤解を生む未来しか見えません」

レイドが誰にも執筆活動のことを言っていなかった理由に深く納得した。

「お待たせいたしました」

ちょうど話が切れたタイミングで、店員が注文したメニューを運んできた。そちらに視線を移す。

私の前にプリンと珈琲が並べられた。

プリンはレイドが説明してくれた通り、生クリームとカラメルが別にあり、自分で好きなように調整できるようになっていた。店員が笑顔で尋ねてくる。

「砂糖をお使いになりますか？」

「あ、大丈夫です」

昨日もブラックで飲んだ。

ミルクがたっぷり入ったものも、疲れた時に飲む甘い珈琲も嫌いではないが、基本はブラック派なのだ。あまり苦かったり濃かったりするものはさすがに無理だけれども、そうでなければ本来の味を楽しみたい。

私は早速珈琲カップを手に取った。

白いカップには、青っぽい紫色で綺麗な花模様が描かれている。見たことのない意匠なので、もしかしたらイルヴァーンのどこかの地方の特産品なのかもしれない。

「……わ。飲みやすい。美味しい……」

飲んでみると、口の中に優しい苦みが広がった。とても良い香りで、確かに甘い。もっと飲みたいと思わせる味だった。

私の感想を聞いたレイドが嬉しそうに笑う。

「気に入ってくれたようで良かった。何なら買って帰ってくれても構わないぞ。別に輸出を禁じているわけではないからな。手頃な価格で、土産（みやげ）としてもお勧めだ」

「本当？　それなら買って帰ろうかな……」

こちらに来るにあたり、イルヴァーンの貨幣はもちろん準備している。

とりあえずは自分の分とお土産用を。フリードにも飲ませてあげたい。あと、嫌いでなければ義母や国王にも。皆が気に入ってくれたら、輸入できる可能性も出てくるし、私も美味しい珈琲が飲める。

良いこと尽くしだ。

「じゃあとりあえず、お土産分も合わせて十袋。ここで買えるのかな？」

「まとめ買いをするのなら産地へ行くのをお勧めするが、それくらいの量ならこの店でも店頭で売っている。先に店員に言っておけば、会計時までに用意してくれるだろう」

「うん。じゃあ、お願いしておこう。はあ……紅茶もだけど、珈琲も美味しいものは本当に美味しいよね。試しに、カレー店の食後に出してみるのも良いかもしれない」

これもまた新たな試みだ。食後に珈琲というのは、ヴィルヘルムではあまり浸透していないが、それは皆、あまり美味しい珈琲に出会えていないからだと思う。美味しい珈琲を飲めばきっとブームになるのではないだろうか。

そんな風に考えていると、レイドが「リディ」と私の名前を呼んだ。

「ん？　何？」

「今、カレー店という言葉が聞こえたのだが」

「うん」

何かおかしかっただろうか。首を傾げると、レイドは私を窺うように聞いてきた。

「カレー店というのは、あれだろう？　最近、ヴィルヘルムの王都で流行っている『カレーライス』というものを扱っている店で、その独特の味が話題になっているという。私も噂には聞いていたし、もしヴィルヘルムに行くことがあれば、食べてみたいと思っていたのだが……その店とリディは何か関係があるのか？」

「あ、うん。私がオーナーだから」

「は？」

さらりと答えると、レイドは目を丸くした。

「カレー店のオーナー？　リディが？」

「うん。ちなみに、カレーライスのオリジナルレシピ保有者も私だよ。ハンバーグ専門店もやってるし、なんなら最近、和カフェも開店させたんだよ」

別に秘密にすることでもなし。

ヴィルヘルムの王都で三店舗を経営するオーナーであることを経緯を交えて話す。レイドは終始驚愕の表情で話を聞いていたが、聞き終わると、大きな溜息を吐いた。

「なんと言うか……君のやることは規模が違うな」

「どういうこと？」

「オリジナルレシピを次々と開発して、人気店を三店舗も経営するとか普通にないと思う。私も大概変わっていると思っていたが、君ほどではないと確信したよ」

「いや、私もさすがにレイドほどではないと思う」

男装して、更には作家をしている王女なんて、どこを探しても彼女以外にいないと思う。

真顔で反論すると、レイドは疑わしげな目を向けてきた。

「王都をふらふら出歩く王太子妃が何を言ってるんだ？」

「それはそっちも同じじゃない。それに私は結婚前からの話だもん。最初から王族のレイドの方こそおかしいと思う」

貴族の令嬢が町を彷徨くのと、王女が出歩くのでは、それこそ訳が違う。だが、レイドは頷かなかった。

「筆頭公爵家の令嬢が何を言ってるのだか。普通にあり得ないだろう」

「レイドの方があり得ない」

「君だ」

「レイドだって」

二人でにらみ合い、どちらの方が非常識かを言い争う。そのうちになんだか楽しくなってきた。ほぼ同時にぷっと吹き出す。

「ふふ。どっちも同じくらいで良いよね」

「ああ、引き分けということにしておこう。本当に君のような友人ができたのは私にとっては僥倖だよ。その和菓子というものも、是非いつか食べてみたいものだ」

「それこそヴィルヘルムに来てくれればって思うけど……うーん、でも材料が揃うなら、イルヴァーンにいる間に作ってもいいよ。簡単なものなら時間は掛からないし」

和菓子ファンを増やす機会は見逃さない。そういう気持ちで提案すると、レイドの目が期待に輝いた。

「そうか！　それなら是非食べてみたいな。ヴィルヘルムにはな……行きたい気持ちはあるんだが、兄上がアレだからな」

「残念。でも、よくヘンドリック殿下も国王夫妻もあなたが町に出ることを許してくれてるよね。

……もしかしてだけど、無許可ってことは――」

　さすがにないとは思ったが聞いてみた。レイドは苦笑し、首を横に振った。

「許可は、もらっている。一番良い顔をしなかったのは兄上だが、兄が長期間に渡り、家出をしていたことは知っているだろう？　あの時、兄は散々私たちに迷惑を掛けてくれたからな。その話を引き合いに出した結果、渋々ではあったが、護衛にエドを必ず連れていくという条件で頷いたんだ」

「ああー……なるほど」

　ヘンドリック王子が家出をした話は、本人からもフリードからも聞いて良く知っている。確かに家族に多大なる迷惑を掛けただろう。その話を持ち出されればヘンドリック王子が頷かざるを得なかったのは理解できた。

「父や母は、兄上ほどうるさくなかった。彼らは私のこの格好と言動に諦めてるところがあるからな。また妙なことを言い始めた。どうせ退かないだろうから頷いておいた方が楽だ、くらいにしか思わなかったのだと思う」

「そ、そんなことはないと思うけど」

　私も父には、半ば諦められているところがあると自覚しているので、なかなか否定しにくいところではあったが、頑張って否定した。だけど、その頑張りも、レイドに察せられてしまっては意味がない。彼女はクスクスと笑いながら「気を遣ってくれなくて良い」と言った。

「まあ、そんな感じでな。私はエドを供に、こうやって気分転換に時々外に出ているというわけさ。リディは？　リディは護衛はどうしているんだ？　さっき言っていた専属の護衛だと言う彼かな？」

カインに視線が向いたのを確認し、私は頷いた。

「うん。カインを連れていくならって許可してもらってる。あとは時々、フリードとも出かけるよ」

「フリードリヒ王子と？　王太子が町中を彷徨くのか？」

驚いた顔をするレイドに肯定しつつ、私はプリンを一口食べた。

……濃くて美味しい。カラメルを掛けなくても十分なのではと思う美味しさだ。

「和カフェやカレー店に迎えに来てくれるの。あとは、その、デートとかするから。二人で町を歩いているとね、皆が声を掛けてくれて……それがすごく優しくて嬉しいなって思うの」

『デートですか。良いですね』とか、『今日もラブラブですね』とか、半分からかわれているのもあるかもしれないけど、それでも見ない振りをされるよりはよほどいい。

国民と距離が近いのは悪いことではないと思っているし、実際に自分の目で見なければ分からないこともたくさんあると思うからだ。

とまあ、偉そうなことを言っているが、フリードとデートをしたいだけだろうと言われればその通り。好きな人とデートがしたいと思って何が悪いのか。

城内を一緒に散歩するのも楽しいけれど、町を歩くのは、また別の楽しさがあるのだ。

そんなことを熱く語っていると、レイドがとても優しい目をして私を見つめてきた。

「なんと言うか……君は本当に、フリードリヒ王子が好きなんだな。話を聞けば聞くほどそう思うよ」

「え？　うん」

「幸せそうで何よりだ。……うん。久しぶりに創作意欲が湧いてきたかもしれない」

口元を綻ばせるレイドの目がキラキラと輝きだした。

「君たちを題材にした話を書いてみたいな……。もちろん、名前を使ったりはしないが、君たちの性格とか立場をベースにして……うん、王宮の恋物語なんかどうだろうか。女嫌いの美形の王子。だけど、とある秘密の場所で一目惚れをするんだ。仮面舞踏会なんて良いかもしれないな。相手は身分を隠した公爵家の令嬢。だけどその令嬢は誰とも結婚したくない。その国は一夫多妻制の国で、令嬢は自分だけを愛してくれる男と結婚したいと願うんだ。色々策略を練り、なんとか王子から逃げようとする令嬢。でも結局王子に外堀を埋められ、逆に彼の張った罠に嵌まって結婚することになってしまう……もちろん最終的に二人はラブラブになるんだけど……って、リディ？」

「……はは……ははは……」

レイドの話が進むにつれ、私の目は死に、言葉は乾いた笑いしか出なくなった。

何故って、レイドの語る創作話が、私とフリードの実話に非常に近かったからだ。

彼女が今言った話を本気で書かれると、別に私の話をされたわけでもないのに、私が羞恥で死にたくなるような気がする。

「そ、そういうのはちょっと……どうだ……ろう……。う、受けないんじゃないかな」

「そうか？　鉄板の、大衆向けラブロマンスだと思うぞ？」

「……ソウデスカ」

フリードと私の軌跡が、鉄板だと言われ、遠い目をしてしまった。

こうなると、それはそのまま私とフリードの話だから、ちょっと書くのは遠慮して欲しいな。書いても良いけど、あれこれ設定をもう少し変えて欲しいな。なんて言いづらい。

「ああ、本当に久しぶりに良い刺激になった。よし、帰ったら早速プロット作りに入るぞ！」

——うん、やっぱり無理だ。

楽しげなレイドを見て、諦めた。

大丈夫。私とフリードの話ではない。彼女が書くのは創作で、ノンフィクションではないのだから。

そう、自分に言い聞かせる。

「リディ？」

不思議そうな顔でレイドが私を見てくる。その目を直視できないなあと思いながら私は、レイドには申し訳ないけれど「その小説が書き上がらなければ良いのに」とほんのちょっとだけ思ってしまった。

６・兄の観察

「今のところ、問題なし、と」

隣のテーブルでは、妹とイルヴァーンの王女が楽しげに話している。それを確認し、俺は安堵の息を吐いた。

今日は、王女との王都散策。何もないとは思うが、警戒するに越したことはないだろう。何せ俺の妹は王太子妃。万が一、何かあれば妹を溺愛しまくっているフリードが爆発する。それだけは避けたいのだ。

「心配性だな」

隣の席に座っていたカインが苦笑する。だが、仕方ないだろう。

妹は、王太子妃になっても色々とやらかしてくれるのだ。そのせいで結局、結婚前と変わらず心配し続ける羽目になっている。親父ではないが、本当に胃が痛い。

「……ほんと、勘弁して欲しいぜ」

ボソリと呟くと、その声を聞いていたカインが、ヒラヒラと手を振った。

「大丈夫だって。こういうの、姫さんの独壇場じゃん。オレたちが心配する必要ないと思うけど」

「それは分かっているけどさ」

こういう場面で妹が失敗するはずがない。今回のイルヴァーンの王女と親しくなるという妹のミッション。通常ならかなり難しいはずであったそれを、あっさりクリアした妹を心配する方が馬鹿なのだとも思うが、やめられないのだからどうしようもなかった。

「アレクは、苦労性だよなあ。意外と損な役回りも多いし」

「……うっせ。あいつが碌なことしねえからだろ」

「それが姫さんだから仕方ないだろ」

「……」

真顔でカインに反論され、言葉が返せなかった。本当に俺の妹はなんでこう、どこでもかしこでも色んな問題を引き当ててくるのだろうか。

今、楽しげに話しているイルヴァーンの王女についてもそうだ。

最初見た時は、どこの王子が出てきたのかと焦ったが、（主にフリードが怒らないかという意味で）イルヴァーンの王女だと聞いて、吃驚した。

イルヴァーンの王女が男装しているなんて、フリードも俺も知らなかったからだ。

女性としてはあり得ないほどの短い髪に、男装。ギョッとしたが、妹は全く気にせず友人になったのだと笑顔で言い放った。

あの妹の図太い神経はいったいどこで養われたのだろう。時折本気で不思議に思う。

だけど、そんな妹だからこそ、王女も心を許したのかもしれない。俺から見ても、王女と妹は一緒にいて楽しそうだし、気が合うのか、笑い声も絶えない。どちらも無理をしているようには見えなかった。本気で意気投合したのだろう。相変わらず、恐ろしい妹だとつくづく思う。

「……あれ、リディじゃなかったら、普通に無理だったんじゃね？」

「だろうな」

カインからの短い返答に、「やっぱりそう思うよなあ」と思わず口にしてしまう。

フリードの妃がリディではなかったら、普通に……たとえばうち以外の公爵家の令嬢だったとしたら、あの王女を見て、妹と同じ行動が取れただろうか。できるはずがない。絶対に無理だと断言できる。

男装も、あの女性としてはありえない短い髪も、口調も、何もかもが普通の貴族令嬢なら悲鳴を上げてもおかしくない異常さだからだ。それを『そういうもの』だとあっさり受け入れられる、妹の度量の深さが時々本気で信じられない。

「……絶対、生まれてくる性別を間違えたよな」

「その台詞、王太子が怒り狂うぞ」

即座に返された言葉に、俺はぶるりと全身を震わせた。

「前言撤回する……頼むから黙っててくれ」

妹に惚れきっている親友の怒る姿など容易に想像できる。

今日だって、カインだけで済むはずの護衛に俺もつけたのは、その方が何かあった時、迅速に動けるからだ。

カインは公に動ける立場ではない。それが分かっているからこその俺だった。

イルヴァーンまで来て狙われるようなことなど早々ないだろう。ずっと王宮にいるのも息が詰まるから、妹の護衛とはいえ外に出ることができたの自体は嬉しかったが、これはこれでキツい。

「ま、町をひたすら歩かれるよりは、カフェにいてくれた方がいいか……」

「それについては賛成だ」

カインが俺の言葉に同意する。そうして俺たちは、二人揃って、目の前にいる男に目を向けた。

「……」

「……何か？」

「いえ……」

先ほどから、しかめっ面で珈琲を飲んでいる男。

エドワード・ランティノーツという、侯爵の息子で、王女の護衛騎士だという彼は、非常に不機嫌な様子で妹たちをチラ見していた。彼は目立たないよう、俺たちと同じような装飾の少ない服装に身を包んでいたが、剣士らしく、腰には剣が佩いてある。雰囲気が堅く、終始ピリピリとしているので、護衛中だというのが丸分かりだ。

ちなみに妹はエドワードの視線や態度に気づいていないが、王女は明らかに己の騎士の様子を分かっている。その上でガン無視を決め込んでいるのだから、かなり精神力が強い王女なのだろう。

だが、王女は良くても、俺たちがしんどいのだ。ささくれだった雰囲気の人間の側にいると、気が滅入る。

「その……もう少し笑顔を作ることはできないのですか？　いえ、笑顔とまでは言いません。普通の顔をして下さればそれで。護衛は目立たないのが定石でしょう。今のあなたは護衛として失格だと思いますよ」

特大の猫をかぶり、エドワードにやんわりと指摘する。彼は、目を瞬かせると、申し訳なさそうに、息を吐いた。

「……すみません。一応、自覚はあったようでホッとする。これで少しはマシになってくれると良いのだが。

あのようなお顔、私にだって見せては下さらないのにっ！」

「……」

最後の台詞が何かおかしい。どういう意味だと思いつつも聞くのも怖い。そんな風に思っていると、エドワードは王女を凝視しながら熱に浮かされたように呟いた。

「ああ……殿下念願のご友人ができたことは素直に喜ばしいと思えるのに、あの無邪気な笑顔を引き出したのが私ではないと思うと、嫉妬で狂いそうになってしまいます……。何故、何故なのです、殿下。私ほどあなたを愛している男はいないというのに、あなたはいつも私につれない……！　あなたの笑顔なんて、私以外に見せる必要はないでしょう？　なのに、どうして！」

──こいつ、やべえ。

思わず頬が引き攣った。身悶えながらも恨めしげに自分の主を見つめるエドワード。その容姿は確かに整っていたが、目がイっている。とても正常だとは思えない。

「なんかこいつ、ヤバそうじゃないか？」

こそっとカインが耳打ちしてきたが、俺も全く同感だった。

フリードからは、ヘンドリック王子がオフィリア王女の相手として彼を考えているという話を聞いているが、ほんの少し関わっただけでも分かる。これはない。絶対にやめておいた方が良い物件だ。

「ヘンドリック王子って見る目がないのか……」

小声だったが、カインには聞こえたようだ。妙に、訳知り顔で答えてくる。

「……そうじゃなくて、上の人間に対しては完璧に取り繕ってるってだけだろ。そういう奴は、いくらでもいる。オレたちに隠さないのは、関係ないって思ってるから。もしくは、言われても自分の立場は揺るがないって確信しているから、かな」

「……まあ、ヤバい奴だとは思うけど、主人に対して、謀反の感情があるとかではないもんな」

「むしろ好きすぎてヤバいって感じに見えるんだけど」

「それだ」

微妙な顔で頷いた。

最初に幼馴染みで、相手を一途に思い続けている……的な話を聞いた時は、まるでウィルみたいだ。何か力になってやれたらな、なんて考えていたのだが、思い違いも甚だしい。

コレとウィルを一緒にしたら、さすがにウィルに失礼だ。

こいつはなんと言うか……すでに病んでいるように見える。

「……私が殿下のことを好きだと思っていてはおかしいですか？」

「えっ……!?」

こそこそと話していたのだが、どんな地獄耳なのか運の悪いことにエドワードに聞かれていたようだ。思わず二人で硬まると、エドワードは俺たちには目もくれず、王女を見つめながら言った。

「ずっと、ずっと私があの方のお側にいたんです。幼い頃から、男の格好をするあの方を皆が避けていた時だってずっと。あの方のことを分かっているのは私だけです。それをあの方だって分かって下さっている。あの方の気持ちは私にある。私には分かるのです」

「……そ、そう……です……か」

目が完璧にイっている。

エドワードが怖すぎて、余計なことは絶対に言えないと思った。

硬まったまま、なんとか二人で頷くと、エドワードはふっと息を吐いた。

「分かっていただけたのならそれでいいのです。それに、もうすぐあの方は私のものになりますしね。ヘンドリック殿下も約束して下さっている。ああ、殿下。オフィリア様。お慕いしています。早くあなたを妻に迎える日が来て欲しい」

陶然と呟くエドワードが恐ろしすぎる。

「ヤバい……こいつ、違う意味でヤバすぎる。近づきたくない」

カインが震えながら言ったが、全くもって同意だった俺は、コクコクと高速で首を縦に振っていた。

7・彼女と三日目の続き（書き下ろし）

「うーん、買いすぎたかなぁ」

お土産（みやげ）に珈琲豆（コーヒー）を買い、店を出た。意外とずっしりくる珈琲豆の重さに戸惑っていると、近くにいた兄がこちらにやってきて、無言で手を差し出してきた。

「何？　兄さん」

「まだ、回るんだろ。貸せよ。持っててやるから」

「え、良いの？　でも……」

「良いから貸せって。逆に向こうに気を遣わせるだろ」

ちらりとレイドを見る兄。それで納得した。

確かに、レイドなら自分が持つと言い出しそうな気がすると思ったからだ。

他国の王女に荷物を持ってもらうなど、さすがにあり得ないと思った私は、素直に兄に珈琲豆の入った袋を手渡した。

カインに頼まないのは、彼がいざという時の戦闘要員だから。

兄に頼むのが一番良いし、多分兄も分かって自分が持つと言ってくれているのだと思う。

「ありがとう。お願いします」

ノリで買ってしまったので、この後のことまで考えていなかった。兄が申し出てくれたのは正直に言って有り難い。

手ぶらになった私に、レイドが笑顔で話しかけてくる。

「この次なんだが、良ければ職人の仕事を見学するというのはどうだろう。イルヴァーンが商人の国と言われているのは知っていると思うが、良い職人もたくさんいる。この先に、彼らの工房が集まっている区画があるんだ。リディさえ良ければ、是非、見てもらいたい」

「見たい！」

他国の技術を見ることができる絶好の機会に目を輝かせた。

イルヴァーン王国は、色々な技術が優れている。

ダイヤモンド鉱山を抱えているので、宝石の加工技術が特に有名だが、鍛冶職人も優秀な人材が多い。武器や防具も作るが、私が気にしているのは包丁だ。イルヴァーンの職人が作る包丁は切れ味が良く、刃こぼれしにくい。

うちの城の料理人たちにも愛用者が多く、その素晴らしさは聞いていたので、私もできれば一本欲しいなと思っていた。

「リディは、何に興味がある？」

「包丁！　包丁が見たいっ！」

希望を聞いてくれたので、はいっと元気よく手を挙げて要望を伝える。

レイドは目を丸くした。

「包丁？　ヴィルヘルムの王太子妃が包丁に興味があるのか？　確かに、刃物が有名だという自負はあるが……」

「さっき話した通り、私、料理もするから。イルヴァーンの包丁、うちの料理人たちが愛用しているんだけど、製造過程が見られるなら見学したいなって。できれば買って帰れると嬉しいんだけど」

正直に話すと、レイドは納得したように頷いた。

「ああ、そういえば、リディは店を経営している料理人でもあったな。うちの国の包丁に興味を持ってくれるとは嬉しい限りだ。よし、それなら知り合いの鍛冶職人を紹介しよう」

「わ、ありがとう！」

願ってもいない話に声のトーンが自然と上がる。

レイドは迷う様子もなく、私を職人たちが住むという一角まで連れていってくれた。そこはたくさん店があり、色々な看板が出ている。防具の形をした看板や、剣の形をした看板。瓶が描かれた看板や、あとは指輪や首飾りが描かれた看板。それぞれの職人が店先に出したそれらはオリジナリティに富んでいて、見ているだけで楽しかった。

レイドはそんな様々な看板が描かれた店を通りすぎ、何も看板が掛かっていない建物の前に立った。

建物自体は他の店と変わらない。ただ、看板が掛かっていないので、店なのかは分からないし、店だとしても閉店しているのではないかと思った。

「レイド？　この店がどうしたの？　閉店しているように見えるけど」

「そう思うだろう。ここの主人はかなりの偏屈者でな。一見の冷やかし客を避けるために看板を出していないんだ。だが、腕は確かだ。自信を持って薦めることができる」

「へえ、そうなんだ」

　まさに知る人ぞ知るという職人を紹介してもらえるのだと分かり、ドキドキした。

　私一人では絶対に見つけることができない店。レイドに連れてきてもらえて幸運だ。

　レイドが店の扉を開ける。中へ入っていく彼女の後を私もついていった。接客用のカウンターが見える。よくある内装だ。確かに店のようだったが、包丁は一本も置いていなかった。客の要望を聞いて、それにあったものを出してくるタイプの店なのだろう。がらんとしていて、私たちの他に誰も いない。と言うか、店主の姿すらないのだけれど。

「えと、レイド？」

「あの人なら、店の裏側にある鍛冶場にいると思う。行くぞ」

「ええ？　良いの？」

「いつものことだ」

「……いつもこうなんだ……」

　そりゃ、看板なんて出さないなと納得してしまった。

　レイドは後ろを振り向き、護衛たちに言った。

「お前たちはここまでだ。店の外で待っていろ。何かあれば呼ぶ」

　それに真っ先に反応したのがエドワードだった。

「承服できません。殿下をお一人には……」

「お前もここの店主のことは知っているだろう。関係のない人間がぞろぞろついてくれば、どうなる。

絶対に追い返されるだけだ。話など聞いてくれるものか」

「それは……確かに」

断言するレイドに、エドワードは反論できないようだった。再度レイドに睨まれ、諦めた彼は兄たちを連れて渋々とではあるが、店の外へ出ていった。

護衛がいなくなると、レイドは慣れた様子で店の奥にある扉に向かい、そのノブを回した。奥へと勝手に入っていく。良いのかなあと思いながらもついていくと、彼女が言っていた通り、鍛冶場らしき場所に出た。

――あ。

一人の老女が鬼気迫る表情で、ハンマーを握っていた。灰色の髪を後ろで一つに括り、体格は酷く痩せて、全体的に骨張っている。白い作業着を着て、包丁と向き合っている姿は、女性といえどもまさに職人。どうやら押し切りしたばかりの包丁を手打ちしているようだ。時折魔法の光らしきものが弾ける。

魔法と手作業。両方を駆使しているのだ。魔法がある世界ならではの光景に見入ってしまう。

――すごい。女性の職人さんなんだ……。

女性の職人さんを紹介してもらえるとは思っていなかったので心底驚いた。しかも、かなり高齢のように思える。もちろん性別や年齢に偏見はない。レイドが紹介してくれるくらいだ。きっと、確かな腕の持ち主なのだろうと確信はしているけれども、これはさすがに予想外だ。

私たちが見ていることに気づいたのか、おばあさんが、こちらを見ずに口を開いた。

「……ふん。お前さんか。ちょっと待ってな。今は、手が離せないんだよ」

「分かりました」

レイドが頷く。

仕事の邪魔をしてはいけないのは当然だ。私もレイドに倣い、黙って作業を見守ることにする。

――うわあ、こんなの初めて見た……。

一つ一つの動きにいちいち感動してしまう。

どういう工程を経て包丁ができるか、簡単になら知っているが、実際に見学するのは初めてだ。特に、魔法が絡むから、思っていたのとは全然違い、目が離せない。おばあさんが真剣に包丁に向き合っている姿に、さすが職人という言葉しか思い浮かばなかった。

固唾を呑み、おばあさんの一挙手一投足に注目する。鍛冶場は温度が高く、かなり蒸し暑かったが、全く気にならない。

しばらく経って、ようやく満足いく仕上がりになったのか、おばあさんが頷いた。

「よし、良いだろう」

その言葉にホッとし、詰めていた息を吐く。何が邪魔になるのか分からなかったので、息をするのも遠慮がちになっていたのだ。

おばあさんがこちらを向く。鋭く黒い眼差しは、まさに頑固職人と言いたくなるものだった。

「ほう。お前さんが人を連れてくるなんて珍しいこともあるもんだね」

「私の友人なんです。ただ、ヴィルヘルムの王太子妃なんですけど」

「は？　ヴィルヘルムの王太子妃⁉」

さらりと私を紹介したレイドに、おばあさんの目が零れんばかりに見開かれた。

そりゃあ、吃驚するだろうなと思いつつ、頭を下げる。こういうところでは王宮式の挨拶ではなく普通の方が良いのだと、今までの経験上分かっていた。

「初めまして。ただいまご紹介にあずかりました、リディアナと言います。良い包丁を探しておりましたところ、友人にこちらを紹介していただきまして。よろしければ、一本お譲りいただけませんか？」

おばあさんの包丁がどんなものか、完成品を見てはいないが、それでも私は買うと決めていた。だって、レイドがわざわざ紹介してくれるような人なのだ。絶対に、買わないと損な気がする。これは私の料理人としての勘だ。

おばあさんは私を穴が開くんじゃないかと思うくらいに見つめ、次にジロリとレイドを睨んだ。

「お前さんが、イルヴァーンの王女だってことは知っとるが、まさかヴィルヘルムの王太子妃を連れてくるとは思わなかった。……本物かい？」

「私が、偽者を連れてくる理由がどこに？　リディは三日前から夫である王太子殿下と共に、王宮に滞在しています。先ほども言った通り、彼女とは友人で、更には料理人でもあるんです。良い包丁が欲しいと言っていたので、これは是非、あなたを紹介しなければと思って連れてきた次第です」

「……ふうん、あたしをかい？　他にいくらでも職人はいるだろう。あたしに拘る必要はないと思うけどね」

「私は、あなたが一番だと思っていますよ。友人に紹介するのなら、一番良い職人をと思うのは当然でしょう」

「……持ち上げても何も出てこないよ」

おばあさんは鼻で笑ったが、決して嫌そうではなかった。どちらかと言うと、嬉しそうだ。

そして、レイドは王宮では確かに味方が少ないのかもしれないけれど、町では意外に仲の良い人たちが多いのだなと、内心とても驚いていた。でも、町の人と仲が良いというのはすごく良いことだ。

男装していたとしても、彼女の良さを、町の人は分かってくれているということなのだから。

なんだか嬉しくなり、ニコニコとしていると、おばあさんが今度はこちらを向いた。

「あたしは職人としてずっとやってきた。偉い人との接し方なんぞ知らない。それでもいいんだね？」

「もちろん、結構です。こちらがお願いしている身なのですから。よろしければリディ、と呼び捨てで呼んで下さい」

ヴィルヘルムの町でもおばあさんのような人はたくさんいる。そういう人たちは口は悪いけど、心根はとても優しかったりするから、話し方なんて全く気にならなかった。

大体、職人に敬意を払うのは当然のこと。それは私が王太子妃であったとしても変わらない。

そういう気持ちを込めて頷くと、おばあさんはほうと、軽く目を見張った。

「……レイドと友人になるだけのことはあるね。あたしは、アマツキと言う。それで、お前さんは、どんな包丁が欲しいんだい？」

「牛刀です。長さは、二十～二十五センチくらいで、薄くて軽いと嬉しいです」

私が欲しいのは、いわゆる万能包丁と呼ばれる種類のものだ。

希望を告げると、アマツキさんは頷き、鍛冶場の奥へと歩いていった。すぐに戻ってくる。その手には三本ほど包丁を抱えていた。

「お前さんの希望なら、この辺りだろう。使い勝手が良さそうなものを選んできたよ」

「……わあ……綺麗(きれい)」

「女の打った包丁なんて、と言う輩(やから)もいるがね。こちらもプライドを持って、商品を作っているんだ。それを理解できない奴(やつ)に売るつもりはないね」

私は真剣な顔で頷いた。

全くもってアマツキさんの言う通りだと思ったからだ。女性だからとか、そんなのは関係ない。見せてもらった包丁はどれもとても綺麗で、見ているだけで心が震える。その中でも特に私の目を引いたのは、二十四センチくらいの牛刀だった。

手に取る。少し大きいかなとも思ったが、両刃でとても軽くて薄い。

「試し切りはどうだい？　あたしの包丁は、使ってみて初めてその真価が分かるからね」

「お願いします」

見るからに切れ味鋭そうな包丁だったが、やはり実際に使った感覚が知りたい。素直に頷くと、アマツキさんは店の方に案内してくれた。自分の氷室(ひむろ)から持ってきたのか、肉や野菜をカウンターの上に置いてくれる。まな板もあったので、遠慮なく試し切りさせてもらった。

「すごい切れ味……」

触れただけで肉の繊維を断つことができる。皮付きの鶏もも肉を切らせてもらったのだが、その切れ味に冗談抜きで感動した。魔法でも掛かっているみたいだ。こんな包丁があるのかと、信じられない気持ちだった。すごすぎて鳥肌が立つ。

「手に吸い付くみたい。すごく使いやすい……」

ハンドル部分が握りやすく、思った通りに切ることができる。野菜も切らせてもらったが、触れただけでトン、という音を立てて真っ二つになった。

「……下さい。この包丁、是非！」

この包丁を知ってしまったら、もう他のものなど使えない。それくらい今までのものとは質が違った。感動しつつアマツキさんに購入の意志を告げると、彼女は無言で白い紙を差し出してきた。そこに書かれてあったのは包丁の価格だ。

「……えっと」

頭の中でヴィルヘルムの価格に換算する。

とてもではないが、包丁一本に掛ける値段ではなかった。目を見開く。だけど、これが職人の仕事というものだろうし、この包丁には金額に見合うだけの価値があると思った。

これを逃せば、二度と出会えない。それが分かったから私は言った。

「買います。よろしくお願いします」

迷わず告げると、アマツキさんは目を見開いた。

「……高い、とか、値下げしろ、とか言わないのかい？」

「え？　なんでそんなことしないといけないんです？　アマツキさんが、この包丁にはそれだけの価値があると判断して付けた価格なんですよね。それに口出しするような真似、しませんけど」

職人さんに対してとても失礼だ。それに、私もこの包丁には付けられた価格以上の価値があると納得した。だから買うのだ。

購入者と販売者の希望が合致したのだから、とても素晴らしいことだと思う。

だが、アマツキさんは更に言った。

「包丁にしては破格に高いと思っただろう。女の作る包丁の値段じゃないと、そうは思わなかったかい？」

「アマツキさんがそれだけ良い仕事をしているってことじゃないんですか？　正当な対価を支払うのは当然だと思います。それに、職人に女性とか男性とか、関係なくないですか？　大事なのは実力だと思いますし、アマツキさんにはその実力がありすぎるほどあると思うんですけど」

だから、値下げ交渉なんてとんでもない。それになんとなくだけど、これでも下げられるギリギリまで価格を下げてくれているように思うのだ。

自分が感じたままを正直に告げると、アマツキさんはレイドに目を向けた。

「……お前さんが、この子を連れてきたのを見た時は、一体どういうことかと思ったが、まともな感覚を持つ客を連れてきてくれていたようで安心したよ」

「私の友人になってくれるような女性ですよ？　それだけでも分かってもらえると思いましたけど

ね」

「ふん……。おい、リディと言ったね。良いだろう。あたしの包丁を正しく評価してくれるお前さんにならこいつを売ってやろうじゃないか。……その代わり、大切に、使ってやってくれ」

「ありがとうございます！　もちろん、大切にします！」

幸運なことに、私はアマツキさんのお眼鏡に適ったらしい。

せっかく巡り会えた運命の包丁。手に入れたい気持ちは強かったので、すごく嬉しかった。

「やった！」

支払いを済ませ、木の箱に入れてもらった包丁を大切に持つ。憧れのイルヴァーン製の包丁。ヴィルヘルムに帰ったら、早速何か作ろうとワクワクした。

笑顔の私にレイドが「良かったな」と声を掛けてきた。

「君なら絶対に、アマツキさんに気に入られると思ったんだ。アマツキさんは刃物だけでなく、武器や防具、アクセサリー類なんかの加工も得意だ。もし、個人的に何かあるなら、彼女に相談すると良い。値段は張るが、良いものを作ってくれるだろう」

「うん、うん、ありがとう。レイド」

良い人を紹介してもらえた。心からレイドに礼を言うと、アマツキさんが照れたようにそっぽを向いた。

「ふん。ま、気が向いたらね。……とはいえ、お前さんは、ものの価値を理解できる人間のようだ。だから、可能な限りは融通してやるし、あと、包丁もレイドに預けてくれればメンテナンスくらいはしてやるよ。……それはあたしの自慢の包丁だからね」

「ありがとうございます！」

やっぱり良い人だ。もう一度お礼を言い、レイドと一緒に店を出る。

ふと、店に看板が出ていなかったことを思い出し、レイドに聞いた。

「ね、アマツキさんのお店、看板が出ていないのってもしかして――」

「ああ、女性の職人ということで、かなり不遇な目に遭っている。それもあって、なかなか人を信用しないいんだ。だから、気に入った客以外に商品を売らず、看板も出さない。売ってもいいと思う客にだけ、己の作ったものを適正な価格で譲り渡しているんだ」

アマツキさんは、何かと『女が』という言い方をしていた。よほど嫌な目に遭ってきたのだろう。傷つけられた彼女が、客を選別するようになるのは当然だ。

大体、彼女は立派な職人だ。『女だから』と不当な扱いを受けるのは許されない。きちんとアマツキさんを理解してくれる人だけが、彼女の商品を買える。それは、正しいことだと思った。

「そうだったんだ……。でも、良かったの？　今更だけど、外国籍の客なんて紹介して。その、迷惑だったんじゃなかったのかなって」

「何、外国籍である前に、君は私の友人じゃないか。大事な友人に、信頼のおける職人を紹介するのは当たり前だと思うけどな。それに、本当に迷惑ならアマツキさんは追い返してたさ。包丁を持ってきた時点で君の勝利は確定していたよ」

柔らかな声で告げるレイドに、心が温かくなった。大事な友人と言ってもらえて嬉しかったのだ。

「ありがとう、レイド」

「いや、君の功績だよ。君が、人を見た目や性別で判断しない人間であることは、よく知っているからね。何せ、私と友人になってくれるくらいだし」

冗談めかして言うレイドに、私はきっぱりと否定した。

「そういう言い方は嫌だな。私は、レイドは素敵な人だと思う。見た目もとっても格好良いと思うし」

素直な気持ちを口にすると、レイドは嬉しそうに笑った。

「ほら、な。そう言ってくれる君だから、アマツキさんを紹介したんだ。実は、彼女はここ数年、誰にも商品を売らなかったんだよ。お眼鏡に適う客がいなくてね。もちろん私も彼女から何かを買ったことはない。彼女とはただの茶飲み仲間ってだけだから。だから、本当は、リディに紹介したところで、包丁を売ってもらえるとは思っていなかったのさ。いや、驚いた。さすがだな、リディ」

「へ？」

――ここ数年、誰にも商品を売っていない？

聞かされた言葉に、目を見張る。

「え、じゃあ、どうしてアマツキさんは私に包丁を売ってくれたの？」

本気で疑問だったのだが、レイドは当然のように言った。

「そりゃ、君のことが気に入ったからだろう。君は最初から彼女に対し、一切の偏見なく接していたからね。そして自らの身分にもかかわらず、彼女を職人として正しく敬っていた。気に入るのも当然だと思うよ。メンテナンスもしてくれると言っていたし、今後の約束も取り付けた。いやいや、自分で振っておきながら、吃驚したよ。あの人が、あんなにも簡単に次回以降の約束をさせてくれるなんてね」

「……レイド」

「ははは。まあ良いじゃないか。アマツキさんも良い顧客を得たし、君も彼女のことを気に入った。そうだろう？」

「それはそうだけど」

「二人とも満足した。それなら、話はこれで終わりだ」

そう言って彼女は話を終わらせ、店の外で待っていてくれた兄たちのところへ歩いていってしまった。

その後を急いで追いかけながら私は、アマツキさんのことは深く考えず、包丁を売ってもらってラッキーだったくらいに思っておくのがちょうど良いのかもしれないと、無理やり自分を納得させた。

◇◇◇

「今日は楽しかった！　ありがとう！」

「こちらこそだ。良かったら、またお茶でもしよう。リディと話しているのは楽しい」

楽しいことをしていると、時が経つのは早い。

町の散策とカフェ、そしてアマツキさんのところでの買い物と、盛りだくさんな内容にはとても満足だったが、あっという間に帰る時間になってしまった。

遅くなるとフリードも心配する。それが分かっていたから、予定時刻ちょうどに私たちは王宮へと戻った。

レイドが部屋の前まで送ってくれると言うので、一緒に部屋へ向かう。その際、二人だけで話したいことがあったので、護衛は少し外してもらった。

「リディ？　護衛を外してまでしたい話とは一体なんだ？」

訝しげな顔で尋ねてくるレイドに、私はどう切り出したものかと悩みつつも口を開いた。

「ええとね、その……イリヤのことなんだけど」

そう、話とはイリヤのこと。

イリヤのことをレイドはどう思っているのか。それを、彼女に直接聞いてみようと思ったのだ。

イリヤの名前を出すと、レイドは驚いたような顔をした。

「イリヤ……リディが言っているのは、イリヤ義姉上のことか？」

「うん。実は、私、彼女とも友達なんだけど――」

チラリとレイドの様子を窺う。私とイリヤが友人であることを聞き、レイドは吃驚したようだが、すぐに納得したと言わんばかりの表情になった。

「君は、私とも友人になれるくらいだからな。義姉上など朝飯前だろう」

「そんなこと、なかったけど。ただ、イリヤは可愛いから、友達になりたいなあって」

あの猫耳は、そこにあるだけで正義である。

イリヤが獣人であることをレイドは知らないだろうし、オフィリアがレイドであることもイリヤは知らない。

同じ国に王族として、身内として住んでいて、どうして互いのことを知らないのか。

それは二人ともに違う意味で重度の引き籠もりであるからだ。

じっとレイドを観察する。とりあえず彼女の方に、イリヤを嫌っているような素振りは見えなかった。それに安堵し話を続ける。

「えっとね、それで、聞きたいんだけど、あなたはイリヤのことをどう思っているの？　イリヤは、あなたと仲良くしたいって言っていたんだけど」

嫌いでないのならと、単刀直入に聞く。レイドは困惑した表情を浮かべていたが、やがて重い息を吐いた。

「……いや、もちろん義姉上のことは好ましく思っている。何せ、兄上の妻となって下さった方だからな。だがほら……なんと言うか、義姉上は小さいだろう？　どうにも不安でな。潰してしまわないか心配になる」

「それ、まだランティノーツ卿が言うのなら理解できるけど、レイドが言っても納得できないからね？」

「はは……まあ、嘘ではないんだがな」

私の指摘に苦笑で返し、レイドはふっと目を伏せた。

「……兄上が選んだ方だ。きっと素晴らしい方なのだろうと思ってはいるさ。だが、私はこんなだろう？　なかなか近づくのも躊躇してしまってな。それだけなんだが」

「イリヤは人を見た目で判断するような子じゃない。きっと、レイドのことだって受け入れてくれると思う。そりゃあ、私が言っても信用してもらうのは難しいかもしれないけど、でも、大丈夫だって断言できる」

「別にリディを疑っているわけじゃない」

私の言葉に、レイドは静かに首を横に振った。

「ただちょっと、私の方に問題があるだけだ。イリヤ義姉上には何の落ち度もない。何だろうな。もう少し時間が、欲しいのかもしれない。だけど……ああ、いつまでも逃げてはいられない、か」

「レイド？」

独り言のように呟き、レイドが儚い笑みを浮かべる。それが妙に気になり声を掛けたが、レイドはすぐに表情を消してしまった。

「いや、何でもない。そうだな。イリヤ義姉上と仲良くできるのなら、私だって是非したいと思っているぞ」

「本当？　じゃあ、私、動いてもいい？」

「動く？」

首を傾げるレイドに、私は頷いた。

「うん。二人が仲良くできるように。もちろん、徐々にのつもりだけど、でも、余計なお節介だったら駄目だから、事前に了承をもらっておこうかと」

「了承を取るのか」

「もちろん。嫌がっていることを押しつけるつもりはないし」

あくまでも、二人が望むなら、だ。それ以外で動く気はない。キッパリと告げると、レイドは目を丸くした。

「……そ、そうか。そうだな。ではまあ、ほどほどに頼む」

一瞬言葉に詰まったレイドだったが、出した答えは『イエス』。

イリヤも私が動くことを拒否しなかったし、二人ともＯＫだと言うのなら、遠慮しなくても大丈夫だろう。

「うん、分かった。ほどほどにね！」

笑顔で返事をしたが、何故(なぜ)かレイドに「ほどほどの意味は分かってるんだろうな？」と確認されたのが解せぬと思った。

◇◇◇

レイドに部屋まで送ってもらい、また出かけることを約束し、別れた。

忙しい中、護衛をしてくれた兄たちにも礼を言い、部屋の中に入る。未(いま)だ慣れない客室にはフリードが寛(くつろ)いだ様子でソファに腰掛けていた。

「フリード」

「お帰り、リディ。うん、時間通りだね。楽しかった？」

「ただいま！　うん、すごく楽しかったよ！」

振り返って笑う夫の姿を見て嬉しくなった私は、フリードの元へ走っていった。

別れる前、兄から渡してもらった珈琲豆が入った袋と、自分で持っていた包丁が入った包みをテーブルの上に置いてから彼の胸元に飛び込む。私の動きを推測していたフリードが立ち上がり、危なげなく受け止めてくれた。

私を抱え直したフリードがそのままソファに座る。気づけば実に自然な動きで、彼の膝の上に収まっていた。まあ、いつものことだと気にしないことにする。

「それで？　今日はどこに行っていたの？」

「えっとね」

フリードの問いかけに、今日一日あった出来事を話していく。

包丁を買ったのだと告げると、フリードは興味深そうな顔をした。

「イルヴァーンの職人か。イルヴァーンは技術力が高いから、それを支える職人に興味はあるんだ」

「女性の職人さんでね、すごく良い人だったよ。包丁もすごい切れ味だったし。ヴィルヘルムに戻ったら、早速何か作ってみようと思ってる」

包丁の入った箱は、魔術で封がされている。イルヴァーンの王宮内に刃物を持ち込むのだから当然の配慮だ。

「フリードにも見せたかったけど……帰るまで我慢する」

箱をそっと撫でる。あとは、美味しかった珈琲の豆を買ったのだと報告した。

「すごく美味しかったから、皆のお土産にしようと思って。お義母様も喜んで下さるといいなぁ」

「母上もたまに珈琲は飲むみたいだから喜ぶと思うよ。でもリディ、そんなにお金を使って財布の中身は大丈夫？　良かったら足してあげるけど」

「大丈夫。たくさん両替してきたから」

それに、お土産も包丁も自分のお金で買いたかったのだ。そう言うと、フリードも納得したが、ポツリと本音も零してきた。

「リディが自分で買ったお土産をもらえるなんて、ちょっと母上が羨ましいな」

「そう言うと思って、フリードの分も買ってあるから。せっかくだもの、後で一緒に飲もうよ」

自分の夫のことだ。何を言い出すかくらいは分かっている。

用意してあると告げると、フリードは「さすがリディ」と嬉しそうに笑った。

町で見聞きした様々なこともフリードに話す。最後に、またレイドと遊ぼうという約束をしたのだと言うと、フリードが困ったように言った。

「私の奥さんが皆の人気者なのは嬉しいけど、夫である私との時間がなくなるのは困りものかな。ねえ、リディ、明日は一日時間を空けたんだ。できれば私とデートして欲しいんだけど、駄目かな？」

「行くっ！」

聞かれるまでもない。即答すると、フリードは嬉しそうに笑った。

「それは良かった。イルヴァーンは山も海も素晴らしいけれど、明日は海に行こうと思うんだよ。ほら、魔女からの依頼もあるでしょう？」

「ああうん、デリスさんの。そうだね、早めに済ませておきたいよね」

体力回復薬の元になる材料。それを採ってくるのが私たちに課せられた使命だ。

この薬に、高頻度でお世話になっている身としては、できるだけたくさん採取したい。そんな風に思っている。

「デートしつつ、デリスさんの依頼もこなす。完璧なプランだね」

「本当は依頼とデートは別にしたかったんだけどね。デートに用事を入れるのってあまり気分が良くないかと思って」

「どうして？　デリスさんの依頼は二人でしようって決めたでしょう？　これだってデートみたいなものじゃない」

私にとっては、フリードと一緒にすること全てがデートみたいなものだ。だから何もおかしくない。

そう説明すると、フリードも「そうだね」と同意してくれた。

「それじゃあ、明日は海岸沿いを歩こう。出かけるのは午後からで大丈夫かな？」

「うん。朝からでも大丈夫だよ」

今日は出歩きはしたが、そこまで疲れてはいない。

ニコニコと自分が元気であることを告げると、フリードは妙に笑顔になった。

「ん？」

「じゃ、今日は遠慮しなくて良いね」

「んん？」

「明日は午後からだし、今日のリディは昨日とは違ってとても元気そうだ。だから、今日は遠慮しなくて良いかなって」

「……えっと」

フリードが何を言っているのか気づき、言葉に詰まった。

確かに、昨日のフリードは随分と遠慮してくれた。私が朝から用事があることを知って、夜は何もせずに寝かせてくれたのだ。それを思い出してしまえば、私に断るという選択はなかった。と言うか、最初からそんな選択肢はなかったけれども。

「……うん、いいよ」

だから覚悟を決めてそう告げると、フリードは「良かった」と安堵したように笑い、私の身体を実に遠慮なく押し倒してくれた。

その後、レイドの使いが約束通り、彼女の書いた本を部屋まで持ってきてくれたのだが、フリードに抱かれていた私が受け取れるはずもなく、結局、次の日の午前中まで表紙を見ることすらできなかった。

8・彼女と四日目

イルヴァーンに来て四日目。

その日の午後、私は前日の約束通り、フリードとデートに出かけた。

場所は王宮の近くにある海岸。砂浜を眺めながら海岸沿いの道を歩く。

今日は兄は忙しいらしいので、カインが一人で護衛をしてくれている。護衛たちはカインの顔を知っているし、その実力がフリードのお墨付きなのも知っている。最初は護衛が一人ということを渋っていたが、彼らは皆、和カフェを手伝ってくれた面々だったので、最終的にはわりあい大人しく引き下がってくれた。

フリードが誰よりも強いという事実もある。フリードとカイン。この二人がいて、私に何かあるはずもない。

とは言え、別に彼らの仕事がなくなったわけではもちろんない。彼らには兄と、私の女官たち、あとは部屋の見張りを頼んでおいた。

私の世話をしてくれる女官に何かあっては困るし、兄も戦えるとはいえ武官ではない。当然の配慮だった。

「人がいっぱいいる」

フリードがヘンドリック王子にお勧めしてもらったという海岸は、海を楽しむ人たちで溢れていた。

季節が夏ということもあるのだろう。砂浜に敷物を敷き、薄手の服を着て、海水浴を楽しんでいる。中には小舟を出して、釣りをしている人もいた。近くに漁場があるのだろう。趣味というよりは仕事に見える。海に入っているその殆どは男性で、女性は砂浜で男性を見ているだけだったが、それでも砂山を作ったり、潮干狩りをしたりと楽しそうだ。

　中には特別な器具を使って、バーベキューのようなものをしている人たちもいる。

　ヴィルヘルムの王都では見ない珍しい光景に、目が釘付（くぎづ）けになった。少しだけ、前世の『海水浴』を思い出してしまう。もちろん、今、目にしているものとは全く違うのだけれど、それでも連鎖的に思い出すものもあるのだ。

「……西瓜（すいか）割りしたいな」

「リディ？」

「う、ううん。なんでもない」

　ふと、思い出してしまったものを口にしてしまったが、慌てて口を噤（つぐ）んだ。

　西瓜は、少なくともヴィルヘルムで見たことがない。イルヴァーンにならもしかしたらあるのかもしれないけれど、『西瓜』という名称が通じるのかも分からないし、妙なことを口走るべきではなかったと反省した。

「ごめん。ちょっと、『前』のことを思い出しただけ。深い意味はないの」

「……それならいいけど」

　こういう時、前世の話をフリードにしておいて良かったなと思う。

カインも近くにいるので、『前』という言葉を使ったのだが、どうやらフリードは理解してくれたようだ。

気を取り直して、フリードの手を握る。やはりデートなのだから、手を繋いで歩くのは鉄板ではないだろうか。

「リディ？」

「デートだもんね。それとも、他国では駄目？」

「まさか。私がそんなこと言うはずないでしょう」

「だよね」

一瞬、他国だから手を繋ぐのは控えた方が良いとでも言われるかと思ったが、やはりフリードはフリード。そんなことは言わないようだ。

まあ、どんな時でもセックスをしたがる彼が、手を繋ぐ程度のことで何か言うとは最初から思っていなかったけれど。

そんなことを考えながら、繋いだ手に力を込める。

海岸沿いの道は人通りが少なく、私たちの顔を知る者もいないみたいだ。

誰にも正体を悟られず、デートできるのがとても楽しかった。

とは言え、フリードの美貌に、すれ違った女性が振り返ることは幾度となくあったのだけれど。

それはもういつものことだから気にしない。

私の旦那様は格好良いから、仕方ないのだ。

イルヴァーンの今日の気温はかなり高く、真夏だと言って良い暑さだった。

つばの広い帽子は被ってきたし、肌が焼けることを防ぐために薄手の長袖を選んではきたが、暑さばかりはいかんともしがたい。

時折、潮風は吹くがそれも些細なもので、じんわりとした暑さが、確実に体力を奪っていく。

町中を歩くよりも、よほど暑かった。昨日は暑さを感じなかっただけに、かなり堪える。

「大丈夫？　リディ」

小さく息を吐くと、フリードが心配そうに私の顔を覗き込んできた。それに笑顔を作って答える。

「うん、平気。ただ、イルヴァーンの暑さって思っていたよりもすごかったから吃驚して……」

「ああ、初めて来ると本当に驚くよね。でも、まだ暑くなるよ。イルヴァーンの夏はこれからだ」

「ええ？　まだ暑くなるの？」

今でも大概暑くてバテているのに、これ以上があるとか勘弁して欲しい。

「私、イルヴァーンに生まれなくて良かった……ヴィルヘルム万歳……」

一年通して季候が穏やかなヴィルヘルムに生まれて本当に良かった。ついでに魔術で温度管理が完璧な城に住める王家に嫁げて良かった。

快適生活に慣れ親しんだ身体は、急激な温度変化に耐えられないのだ。

「そういう国に生える薬草だから、魔女も欲しがるのかもしれないけどね」

「……そうだね」

真夏のイルヴァーンに生える薬草が、体力回復薬の元になる材料だというのは、なんとなく納得できるような気がする。この暑さに耐えることができるのだ。そりゃあ、体力だって回復させることができるだろう。

「姫さん、あそこだ」

「ん？」

それまでずっと無言だったカインが、右側を指で示した。そこは先が崖になっていて、かなり危険なように見える。

「崖、だけど」

「あそこが薬草の群生地なんだよ。夜のうちに調べておいたんだ。別にオレが摘んでも良かったんだけど、姫さん、そういうのは嫌がるだろう？」

「うん」

フリードと一緒にしようと思っていた大切な仕事だ。それをカインに代わりにしてもらうのは何だか違う気がする。もちろん、カインも一緒にというのなら構わないのだけれど。

「一人でっていうのは駄目」

「だからそう言うと思って、場所だけ確認しておいたんだ」

カインには私の考えていることなどお見通しらしい。

崖の近くまで行くのはさすがに危険かなと思ったが、心配する必要はなかった。カインが言った通り、そこは群生地になっていて、崖の方まで行かなくても十分な数の薬草を採ることができたからだ。

薬草と言っても、要るのは種らしいけど。

小さな紫色の花は綺麗で、こちらが必要だと言われた方が納得できると思ったが、必要なのはあくまでも種だ。花ではない。

「よし、頑張って集めるぞ！」

用意してきた軍手を嵌め、一本一本確認しながら、フリードと一緒に種を集める。小さな半月型の黒い種は可愛らしかった。

夏の日差しが照りつける。汗が滲み出てきて、なかなかに辛い。

それでもこれは自分のためにもなるものだからと一生懸命頑張った。

「ねえ――」

種を採取していると、私の後ろで同じようにしていたフリードが声を掛けてきた。

その声に、手を止める。

「ん？　何」

「昨日、ヘンドリックにオフィリア王女のことを聞いてみたんだけど」

「レイドの？　ああ、もしかして、どうして男装しているのかとか、そういう話？」

レイドのことを知らなかったフリードが、友人であるヘンドリック王子に事情を尋ねるのはよく分かる。フリードは私の言葉に頷き、集めた種を麻袋の中に放り込みながら口を開いた。

「オフィリア王女のあれは、物心ついた頃からだったらしいね。とは言え、私も知らなかった通り、対外的には上手く取り繕っていたようだけど。王女も、外国の要人と接する時なんかは、女性らしい格好と喋り方で誤魔化すことはできるから、私たちは知らなかったってことみたいなんだ。どうして教えてくれなかったのかって聞いたら、『外聞が悪すぎて、自分からは言いたくなかった』ってさ。知っているのは国内の人間だけって感じらしい」

「ふうん」

　おおよその予想通りだ。種を集めるのを再開しながらフリードの話を聞く。

「今回、リディに対してオフィリア王女がどう出るつもりなのかとヘンドリックは心配していたらしい。『レイド』の話をしたら、驚いていた。ついでに友人になったようだと教えたら、それこそ信じられないって顔をしていたな。ちょっと普通では考えられない行動をしている方だ。王宮内には数人の女官を除いて味方はほぼいない状況で、側に置いているのはそれこそ、側付きの護衛騎士だけという状態。ヘンドリックや国王夫妻は、それでも彼らなりにオフィリア王女を可愛がっているし、大事に思っているけれども、周りはそうはいかない。男女王女、なんて王宮内で陰口を叩くような人たちもいるそうだ」

「……うん」

「オフィリア王女は、格好や言動こそ男性のようだが、性愛の対象は男性らしいし、ヘンドリックや国王夫妻としては、彼女を支え、愛してきた彼女の護衛騎士を婿に選びたいんだよ。家柄も問題ないし、ずっと側に置いているくらいだ。彼女の方も、憎からず思っているんじゃないかって」

「……レイドは、ないって言ってたけど」

　手を止め、振り返る。

私の言葉を聞いたフリードは、困ったような顔をした。

「ヘンドリックが言ってたんだけど、エドワード・ランティノーツから、王女が彼を慕っているという証拠（しょうこ）を見せてもらったんだそうだよ。それが何かまでは教えてもらえなかったけど。でもだからこそ、ヘンドリックはオフィリア王女がエドワード・ランティノーツのことを好きだって確信しているし、彼らを結婚させようと躍起になっているってわけ」

「証拠？　本当に？　レイドの話を聞いた感じじゃ、全然ランティノーツ卿のことを好きなようには思えなかった。幼馴染（おさななじ）みってだけ。側に置いているのは、自分を分かってくれているから、ただ、それだけで、性愛の対象ではないって本人も言ってたし。ヘンドリック殿下も皆、誤解しているんだって困ってたよ」

レイドの様子をいくら思い出しても、エドワードを『好き』なようには見えなかった。

あれは絶対に照れ隠しなんかじゃない。

「……なんか、難しいね」

私はレイドを信じるけれど、証拠とやらを持っているヘンドリック王子たちがエドワードとくっつけようと奮起するのも分かる。

「その証拠ってなんだろう。……と言うか、そんなものを勝手に提出するランティノーツ卿が一番問題だよね？」

両想いになっているわけでもないのに、先に外堀を埋めようとするのはどうかと思う。眉（まゆ）を寄せて非難すると、フリードも苦笑した。

「その通りだけど、彼は皆の信頼が厚いからね。何せ、幼少の頃から王女と共にいて、彼女を守り続けて来た、イルヴァーン一の騎士だ。私たちが、『それは違うんじゃないか』と言ったところで、どちらを信じるかなんて火を見るより明らかだと思うよ」

「だよね。私たちは他国の人間だし。ずっと側にいた人の方を信じるのが当たり前だよね」

だから難しいのだけれども。

「イルヴァーン。来てみたけど、意外に色々とねじれてるみたいで吃驚した」

しみじみと言うと、フリードも頷いた。

「私なんて、オフィリア王女のことを今回初めて知ったわけだからね。本当に驚いたよ。だけど、友人だからと言って、全部を教えられるわけじゃない。今回はそれを思い知らされたよ。もちろん聞けば教えてくれるけれども、知っていなければ聞くことすらできないわけだからね」

「ね」

全くその通りだと同感すると、フリードが私を見て、心配そうな声で聞いてきた。

「……リディ、大丈夫？」

「？」

フリードが何のことを言っているのか分からず首を傾げた。

「今回、私はいつも通りヘンドリックや、国王陛下たちと会談しているだけだから、特に何もないけど、リディは予定外のことばかり起こっているでしょう？　頑張って欲しいとはお願いしたけれど、まさかこんなことになるとは思わなかったし、慣れない異国で疲れているんじゃないかなって」

「大丈夫だよ」

「でも」

まだ何か言いたそうなフリードの手を握る。

「レイドと友達になれて嬉しかったもん。珈琲も好きになったし、素敵な国で、連れてきてもらえて良かったって思ってる。確かにまだ何か色々ありそうだなあとは思うけど、疲れたとか帰りたいとか思ってないよ。十日間、まだまだ全力でイルヴァーンを楽しむつもりだしね」

「リディ」

「だからフリードは気にしないで」

彼の枷になるつもりはないのだ。フリードは自由にしてくれたらいいし、私も私で、彼に迷惑を掛けない範囲で適当にやる。それで良いのではないだろうか。

「ね。私は平気だから」

「……うん。でも、何かあったら、都度、私に報告してよね」

「分かってる」

できる限り真剣に頷くと、ようやくフリードは納得した顔をしてくれた。

◇◇◇

「……ふう。これくらいで良いかな」

汗を拭う。

あれから作業を再開し、小一時間くらい頑張った結果、持ってきた麻袋の中には、たくさんの種が溜まっていた。

カインが麻袋の口を縛り、肩に担ぐ。

「よっし。ばあさんの依頼はこれで完了っと。今はオレが持って帰るけど、ヴィルヘルムに帰ったらこれ、ばあさんちにあんたが持っていけよな」

「ああ、分かっている。私が頼まれたことだからな」

カインに言われ、フリードが頷いた。

さすがに疲れたので、王宮に一旦戻ろうという話になり、元来た道を引き返す。

早く王宮に帰って、冷たい飲み物でも飲んで休憩したいと思っていると、ふと、砂浜にいる人たちの中に、知っている顔を見つけてしまった。

「あ」

「ん？　どうしたの？」

立ち止まった私に気づいたフリードもまた歩みを止める。私は思わずその人物を指さした。

「……あそこ。アベルがいるんだけど」

「……うわ。本当だ」

最初に反応したのはカインだった。私の指し示した先を見て、顔を歪める。

「あいつ、何をやってるんだ？」

「……そうだね」

そう言いたくなるのも仕方ない。

だって彼――アベルは何故か首だけを出した状態で、砂浜の中に埋まっていたのだから。

サハージャに追われてきたという話だったから、一瞬嫌な想像をしてしまったが、結構距離があるというのに私たちの視線に気づいたらしい彼は、陽気な声で話しかけてきた。

「お？　良いところに。こっちに来いよ～！」

「……気軽だ」

つい先日まで敵対していたのが嘘のような気楽さである。確かに今の彼をどうこうするつもりはないし、いざとなれば味方になってもらう必要もあるかもという話にはなっているが、それでもここまであっけらかんと呼ばれると、こちらの方が戸惑う。

「……どうしよっか」

気づかなかったふりは、距離があるとはいえ、バッチリと目が合ってしまった手前、できない。フリードも苦笑していた。

「あそこまではっきりと指名されると、行くしかないね」

「……だよね」

こうなればと腹を括り、私たちは砂浜に降りて、アベルのところまで歩いていった。

フリードが呆れた様子を隠しもせず、砂に埋まったアベルに言う。

「……お前は何をやってるんだ」

フリードの問いかけに、アベルは真顔で答えた。

「いやあ。昼寝をしていたら、悪ガキどもにやられたんだよ。最初は何やってんのかなって思って見てたんだけど、砂を掛けてるのが足下だけだったからまあ良いかって感じで放っておいたんだ。で、次に起きたら……おかしいだろ？　今の状態だったってわけだ！　というわけで、頼む、助けてくれ！」

「……」

全く危機感のないアベルの言葉に頭痛がした。

彼は一体何をしているのだろう。以前も思ったが、実に謎な男である。

「……ものすごく自業自得だから見捨ててもいい？」

思わず言ってしまったが、フリードもカインも同意した。

「良いと思うよ。なんか、助けるのも馬鹿らしくなってきたし」

「同感」

「酷いな～。袖振り合うも多生の縁って言うだろう？　助けてくれよ」

「……はあ。カイン」

非常に脱力した気分になったが、やはり放ってはおけない。

カインに頼むと、彼はとても面倒そうな顔をしはしたが、最終的にはアベルを掘り起こしてくれた。

アベルが砂から這い出てくる。

「いやあ。助かったよ。水を含んだ砂って意外に重いんだな。ガキのすることだと思って放っておいたら酷い目に遭った」

　砂浜の上にあぐらを掻き、アベルは疲れたように息を吐いた。そんな彼に尋ねる。

「で？　あなたは何をしていたの？」

「だから、昼寝。さんさんと輝く太陽の下で昼寝とか、超贅沢だろう？　こう、休みを満喫してる！って気がするよな！」

「ええー……」

　確かに贅沢だし、まさかサハージャ腕利きの情報屋が日光浴をしているとは誰も思わないだろうから追手がいたとしても気づかないだろうけど、何かが違う気がする。

　大体、休みってなんだ。

「あなた、追われてるのよね？　それなのに堂々としすぎじゃない？」

「逆に気づかないと思うし、多分、イルヴァーンまでは追手も来てないと思うから、それならちょっとした休暇気分で良いかなと。でも、寝ていたせいか、あちこちヒリヒリする」

「ヒリヒリって、日焼けしてるじゃない」

　アベルは膝までのズボンに、半袖シャツという実にラフな格好をしていたが、その腕は薄ら黒くなっていた。

　まさに、バケーション全開で楽しんでいる様子に溜息しか出ない。

「何と言えば良いのかもう……。でも、カインには聞いていたけど、本当にイルヴァーンで会うとは思わなかった」

「意外と縁があるのかもしれないよなあ。これを機に、是非、情報屋万華鏡（カレイドスコープ）をご贔屓（ひいき）に！　殺し以外なら、金次第で引き受けるぜ」

ニコニコと笑いながら自分の売り込みをしてくるアベル。なんとなく彼を観察してしまう。

カインはアベルがヒユマ一族だったと言っていた。カインと同じ一族。同じ、サハージャからの虐殺から逃（のが）れた人。それぞれ別の道を歩み、そして出会ったお互いのことを彼らはどう思っているのだろう。

――でも、それを当事者ではない私が聞くのは、駄目だよね。

何も知らない私が、軽々しく口にできる話題ではない。

気にはなったがその辺りの話はしないよう気をつけよう。そう思っていると、フリードがぐっと私を引き寄せた。

「フリード？」

「リディ。アベルのことを見すぎ」

「……ごめんなさい」

どうやら旦那様の我慢の限界が来たようだ。それに気づいた私は素直に謝った。私がアベルのことを何とも思っていないのは知っているくせに、興味を抱くだけでも嫌らしい。

――困った人だなあ。

でも、全然嫌じゃない。

きゅっとフリードの服の袖を掴む。彼を見上げると、拗ねた顔が私を見つめていた。

「リディ、私を妬かせないで」

「分かってる。ごめんね。私はフリードだけが好きだから、心配しないで」

「心配はしてないよ。リディのことは信じてる。でも、私以外の男を熱心に見られると嫌な気分になる。それは分かって」

「うん。気をつけるね。愛してる、フリード」

「私もだよ、リディ」

独占欲の強い旦那様を宥めるのも、妻の大事な務めである。

愛の言葉を囁くと、フリードの顔がいつもの優しいものに戻った。私たちのやり取りを見ていたアベルが「うげえ」と嫌そうな声を出した。

「なんだ、今の。ヴィルヘルムでも思ったけど、あんたたち、いつもそんなやりとりしてんのかよ……」

アベルがまるで梅干しを食べたあとのようなすっぱい顔をした。

「……こんな糖分過多なベタベタ夫婦を引き裂こうとしてんのか、あの王様。どう考えても無理だと思うけど……」

「お前が言う王様とはマクシミリアンのことか？」

アベルの独り言を聞きつけたフリードが厳しく尋ねると、アベルは真顔で頷いた。

「そうだよ。オレがここに逃げてくることになった原因。あの王様は王太子妃さんがどうしても欲しいらしいからな。何をやってるのかまではオレは知らないけど、色々策を練っているみたいだぜ」

「そうだろうな」

フリードがとても嫌そうに答えたその時、すぐ近くから男性の大声が響いた。

「悪魔だ！　悪魔がいるぞ!!」

切羽詰まった声。その声に、周囲の人々が悲鳴を上げる。

「悪魔だって！」

「きゃあ！　気持ち悪い！」

「早く海に帰してしまえ！」

「悪魔？」

何事かと周囲を観察する。波打ち際に、小舟が着いていた。

大声を出したのは、その舟に乗っていた男性のようだ。おそらくは、漁業を生業としている人なのだろう。舟には網があり、魚がピチピチと跳ねているのが見える。その網を、男性は恐怖に彩られた目で見つめていた。

どうやら男性が海で何かを捕まえたらしい。そしてそれについて、皆は悪魔だと、気持ち悪いと言って怯えているようだ。

ふむ。興味はある。

「悪魔ってなんだろう」

フリードなら知っているかと思い、彼を見る。フリードは首を横に振った。

ついでにアベルを見たが、彼もよく分からないようで首を傾げている。

考えてみればここには、イルヴァーンの人はいない。聞いても分からないのは当然だ。

このままでは埒が明かないと思った私は、その『悪魔』とやらを捕まえた男の人に直接話を聞いてみることに決めた。

フリードから離れ、男の方へ歩いていこうとすると、手を握られる。

「フリード」

「私も行く」

「……良いけど」

どうせついてくるだろうと思っていたので頷く。フリードと一緒に男の人のところに行くと、彼はビクビクしながら網に近づこうとしていたところだった。

「あの、すみません」

「わっ……！　なんだ、急に話しかけるなよ！」

「ごめんなさい」

後ろから声を掛けたのだが、驚かせてしまったようだ。男性は筋骨隆々としており、日に焼けた身体が見事だった。年は多分、三十を過ぎたくらい。黒い短髪の彼は、話しかけてきた私を見て、目を丸くした。

「なんだ？　この辺りでは見ない嬢ちゃんだな。オレになんか用か？」

「えと、さっき悪魔って聞こえたのが気になって……あ、私、ヴィルヘルムから来ていて、イルヴァーン人ではないので、悪魔とか言われても意味が分からなくて」

ヴィルヘルムから来たと告げると、男は納得したように頷いた。

「隣の兄ちゃんもヴィルヘルム人か？」

「えと、はい」

まさかフリードを『兄ちゃん』扱いしてくる人がいるとは思わず苦笑したが、そこには突っ込まない。フリードも空気を読んでいるのだろう。何も言わなかった。

何はともあれ、私とフリードが何も知らないのだということを理解した男が、「それだ」と言いながら、網を指さした。

「見たければ見ればいいさ。オレは漁をして生計を立てているんだけどな。時折、魚と一緒にそれが掛かるんだよ。黒い墨を吐く悪魔が。ぬめぬめして、吸盤があって、足が八本もあるんだ。気味の悪い外見だよ。皆、そいつのことを『悪魔』って呼んでる。中には早く海に戻さないと祟られる、なんて言ってる奴もいるんだ。悪魔が揚がれば、さっさと海に帰す。それが一番安全なんだ」

「……足が八本。吸盤……」

どこかで聞いたことのある特徴だ。

「リディ」

「見てみたい」

フリードの制止を振り切り、網の中を覗いてみる。果たしてそこには、私がほぼ想像した通りの物体がいた。

「……蛸(たこ)だ」

吸盤のついた足が八本。丸い頭と特徴的なボディ。紛うことなき、蛸だった。すでに死んではいたが、この世界に転生して初めて見た蛸に、少しテンションが上がってしまう。

「そういえば……蛸って、ヴィルヘルムで見たことないな」

気づかなかったが、魚料理はあっても、蛸が出てきたことはなかった。

イルヴァーンではよく捕れるのだろうか。とは言え、『悪魔』などと言われているようだから、食べるなんて考えもつかないのだろうけど。

前世の世界でも、ヨーロッパ辺りは宗教の関係で蛸が『悪魔』と言われていた時期もある。こちらは宗教とは関係ないが、どこの世界も似たようなものなのかもしれない。

「……嬢ちゃん。気味悪くないのかい？」

じっと蛸を見ていると、男が怖ず怖ず(おずおず)と尋ねてきた。それに頷く。

「だって別に怖い生き物でも、悪魔でもないもの」

「悪魔じゃない？」

「ええ、それどころかとっても美味(おい)しいのよ」

「この気持ち悪い生き物を食べるのか!?」

信じられないという目で私を見つめてくる男。そして気になったのか、いつの間にか周りに人が集まっていた。

「……この悪魔を食べるって、今言っていたように聞こえたけど」

「まさか……これは食えるようなものじゃない」

否定的な意見ばかりだ。蛸を悪魔だと思い込んでいる人たちからすれば当たり前なのだろうけれど、これを美味しいと知っている身としては、反論したいところである。

だが、外見がグロテスクなのは事実だ。美味しいと知らなければ、私も気持ち悪いと思った可能性は十分にある。ようは、これが美味しいのだと皆が知れば済むだけの話なのだ。

「あ、そうだ」

良いことを考えた。

にんまりと笑った私は、蛸を釣った男に声を掛けた。

「ねえ、漁師さん。私にこの蛸……ううん、悪魔を譲ってくれないかしら？　お金なら払うから」

私の申し出に、男はギョッと目を見開いた。

「はあ？　この悪魔を？　馬鹿を言うな。悪魔は海に帰す。オレは呪(のろ)われたくないんだ！」

「呪いなんてないんだけど……うーん。呪われるなら、それを買った私だと思うから、あなたには何も影響はないと思うわ。ね、どうせ海に帰すなら良いでしょう？」

「……そこまで言うなら」

しつこく食い下がった結果、渋々ではあったが、男は私に蛸を譲ることを了承してくれた。ちなみにお金を払おうとしたが断られたのは残念だ。

悪魔を売るなんて恐ろしい真似(まね)はしたくないと、頑として受け取ってくれなかったのだ。

仕方なくしまおうとしたところ、何故かついてきていたアベルが「じゃ、オレが代わりにもらっとくよ！」と手を出してきたので、その手は思いきりはたいておいた。

何故代わりに自分がもらえると思ったのか、全く謎な男である。

「リディ、それをどうするの？」

蛸を手に入れ、ほくほく顔の私にフリードが困惑しながら尋ねてくる。

私が何か企んでいるのを知り、今まで口出しをせず控えていてくれたのだろうが、さすがに気になっているようだ。私は上機嫌に蛸を眺めつつ、彼に言った。

「ん？　もちろん、食べるんだよ。だって、せっかく手に入れたんだもん。そうだね。皆いるし、ここでやろうか。んーと、まずは下処理が必要かな。アベル、ちょっと敷布を貸してね」

「え、良いけど……」

ずっと砂浜にいたと言うだけあり、彼は砂の上に敷く敷布を持ってきていた。そこに座り、先ほど種集めで使った軍手を嵌め、下処理を始める。皆、悪魔は怖いが、私が何を始めたのかは気になるらしく、遠巻きにしつつも離れてはいかなかった。

「リディ」

「大丈夫。蛸の下処理方法は知ってるから。ええと、まずは……」

蛸の頭をひっくり返し、内臓を取る。グロテスクな光景に、何人かが「ひっ」と悲鳴を上げたが気にしなかった。こうしなければ食べられないのだ。

「ええと、次は真水とあと、塩が欲しいんだけど」

「それならオレが持ってる。舟の上で魚の下処理をする時にも使うからな」

蛸を譲ってくれた漁師さんが、舟に積み込んでいた樽から水を汲み、持ってきてくれた。それを使ってしっかりとぬめりを取る。もらった塩を蛸に揉み込んでから、また水で流した。

ぬめりが十分取れたことを確認し、周囲に集まった人たちに言う。

「誰か、鍋を持っていませんか？　茹でたいんですけど」

バーベキューをしていた人たちならもしかしてと思ったのだが、女性が一人手を挙げてくれた。

「……大鍋で良いのならあるわ」

「ありがとう。貸してくれますか？」

「……どうぞ」

悪魔を茹でるのかという顔をしてはいたが、興味の方が勝ったのだろう。女性は鍋を貸してくれた。

ついでに火も借り、蛸を茹でる。無事蛸を茹でることに成功した私は、蛸を取り出し、頷いた。

うん、良い感じに茹で上がっている。

「……ええと、包丁も貸してもらえると助かります」

ここでゲットしたばかりのマイ包丁を出せれば良かったのだが、あれは王宮に置いてきたし、そもそも封がしてあるので使えない。

鍋と火を貸してくれた女性にお願いすると、彼女は微妙な顔をしつつも私に包丁とまな板を貸してくれた。敷布の上にまな板を置き、茹でた蛸をスライスする。

これで、蛸のお刺身の完成だ。

なかなか上手くいったのではないかと自画自賛し、味見してみようとしたが、それはフリードに止められた。

「さすがにそれはちょっと……毒があったらどうするの」

「うん、姫さん、それは駄目だ。毒味ならオレが代わりにする。毒なら訓練して、耐性があるから」

「……分かった」

カインの申し出に頷いた。

記念すべき、蛸のお刺身。是非、最初に食べてみたかったのだが、フリードとカインの心配は尤もだ。絶対に美味しいし、お腹なんて壊さないと自信があったので、私は毒味を申し出てくれたカインに、刺身を手渡した。

恐る恐る蛸を口に含んだカインが、何度か咀嚼し、呑み込んだ後、目を見張った。

「……うま」

食べたことのない味だろうから、好き嫌いが分かれると思ったが、幸いなことにカインは好きな味だったようだ。

「弾力があるな。なんかこう……食べたことのない味だ。でも、すごく美味い」

「カイン、毒は？」

鋭い声でフリードが質問する。それにカインは首を横に振った。

「ない。つーか、本当に美味い」

「でしょ！　ねえ、カインも大丈夫だったし、食べて良いよね！」

「……まだ駄目。カインの言うことを信じないわけじゃないけど、念のためね。次は私が食べる」

「ええ？」

「私も毒は平気だから」

「……ううう」

心配性な旦那様は許してくれなかった。私よりもフリードの方が何かあっては大変なはずなのだが、彼は頑として譲らない。仕方なくフリードにも蛸を食べさせると、彼も驚いたような顔をした。

「……信じられない。あのグロテスクな外見でこんなに美味しいなんて」

「ね！　毒なんてないでしょう？」

確か、毒のある蛸はものすごく派手な色合いだったと記憶している。もちろん、世界が違うということは分かっているし、過信するつもりはないけれど。

だから、私も彼らの毒味の申し出を受け入れたのだし。

フリードはしっかり味を確かめたあと、頷いた。

「そうだね。確かに毒はないね」

「でしょ！　次は！　私が食べるから！」

発案者なのに、その私が食べられないとは許せない。泣きそうになりながらも訴えると、安全なものだと納得してくれたフリードから、ついにお許しが出た。

大喜びで、蛸を食べる。

前世ぶりのその味は覚えていた通りで、懐かしさのあまり、涙が出そうになった。

「懐かしい……蛸だ……！　美味しい……」

「おい、オレも食べて良いか？」

「わ、私も！」

感動していると、漁師さんと鍋を貸してくれた女性が声を上げた。

「もちろんどうぞ！」

なかなかに良い傾向だし、もともとそのつもりでここで下処理をしたので、快く刺身の載ったまな板を示す。

彼らはビクビクしながら刺身を一切れ取って食べたが、やはり二人とも目を丸くして驚いていた。

「……悪魔が、美味い」

「本当。美味しい……悪魔なのに」

「だから、悪魔じゃなくて蛸なんだって。皆も、食べたい人は食べて良いですよ。美味しいものは皆で分け合った方が良いし、興味がある人はどうぞ」

私たちが美味しいと言うまでは、どこか気味悪いものを見るような目で見ていた人たちの雰囲気が明らかに変わっていた。

特に、最初に食べた二人が美味しいと言ったことがきっかけとなったのだろう。興味を抑えきれなかったらしく、周りにいた人たちは皆、食べたいと手を伸ばしてきた。

「はい、一列に並んで。たくさんはないから、一人一切れで我慢して下さいね」

意外に多くいた希望者に蛸を配る。結局私も一切れしか食べられなかったが、一人でも多くの人に蛸の美味しさを知ってもらいたかったのでそれはそれでよしとする。

蛸を食べた人の中には、やはり美味しいという人もいれば、あまり好きではないという人もいたが、概ね好意的に受け入れられたようだった。

「あの悪魔がこんなに美味しいなんて……」

「食べられるものだったのか……」

皆が驚いていたが、誰よりも衝撃を受けていたのは、蛸を釣り上げた漁師さんだった。まだ驚いているようで、ずっと首を振っている。

その顔を見ていると、なんとなくもっと驚かせたい気持ちになってしまう。

——うん、そうだ。

名案を思いついた私は、漁師さんに言った。

「ねえ、今の悪魔なんですけど、もっとたくさん用意できますか？　それともなかなか捕れない珍しいものだったりします？」

「いや、悪魔がたくさん棲(す)んでいる場所は知っているから、そこにいけばいくらでも捕れるが……」

「そう、良かった！」

ぱん、と両手を叩く。私はにっこりと笑って漁師さんに言った。

「明後日、今くらいの時間にさっきの悪魔をたくさん捕ってきてくれませんか？　待ち合わせはここ。もちろん依頼なんだから、代金はお支払いします」

「それは構わないが……一体、何をするつもりなんだ？」

蛸のことを悪魔だと喚(わめ)いていた人だから、嫌がるかと思ったが、美味しく食べられたことがきっかけとなったのだろうか。蛸を捕ってきて欲しいという願いは、思ったよりもあっさりと受け入れられた。それにホッとしつつ、私は言った。

「明後日、ここで皆に蛸を使った料理を振る舞おうと思って。皆も興味があったら来て下さいね。なんだったら、友達や知り合いを誘って来てくれても良いので」

蛸一匹だけではたかがしれている。もっとたくさん蛸を用意して、それで料理を作って美味しいと知ってもらえたら、蛸の美味しさを、悪魔だと誤解している皆に広めることができるのだ。

基本的にどこであろうと食を皆に広めたいと思っている私なので、場所がイルヴァーンだろうとやることは変わらない。私の言葉を聞いて、皆、驚いたような顔をしていたが、やがて期待するような表情に変わっていった。

「……さっき食べたの、美味しかったしな」

「どんな料理になるんだろう。ちょっと楽しみかも」

「……明後日か。時間あるから、友達を誘ってみようかな」

どうやら良い感じに皆の期待を煽(あお)ることができたようだ。

にんまりとしていると、フリードが私に聞いてきた。

「リディ、どうして明後日なの？　リディがしたいということを止める気はないけど、何か理由があるのなら教えて欲しいんだけど」

「ん？　明後日なのは単に、他(ほか)の材料と、器具調達の問題があるからかな。特殊な形をしているから、一から作ってもらわないといけないいんだよね」

私が作ろうとしているのは『たこ焼き』だ。

数がたくさん作れるし、皆にもきっと喜んでもらえる。しかも材料を集めるのもそう難しくない。

だけど、たこ焼き器がないという問題があった。

この世界では、鉄を魔法を使って加工するので、材料さえ用意してどんな形のものなのか指定さえすれば、すぐに作ってはもらえるのだが、まず、鉄の板を用意するところから始めなければいけない。

今日はもう午後だし、材料調達にしても、器具を作ってもらうにしても、最低でも明日一日は見ておかなければ難しいと判断したのだ。

もちろん、頼もうと思っている職人は、アマツキさん。レイドに紹介してもらえて良かったと心から思う。

そういうことを説明すると、フリードは納得したようだが、同時に呆れた顔も見せた。

「……リディはイルヴァーンに来てもやっぱりリディだったね」

「どういう意味？」

「いや、私のリディはすごいなって思っただけだよ。まさか外国でも、オリジナルレシピを披露するとは思わなかったってだけ」

「ええーと……成り行き？」

美味しい蛸が、悪魔だなどと言われて、嫌われているのが嫌だったのだ。

蛸からしてみれば、食べられない方が良いのかもしれないけれど、蛸の美味しさを知っている私としては、許せない。

とにかく明日は、器具類や材料を調達しないと。

「なんだか楽しみになってきた」

明日の予定を頭の中で組み立て、ニコニコと笑う。

途中まで一緒にいたはずのアベルは、いつの間にかいなくなっていた。

9・彼女と五日目

次の日、私は朝から忙しく走り回っていた。まずはレイドを訪ね、鉄の板が欲しいので、調達できる場所はないかと聞く。

「鉄の板？　それはつまり、何か作りたいのか？」

「うん。加工してもらいたいの。ほら、頼むにしても材料はこちらで用意した方が良いかなって思って」

「いや、鉄板ならいくらでも作業場にあるだろうから、わざわざ用意する必要はないだろうが」

それを聞き、両手を叩いた。

「本当？　助かる。その、アマツキさんにお願いしようと思って」

「アマツキさんに？　確かに彼女なら鉄板の加工技術も一流だが……リディ、私も同行して構わないか？　君が何をするのか気になるんだ」

「良いよ」

手伝ってくれるのは大歓迎なので、レイドと一緒に、鍛冶屋へ行く。護衛はいつも通り、カインと、彼女の護衛騎士のエドワードだ。

フリードは一緒に来たがったが、どうしても外せない会議があるらしく、レイドに私を任せてそちらへ向かった。どうやら今日は、珈琲の輸入についての話をするようだ。

私がお土産に買った珈琲豆。あれからフリードと一緒に飲んだのだが、彼も飲みやすいと驚いていた。そして、是非これを機に、種類をもっと増やしたり、輸入量を考え直したいと言ってくれたのだ。

今まではあまり需要がなく、たくさんは輸入していなかったのだ。だが、珈琲にも紅茶と同じで色々な味があると知れば、爆発的にヴィルヘルムでも需要が増えるだろう。

それについての調整らしい。

イルヴァーン側も特産である珈琲の輸出をもっと増やしたいとちょうど考えていたところだったらしく、フリードの申し出は渡りに舟。互いに前向きに検討しているようだ。

美味しい珈琲がヴィルヘルムでも飲めるようになれば、飲み物の選択の幅が広がる。とても良いことだと思う。

そういうわけだったから、フリードがいないのも仕方なかった。

しかし、たこ焼き用に鉄板を加工してもらうのは良いが、アマツキさんに形を伝えるのにはとても苦労した。

「なんだい、その珍妙な依頼は。半円の穴がたくさんある鉄板？」

「ええと……絵にするとこんな感じなんですけど」

紙に描いてきた絵を見せる。あまり上手くはないが、形くらいは分かるだろう。アマツキさんはそれを穴が開くほど凝視し、うんうん唸ってはいたが、どうにか頷き、それらしきものを作ってくれた。

「こんな妙ちくりんなものを作ったのは初めてだよ。お前さんの依頼じゃなければ断ってたね」

「すみません。ありがとうございます。助かります！」

アマツキさんに何度も礼を言い、彼女が提示した倍額を支払った。

アマツキさんでなければ、たこ焼き専用の鉄板など作ってもらえなかっただろう。そういう意味でのお礼も兼ねていた。彼女は驚いていたが、正当な対価だ。多く支払った分を返そうとする彼女に、きっぱりとそう告げると、なんだかとても奇妙な生き物を見るような目で見られてしまったのが解せぬところだ。

私は何か、おかしなことをしただろうか。

実際、「どうしましたか」と聞いたのだが、彼女は答えず、代わりに何か考え込むような様子でじっと私を見つめていた。

あれは一体なんだったのか。気にはなるが、今はそれどころではない。

店を出て、ホクホク顔で歩く私にレイドが尋ねてくる。

「リディ。その……本当にあれで良かったのか？　言いたくはないが、随分と……変な形だったが」

「え？　うん。ばっちり、ばっちり」

たこ焼き用に加工してもらった鉄板は、全部で三枚。重さがあるので、アマツキさんがあとで王宮まで届けてくれることになっている。多めに代金をもらった礼だから気にするな、と彼女は言っていたが、多分そんなことがなくてもアマツキさんなら届けてくれたような気がする。

本当にレイドには良い人を紹介してもらえた。私はラッキーだ。

「ええと、あとは……」

他に必要なものはと考えていると、レイドが興味深そうな顔で私に言った。

「君が何をしているのかは分からないが、乗りかかった舟だ。最後まで付き合おう。他にもまだいるものがあるのなら教えてくれ。手配するから」

「良いの？　じゃあ、材料調達、手伝ってくれる？」

大変だろうなと、内心頭を抱えていたのは、たこ焼きの材料調達だった。材料は揃うと思うのだが、粉物なのでとにかく重たいのだ。王宮に直接届けてもらえるよう店の人と交渉しなければと悩んでいたので、レイドの申し出は本当に有り難かった。

「私にできることなら。だが、条件が一つ。君のやろうとしていることを手伝う。だから、その仲間に私も入れてくれ」

「それは良いけど……」

「決まりだな」

私が考えているのは、浜辺でのたこ焼きパーティーだ。手伝ってくれるのはとても助かるが、イルヴァーンの王女を連れていっても本当に構わないのだろうか。

一応、主旨を説明する。皆に、蛸の料理を食べてもらおうと考えているのだと言うと、レイドの目がキラキラと輝いた。

「すごいな！　あの悪魔を料理するのか！　是非、その企ての仲間に入れてくれ！」

「ええと、うん。レイドが構わないなら」

王女がどうとか、心配するだけ無駄だったようである。

私は、それ以上深く考えることをやめ、彼女と一緒に食材を扱っている露店を中心に回った。必要な材料を買い揃え、王宮に届けてもらえるよう交渉を手伝ってもらう。

全ての買い物を終えた帰り道、王宮への道を歩きながら私は、同じように隣を歩くレイドに声を掛けた。

「ねえ、レイド」

「ん？」

「遅くなったけど、本をありがとう。昨日、読ませてもらった。すごく面白くてあっという間に読み終えちゃって。ね、あの続きはないの？」

「ああ、もう読んでくれたのか。ありがとう」

私が何を言っているのか分かったレイドが、笑顔を見せる。

そう、一昨日の夜、部屋に届けられた彼女が書いたという本。

それを私は昨日の午前中に時間を作って読んだのだ。

彼女の書いた話は、聞いていた通りの男女の恋愛小説だった。甘い展開に多少のミステリー要素が加わった楽しい話で、夢中になった私はあっという間に読んでしまったのだ。

ちなみにその時、すぐ近くにフリードもいて、うっかりヒーローが格好良いと余計な発言をしてしまった結果、嫉妬した彼に朝っぱらから襲われることになった。

二次元の男にも嫉妬できる男。それがフリードなのである。

話が逸れたが、その本は上下巻の上巻だったので、できれば続きが読みたいのだ。

だって、とても気になるところで終わっていた。発売されているのなら是非、買いたいと思うのだけれども。

だが、レイドは申し訳なさそうに目を伏せた。

「続きは……悪いな。今書いているところで、まだ発売日も決まっていない状態なんだ」

「え？　そうなの？」

それは残念だ。

だけど、今書いているということは、もうすぐ読めるということでもある。発売を待っていると言えば、レイドは困ったような顔をした。

「レイド？」

「いや……あと、もう少しで出来上がるとは思うのだがな。前も言っただろう。今、私はスランプで、ここ一年ほど執筆が止まっている状態なんだ」

「え……一年も……？」

まさかそんなに、と思ったが、レイドは硬い顔で頷いた。

「そう、一年も、だ。それまでは、毎日創作活動を楽しめていたのにな。今は、数文字書くのも辛(つら)い。書きたいものはあるのに、書けないんだ。〆切(しめきり)も何度破ったことか。それでも創作は、私の趣味のようなものだ。やめたくないと毎日無様に足掻(あが)いているというわけさ」

「……そっか」

下手(へた)な慰めはできないと、私は頷くだけに留(とど)めた。

大好きなことを一年もできないという状況は、想像しただけでも辛い。たとえば私なら、趣味の裁縫や料理ができなくなるようなもの。

　想像を絶する辛さだと思う。

「ごめん。気軽に続きを読みたいなんて言っちゃって」

「いや、続きを読みたいと言ってもらえるのは嬉しいんだ。感想はすごく力になるし、嫌だったら最初から本なんて贈らない。ただ、もうしばらくは掛かるかな。気長に待ってくれると有り難い」

「もちろん」

　いつか続きを読ませてくれると言うのなら、大人しく待っていよう。そういう気持ちで頷いた。

　レイドと一緒に、王宮の厨房に出向く。そこにはすでに材料が届けられていて、イルヴァーンの料理人たちが不思議そうな顔をしていた。

「すまない。それは私たちのものだ。あと、申し訳ないが、少しだけ場所を貸してもらえるか」

　レイドが料理人たちに話を付けてくれる。料理人たちは戸惑いつつも、使っていない場所と包丁やまな板といった調理道具を貸してくれた。

　手際よく、野菜を切っていく。レイドには手順を説明して、たこ焼きの液を作ってもらった。

　私が包丁を使う様子を怖々と窺っていた料理人たちは、手つきを見て大丈夫だと判断したのだろう。それぞれ自分の仕事に戻っていった。だが、ちょいちょいこちらを見てくる。

　私たちが何をしているのか気になるのだろう。これがヴィルヘルムなら、皆、遠慮せずに集まってくるのになと思い、少し笑ってしまった。

「じゃあまた、明日。楽しみにしてる」

「うん。よろしくね。今日はありがとう」

明日の準備を全て調え終わった時には、すでに日は暮れ、夕方になっていた。

最後まで手伝ってくれ、更には部屋まで送ってくれたレイドにお礼を言い、彼女を見送る。無言で彼女の騎士が従っていくのを見て、そういえばこの人いたなとようやく思い出した。彼女との作業が楽しすぎて、彼の存在を途中からすっかり忘れていたのだ。でも、エドワードの後ろ姿を見ていると、不思議とイリヤのことを思い出す。

あの騎士が、ワンコのように見えるからだろうか。どうにも猫耳イリヤを連鎖的に想像してしまうのだ。

「……そうだ。せっかくだから、イリヤも誘ってみようかな」

明日の、浜辺でのたこ焼きパーティー。

イリヤが来てくれるかどうかは分からないが、誘うのは自由だろう。

フリードもまだ帰ってきてないようだしと、さっくり決断した私は、急いでイリヤに、今から会えないかという主旨の手紙を送った。

時間はもう夕方。十中八九断られるだろうと思っていたが、イリヤは快く応じてくれた。

部屋に来ても構わないということだったので、手紙の返事を持ってきてくれた兵士と一緒に彼女の部屋へ向かう。

部屋にはイリヤだけがいて、私を待っていてくれた。

「イリヤ！　突然ごめんなさい」

「ううん。私もリディと会いたかったから……急ぎの用件って話だったけど」

「うん。それなんだけどね」

私は簡潔に、明日のたこ焼きパーティーのことを話した。

レイドも来るのだと言うと、イリヤは驚いたような顔をしたが、すぐに申し訳なさそうに目を伏せた。

「ごめんなさい、リディ。私……人が多いところは苦手で……その、誘ってもらえたのはとても嬉しいんだけど、でもやっぱり……」

思った通りの答えに、私は彼女の手を握って言った。

「気にしないで。私も、もしかしたら、くらいの気持ちだったから。あ、それと朗報。レイド……じゃなかった、オフィリア姫もイリヤと仲良くしたいって」

「え……」

パッとイリヤが顔を上げる。その顔は意外そうだった。

「私と？　仲良く？」

「うん。本人がそう言ってたから」

笑顔で告げると、イリヤは俯いてしまった。その顔を覗き込むと、彼女は真っ赤になっている。

「イリヤ？」

「う、嬉しくて。まさか好意的な感情を持っていただいていると思っていなかったから」

どうやら私の報告を喜んでくれたようだ。イリヤの声は弾んでいて、話して良かったと思えた。

「だから、一緒に来られたらとも思ったんだけど、イリヤには難しいよね。明日は、当初の予定通りのメンバーで行くことにする」

「ごめんなさい」

「謝らないで。イリヤが悪いわけじゃないんだから」

　私とは普通に喋ってくれるようになったイリヤだが、性格がわりと後ろ向きと言うか引っ込み思案であることは間違いない。

　そんな彼女がいきなり浜辺でたこ焼きパーティーとか、普通に考えて無理だと思う。無茶な誘いをしたのは私の方だ。気にしないで欲しい。

　気を取り直したのか、イリヤが怖ず怖ずと聞いてきた。

「ところで……レヴィット兄様はお元気かしら？」

「レヴィット？　ああ、護衛の。うん、元気だよ」

　出てきた名前に一瞬疑問符が浮かんだが、すぐに思い出した。

　イリヤの知り合いだったというレヴィット。彼とはあれから個人的な話はしていないが、毎日元気に護衛業に励んでいるのは知っている。

「ごめんね。彼も忙しくて、なかなかイリヤに会わせてあげられなくて」

「ううん。その……私が男の人と話すと殿下があまり良い顔をなさらないから、多分、会わない方が良いのだと思う。それにレヴィット兄様にも仕事があるのは分かってるから。ただ、どうしているのか聞いてみたかっただけ。教えてくれてありがとう、リディ」

「良い顔をしないって……やっぱりヤキモチ？」

そう聞くと、イリヤは首を縦に振った。

「ええ……」

「……だよね」

予想通りの答えに納得した。

フリードもそうなのだが、とにかく彼らは基本的に自分以外の男性と二人で会うことをことさら嫌う傾向がある。私たちが浮気をしているとか、そういう話ではない。ただ、彼らが嫌だというだけだ。

そういうところが、フリードとヘンドリック王子は本当によく似ていると思う。

さすが友人となるだけはある。似ているから気も合うのだろう。

嫉妬については、まさに身をもって知っていた私は、深くイリヤに同情した。

「分かる。基本的に心が狭いもんね。フリードも一緒だもん。気持ちは分からないでもないけど、こういう特別な時くらいは大目に見て欲しいよね」

「殿下は、私が獣人にとって魅力的な雌ではないと思われていると知っているのに、それでも嫌だっておっしゃるの。殿下以外に好いて下さるような殿方なんて、私にはいないのに」

本気で言っているのが分かる。

とは言え、彼女に「そんなことないよ」と言っても意味はない。事実として、『雌』としての彼女は魅力がないと仲間たちに断じられ、結果としてヘンドリック王子の求婚に応じることになったのだから。

おかげで今イリヤは幸せなのだが、それまでを思うと手放しで喜ぶこともできない複雑な気分だ。

「……ええと、とにかく！　もしイリヤがレヴィットに話があるなら、同席してもいいし、なんなら私が彼にあなたの伝言を伝えても良いから。直接会わなくても手紙とか、ほら、別の方法はいくらでもあるじゃない。私はレヴィットに護衛してもらうことも多いから、接触はしやすいの。だからいざという時は頼ってね」

フリードにも言ったが、ヘンドリック王子が嫉妬すると言うのなら、私が同席するか、もしくは直接会わない方策を探るしかない。

レヴィットは連れてきた護衛の一人だし、私が彼と多少話したとしてもフリードは何も言わないだろう。事情も知っていることだし。

そういう意味では、ヘンドリック王子よりフリードの方が理性的だなと思ったのだが、いや待て、彼は未だに兄にまで嫉妬しているし、なんなら少し前、二次元の男に嫉妬していたなと思い出さなくて良いことまで思い出してしまった。

――え、もしかしなくても、フリードの方が心が狭い？

考えたくない結論に達し、私はなんとなく遠くを見つめた。

「リディ、ありがとう」

「えっ!?　ええと、うん。お互い、頑張ろうね」

イリヤに涙目で感謝されたが、私はフリードが実は一番厄介なのではという事実に打ちのめされていて、正直それどころではなくなっていた。

10・彼女と六日目

次の日の午後、私は宣言していた通り、レイドを連れて、浜辺に行った。もちろんフリードも一緒だ。今日は護衛がたくさんいる。人が集まるだろうから、護衛の数はあった方が良いというフリードの判断だ。

ヴィルヘルム側の護衛と、イルヴァーン側の護衛。あまり物々しくはしたくなかったので、私服で来てはもらったが、それでも護衛という立場上、遊んでいる人たちとは雰囲気が違う。

ぞろぞろと護衛を連れてきた私たちを見て、集まった人たちは皆驚いていたが、たこ焼きパーティーの準備をし始めると、そちらの方に上手く興味が逸れてくれた。

護衛たちに指示を出し、昨夜アマツキさんから届けられたばかりの加工済みの鉄板を設置させる。

一昨日、蛸を依頼した漁師さんが声を掛けてくれたので、そちらを見ると、思っていたより多くの蛸を用意してくれていた。しかもなんと下処理まで済ませてある。

「え……そこまでやってくれたんですか？」

「嬢ちゃんがやっていたのは見ていたからな。一度見れば大体分かる。それに、下処理は時間も掛かるし面倒だろう？　しないで済むのならその方が良いだろうと思ってな」

「ありがとう！　助かります！」

お礼を言い、言い値を支払わせてもらった。下処理は本当に面倒なのだ。しなくて済むのは本当に助かる。

レイドがやりたいと言ってくれたので、彼女に蛸を切ってもらう。集まった人々の中にはレイドの顔を知っている者がいたのか、小さな悲鳴が上がった。

「ひ、姫様!」

「えっ……姫様だって?」

動揺はあっという間に広がったが、レイドは動じなかった。むしろ穏やかに微笑み、彼らに言った。

「すまない。あまり騒がないでもらえると助かる。今日の私は単なる友人の手伝いだ。無理を言って参加させてもらった立場なのでな、皆も協力してもらえると助かる」

「姫様のご友人……?」

今度は皆の目が私に向いた。レイドが首を傾げる。

「なんだ、リディ。君は皆に名乗ってもいなかったのか?」

「え。だってそんなタイミングなかったし」

わざわざ名乗るのも変な感じだったし、別に分からないならそのままでいいやと思ったのだ。

だが、レイドは懐疑的だった。

「きちんと名乗っておいた方が良いぞ。何かあってからでは大問題だ。皆、今、ヴィルヘルムの王太子夫妻が王宮に滞在していることは知っているだろう。彼女はその王太子妃、リディアナ様で、彼女の隣にいるのが、ご夫君の王太子フリードリヒ殿下だ」

「ヴィ、ヴィルヘルムの王太子ご夫妻?」

レイドの紹介に、皆がギョッとした顔で私とフリードを見た。

これでは逆効果ではないかと思いつつ、皆をリラックスさせるように言う。

「別に気にしてくれなくて大丈夫だから。そんなことより、こっちが大事。ほら、もうすぐ焼けるわよ」

たこ焼き用の液を、型へと流し込む。レイドが切ってくれた蛸や昨日準備しておいた材料を入れ、様子を見ながらひっくり返した。

私たちの正体に驚いていた人たちだったが、見慣れないたこ焼きの方が興味があるらしく、やがて静かになった。皆、じっと私の手元を見つめている。

たこ焼きの型と一緒に作ってもらっておいた鉄の串を使い、たこ焼きを一個ずつひっくり返していく。慣れてしまえば簡単な作業なのだが、最初は皆、失敗する。

久しぶりとはいえ、昔取った杵柄。すぐに勘を取り戻した私は、ひょいひょいと鉄串を動かした。

上手く全部のたこ焼きをひっくり返し、形を整えながら第一弾のたこ焼きを完成させる。

うん。なかなか上手くできたように思う。

四個ほどを用意しておいた使い捨ての小皿に入れ、手作りのソースを掛けた。

私は醤油とかポン酢で食べるのが好きなのだが、最初は鉄板のソースから入った方がよいと考えてのことだ。他にも色々とトッピングをして、爪楊枝を刺す。

「はい、出来上がり。じゃあ、まずは蛸を捕ってきてくれた漁師さん」

「オ、オレですかい？」

私の正体を知ってしまったからか、妙な敬語になっている。それは指摘せず、笑顔でたこ焼きを渡した。恐る恐るそれを受け取った漁師さんは、まじまじとたこ焼きを見つめた。

「丸い……こんなの見たことねえ」

「美味（おい）しいわよ。熱いうちにどうぞ」

「じゃ……その、いただきやす」

周囲の期待するような視線にも押され、漁師さんはたこ焼きを口に入れた。

「熱っ……はふ……」

もぐもぐと咀嚼（そしゃく）し、漁師さんは目を丸くする。

「美味（うま）い。外はカリッとしてるのに、中はトロトロだ……」

「良かった！　大成功！　じゃ、他の皆もどうぞ。欲しい人は順番に並んで。たくさん材料は持ってきたから多分足りるとは思うけど、一応、四つずつね」

目を輝かせてたこ焼きを頬張（ほおば）る漁師さんを見て、皆が焦ったように並び始めた。

蛸の刺身も食べ、元々興味があるところに今の漁師さんの反応だ。少なくとも変なものではない。それなら食べてみたいと考えるのは当然のことだった。

「はいはい、順番だから。全部なくなったら、また作るから、十分ほど待っててね～」

小皿にたこ焼きを盛り付けながら、皆に言う。隣で蛸を切っていたレイドが、作業を終わらせたのか、こちらの仕事も手伝ってくれた。

二人がかりで、たこ焼きを焼いたり配ったりを繰り返す。

かなりの人数が集まっていたようで、いつまで経っても終わらない。本気でそろそろ材料が尽きるのではないだろうかと思った頃、ようやく最後の人にたこ焼きを渡すことができた。

「はい。これで終わり。大事に食べてね」

「ありがとう！　ヴィルヘルムのお妃様！」

小さな子供が嬉しげに礼を告げる。それに笑顔で答えると、子供は待っていた母親の方へとたこ焼きを持って走っていった。母親が私たちに向かって頭を下げる。

「ふわー……さすがに疲れたね」

隣で頑張ってくれたレイドに声を掛ける。

フリードにはいてもらっただけで、手伝ってはもらわなかった。彼自身は手伝いたがったのだが、結婚したばかりの顔も知らない新参者の王太子妃ならいざ知らず、さすがに音に聞こえた有名すぎるヴィルヘルムの王太子にたこ焼きを手渡してもらうなど、彼らにはレベルが高すぎたのだ。

……いやまあ、普通に考えればそうなんだろうけど。

「美味しい！」

「美味しいね」

「こんなの、食べたことない……！　悪魔って美味しいんだ」

「ヴィルヘルムのお妃様ってすごいんだね！　お料理もできるんだ！」

皆が目を輝かせてたこ焼きを食べる姿に、頑張った甲斐があったなあと達成感を覚える。

どうやら、たこ焼きは皆に受け入れられたようだ。これは蛸を輸入して、ヴィルヘルムで大々的にたこ焼き屋をオープンするべきかと、相変わらずなことを考えていると、同じものを見ていたレイドがほうっと息を吐いた。

「……君のおかげですごく良いものを見ることができた」

「ん？」

「国民が笑っている姿だ。正直、私が役に立ったとは露ほども思えないが、それでも頑張った結果がこれなのだと思うと嬉しい」

「すごく役に立ってくれたから。大丈夫！」

レイドがいてくれて、とても助かったのだ。私がたこ焼きを作ることに集中できたのは彼女のおかげ。レイドができたたこ焼きを配ってくれたり、たこ焼きの液を足してくれたりと、色々なサポートをしてくれたからこそ、これだけの数を捌くことができた。

そして、王宮での評価はどうあれ、町での彼女は皆に愛されているのだなと改めて感じたひとときでもあった。

待機列が崩れそうになった時も、彼女の鶴の一声で皆、冷静になった。

王宮の人たちより、町の人たちの方が、彼女のことを王女だときちんと認識しているし、格好で差別したりしていない。そういう姿が見られたことを嬉しく思っていた。

「あ……あの」

「ん？」

たこ焼きはまだ残っている。たくさんはないが、頑張ってくれたレイドや警備をしてくれた人たちにも配れるかなと思っていると、子供の声がした。

そちらに目を向ける。ボロボロの服を着ていたが、綺麗な緑色の目をした子で、周りに親はいないようだ。

「どうしたの？」

「あ、あの……僕も……それ、食べたい……」

小声で、だけど一生懸命にそう告げる子供に笑顔を向ける。

もちろん、欲しいという子にあげないという選択はない。急いで、たこ焼きを小皿に移していると、周りにいた人たちから声が上がった。

「獣人はどっか行けよ。お前、確か、獣人とのハーフだろ」

「そうだ。これはお前が食べていいようなものじゃない」

「獣人の血を引いたガキが汚い形でこっちに来るな！」

「え？　……なにこれ……どういうこと？」

自らの表情が硬まっていくのを感じる。

今まで笑顔だった皆の突然の変貌ぶりに驚き、思わず隣にいたレイドを見た。

彼女は悔しげに俯き、唇を噛んでいる。

「レイド……？」

「……悪い。うちの国では、獣人に対する差別が根強く残っている。もちろん、国としては獣人を差別なんてしていない。だけど、人の意識は簡単には変えられないんだ。皆、自分と違う特徴を持つ獣人を疎ましく思っているし……こうして……私やリディがいるにもかかわらず、堂々と虐めのようなこともする。しかもそれを悪いと思っていないんだ」

「え……」

驚愕に目を見開く。レイドは言い訳するように言った。

「もちろん、全員じゃない。ただ、多くの人が獣人を、自分たちより下の存在だと認識しているのは事実だ。それが……結果として彼のような子供までも虐めるような世の中を生み出している」

痛ましすぎる話に絶句した。

イルヴァーンが獣人に対する差別を撤廃したのは、もう随分と前の話だ。タリムのように、現在もなお、獣人を奴隷として扱っているわけではない。それなのに、今もその感覚は人々の中に残っているというのか。

——信じられない。

ヴィルヘルムでも確かに、獣人を下に見るような人たちはいる。だからこそ、私もレナのことを気に掛けていたし、ついでに言うなら、ティティさんも、レヴィットも自分が獣人だということを秘密にしている。

彼らがヴィルヘルムにおいてさえ、自らを偽らなくてはいけないない現状。

それをイルヴァーンに来て目の当たりにし、思い知った気がする。

だって、ヴィルヘルムと並ぶと言われる大国のイルヴァーンですらこの状況なのだから。

もしかしなくても、私が知らないだけで、ヴィルヘルムも似たようなものではないだろうか。平等なんて思っていたのは真実を知らない私たちだけで、本当は今も彼らは昔と変わらず虐げられていたのかと思うと、今まで何も考えず、ティティさんたちと接していた自分がすごく恥ずかしかったし、イリヤが頑なに外に出ようとしない理由も、自らの正体を晒すことを怖がる理由もよく分かった。

世界は、未だ彼らに優しくないのだ。たとえ、差別が撤廃された国へ行ったとしても。

そして何が一番ショックだったかと言えば、男装姿のレイドを受け入れた彼らでさえも、獣人は受け入れられないと、そう判断したということだった。

「なんということ……」

辛い現実に打ちのめされそうだ。

「……」

私はぐっと唇を噛み締め、急いでたこ焼きを小皿に入れた。トッピングを施し、手ずから男の子のところへ持っていく。小さな子供だったので、その場に膝をついた。

「はい、どうぞ。熱いから、火傷しないように食べてね」

「っ！」

私にたこ焼きを渡された男の子が、信じられないものを見るような目で私を見る。私は大丈夫だというように男の子に微笑んでみせた。

「食べて良いの。これはあなたの分だから」

「リディアナ様！　王太子妃様！　そんな獣人風情に！」

誰かが悲鳴のような声で私を呼ぶ。だけどその声を私は黙殺した。

私が自分のお金で買って作ったたこ焼きだ。それを誰に配ろうが、私の自由ではないか。

誰にも否定なんてさせやしない。

「どうして！　そいつは獣人ですよ！」

近くにいた女性の一人も叫ぶ。周りもそれに同調した。一瞬にして、殺気立つ。だけど私はその殺気の中、立ち上がり、皆に向かってはっきりと自分の意見を述べた。

「だから何？　獣人にたこ焼きを食べさせてはいけないなんて、誰が決めたの。この子もあなたたちと同じ、生きているのよ。差別はとうの昔に撤廃された。あなたたちはいつまでそうやって、自分たち以外の種族を認めないつもり？　イルヴァーンは差別のない素晴らしい国だと私は思っていたわ。実際、今の今までそう思っていた。でも、それは間違いだったと、そういうこと？」

「それは……」

私に睨まれた人たちが、次々に視線を逸らす。

差別のない国だ。そう言いたくても、今の自分たちの発言が全てを台無しにしていると気づいたからだろう。

「もしそうなら、それはとても残念なことだわ。私はイルヴァーンが小さな子供まで差別するような国だとは思いたくない」

私の言葉を聞いた人たちが、息を呑む。全員ではない。だけども確実に何人かは、目を見開き、まるで自分のしてきたことを初めて突きつけられたかのような顔をしていた。

彼らが何かを言おうと口を開く。いつの間にか私の側にやってきていたフリードが先に言った。

「……今日は、もう黙って解散してくれないか。私たちも問題を起こしたいわけではないし、ヘンドリックに迷惑を掛けたいとも思っていない。今日のことはなかったことにしてくれれば、私たちは何も言わない。だが……少しだけ、私の妃が言ったことの意味について考えて欲しい」

「……フリードリヒ殿下」

「私も、私の妃が言った言葉の意味を考えたいと思う。ヴィルヘルムもきっと、この国と同じだろうと思うからな」

その言葉を聞き、皆が黙り込む。

きっと、ヴィルヘルムは違うと言えば、皆は反発しただろう。そうではなく、同じ問題を抱えていると言ったことで、彼らは何も言えなくなったのだ。

「……私からも頼む。今日は、退いてくれないか」

「……姫様」

少し遅れて、レイドが皆に言った。自国の姫の言葉を聞き、皆、ポツポツと解散していく。

やはり自分の国の王族の言葉の方が彼らの耳に届くのだろう。それは当然のことだ。

全員が去った後、その場には、獣人だと蔑まれた少年だけが残った。彼はたこ焼きを持ったまま、ぶるぶると震えている。その目からは涙が零れていた。

「……ごめんなさい。僕が、欲しいって言ったから。いつものように見てるだけにして、我慢すれば良かったのに……ごめんなさい」

「良いの。あなたは何も悪くないから」

再度、子供の前にしゃがみ込む。その頭をゆっくりと撫でた。

「あなたは悪いことなんて何にもしていない。あなたは、あなたが望むように生きて良いの」

「でも皆は駄目だって言うよ。僕は獣人のハーフで、それが知られるまでは皆の仲間に入れてもらえたけれど、バレてからはずっとこうだもん。これからもずっと続くんだって、そう思ってる」

「そんな風にはしない」

答えたのは私ではなく、レイドだった。レイドは痛ましげな顔で子供を見つめ、彼に言った。

「この国をこのままにはさせない。きっと……きっと君が大きくなる頃にはそんな悲しい思いはなくなってるって約束するから」

「本当？　姫様」

「ああ、本当だとも」

じっと見つめてくる少年に、レイドははっきりと頷いた。子供は安心したように笑い「姫様が約束してくれるなら、大丈夫だね」と言い、去っていった。

その背中をただ、見送る。

「……帰ろうか」

私の隣で、何も言わずただ、少年の背中を見つめ続けているレイドに声を掛ける。彼女が頷いたのを確認し、私は護衛たちにその場の片付けを命じた。

そうして、皆で帰路につく。

「リディ」

王宮に着き、そろそろ別れようかという頃、それまでずっと黙りっぱなしだったレイドが声を掛けてきた。

「何？」

「……少し良いだろうか。二人きりで話がある」

「うん。良いよ。……フリード、ごめん。先に部屋に戻っていてくれる？」

「……分かったよ」

迷ったようではあったが、レイドのただならぬ様子に気づいていたフリードは、比較的素直に頷いてくれた。

二人でレイドの部屋に行く。私たちの後には当然のようにエドワードがついてきたが、部屋に入る前、彼女は彼をも追い払った。

「お前は来なくていい。私が呼ぶまで外にいろ」

「ですが、殿下」

「くどい。私の命令が聞けないのか」

「……申し訳ありません」

レイドに睨まれ、エドワードは渋々とではあるが引き下がった。

「リディ、入ってくれ」

「……うん」

彼女の言葉に頷き、部屋の中に入る。レイドは部屋の奥にあるソファに私を座らせた。自分は立ったまま、私とは視線を合わさず、ただ外の景色を眺めている。

「レイド？」

「――私は、実に愚かだな」

「え？」

突然何を言い出すのかとレイドを見る。彼女は苦い笑みを浮かべていた。

「先ほど君は、迷いなく獣人の少年を庇った。差別は許されないのだと、王族らしく振る舞った。フリードリヒ殿下もそうだ。彼もまた君を庇い、柔らかくではあったが皆を諫め、君の言葉の意味を考えろと告げた。……私とは違ってな」

「え、でも、レイドだって……」

ちゃんと助けてくれた。

皆が大人しく解散したのは間違いなくレイドがあの場にいてくれたおかげだ。彼女がいなければ、もっと騒ぎになっただろう。

だが、レイドは否定するように首を横に振った。

「違う。私は、動けなかったんだよ。……ほんの少し、ほんの少しだけだけれども、彼らの気持ちが分かってしまったから。心のどこかで彼らの言葉に同意してしまったから咄嗟には動けなかった」

「レイド……」

何も言えず、ただレイドを見つめる。彼女は私の方に顔を向けると、泣きそうな顔をして言った。

「リディ。今から私の話を聞いてくれるか。私の……叶わなかった恋の話だ」

「えっ……」

「今まで誰にも言ったことがない。エドにも話さなかった。だけど、君には聞いてもらいたい。構わないだろうか」

「もちろん……それは良いけど」

どうして彼女が今、このタイミングで、大切な秘密を私に言おうとしているのか分からなかったが、それでも私は首肯した。

レイドが聞いて欲しいと言うのなら話を聞こう。きっと彼女にとって意味のある、大事なことだと思うから。

私が頷いたのを見て、レイドは「ありがとう」と聞こえるか聞こえないかくらいの小さな声で言った。数秒ほど、目を瞑る。

次に目を開けた時には、彼女の顔には覚悟のようなものが宿っていた。その表情のまま口を開く。

「——実はな、私は幼い頃からずっと兄が好きだった。血を分けた、たった一人の兄妹。兄上のことを私は愛していたんだよ」

「お兄さん……って、ヘンドリック殿下のこと？」

「そうだ」

静かな声でレイドが頷く。その声音だけで彼女が如何に本気なのかを理解した。

「もちろん、許されない思いだということは分かっていた。思いを実らせたいなんて思っていない。どうせ王族として生まれた身。いつか父の命令で国の利益になる男性と結婚するのだろうし、それは王族の義務として仕方ないことと割り切っていた」

「うん」

王族としての義務。

私も王族ではなく貴族だったが、そういう義務があるのはよく分かるし、従わなければならないと育てられてきたから、レイドの言うことは理解できた。

レイドが辛そうな顔をする。

「義務、そう、義務だ。そう思い込もうとした。だが、気持ちというものはなかなか自分の思う通りには行かない。まるでそれを誤魔化すかのように、元々趣味だった私の男装は、日を追うごとに本格的なものになっていったよ。いや、真実、誤魔化しだったのだろうな。格好だけでも男にして、兄なんて興味ないと思い込みたかったんだ。だが、上手く行くはずがない。すぐに化けの皮は剥がれた」

自嘲するように言い、レイドは話を続けた。

「誤魔化しに失敗した私が次に試したのは、物語を書くことだった。男女の恋愛小説。こうなれば兄への思いを小説に転化させてみようと足掻いたんだ。自分でも意外だったんだが、目論見は成功し、私は書くことに没頭した。男装の効果も多少はあったのか、兄への思いも少しずつ落ち着いていっているような気がしていた。……あの日までは」

言葉が途切れる。

彼女が次に何を言うのか、なんとなく分かってしまった。

「父と喧嘩をして王宮を飛び出していた兄が、ある日、突然帰ってきた。一人の女性を連れて。兄は、彼女を正妃にすると言う。父たちも混乱したが、私も混乱した。兄も私と同じで、いずれ父の用意した女性を黙って娶るものだと思っていたからだ。それは王族の義務で、だから仕方ないことなのだと、その時は義務を果たした兄を祝福するべきだと思っていたのに、あろうことか兄は、『愛する女性』を連れ帰ってきたんだ」

「……」

レイドの慟哭が辛かった。

必死で兄への思いを断ち切ろうとしていた彼女の目に、イリヤがどう映ったのか。

愛してきた兄の、彼女にとっては裏切りとも言える行動に、レイドはどう感じたのか、それを考えるのが怖いとさえ思った。

「兄は、周囲を黙らせ、連れてきた女性と結婚した。兄は幸せそうだったよ。それはそうだろう。自分が唯一と決めた女性と結婚することができたんだ。私も、兄の幸せを祝った。おめでとうと言って、祝福したさ。内心、どれだけ複雑な思いを抱えていようともね」

「……うん」

「その時点で、兄のことは忘れようと決意したんだ。兄は愛する女性と結婚した。私もいつまでも不毛な思いを抱えているわけにはいかない。兄の幸せを祈って、この思いを断ち切ろうと」

それがレイドにとってどんなに辛い決断だったのか、私には想像することしかできない。

幼い頃から抱えてきた禁断の恋。それを手放す決断をしたレイドの嘆きはどれほどのものだったのか。きっと、耐えがたい苦痛だったはずだ。

「そうして、私は私の思いを消した。消した、はずだった。だけどある日、偶然見てしまったんだ。中庭で兄が、義姉上を抱いているところを。そして、その義姉上の頭の上に、猫耳が生えていたところを」

「えっ……」

猫耳、というところで、私は目を見開いた。思わずレイドを凝視する。彼女は私に目を向けると、「やっぱり知っていたんだな」と苦く笑った。どうやら顔に少し出てしまったようだ。

それに答えられないでいると、レイドは「答えなくても良い。大体想像はつくし、だから話そうと思ったのだから」と追及しないでくれた。

「一応、兄を擁護するのなら、兄がその行為を行っていた場所は、人目に付かない、普段なら誰も来ないような隠れた場所だった。だけどそこは運の悪いことに、私の秘密の読書スペースでもあったんだ。その時私は木に登り、丈夫な枝の上で読書をしていてね。話し声が聞こえてくるから何事かと下を見れば……ということさ。とにかく兄たちに見つかるわけにはいかないと、行為が終わるまで必死で息を潜めていたんだが……偶然、義姉上の耳を見てしまって。行為によって気持ちが昂ぶりすぎて、耳が出てしまったみたいなんだが、あれは本当に驚いたな」

「……」

もう、何と言って良いのか分からない。外で行為を行っていたヘンドリック王子には頭を抱えたくなるし、偶然濡れ場に遭遇してしまったレイドには気の毒としか言いようがない。

更に……隠していた耳を見られてしまったイリヤ。彼女は運が悪かった。

もちろん一番悪いのは、ヘンドリック王子に間違いないのだろうけど……下手をするとフリードもそういうことをやりかねないし、そうすると私も流されてしまうだろうから、あまりヘンドリック王子を責められなかった。

「兄上たちが去ったあと、一人残った私は、呆然としていたよ。今、見たものが信じられなかったんだ。兄が、中庭という場所で義姉を抱いていたことも、そして、義理の姉が獣人だったことも全部」

「うん」

「それでも、何とか気持ちを落ち着けて、私は自分の部屋へと戻った。顔色が悪い、何かあったのかと聞いてくるエドを追い払い、一人で部屋に引き籠もったよ。色んな感情が胸を渦巻いていた。その中でも一番大きかったものが何か分かるか、リディ？」

「……分からない」

正直に答える。レイドは泣きそうな顔をして言った。

「どうして獣人なんかに兄上を取られたんだって、思ってしまったんだよ。自分だってこんな格好をして、他人に差別され続けてきたくせにな。その辛さを、白い目で見られ、嘲笑われる痛みを知ってるくせに、獣人なんかに兄上を取られたのが許せない。獣人を選ぶくらいなら私でも良いじゃないかって思ってしまった。……そして、そんな風に考えた自分が最低で許せなくて……でも、その感情は消せなくて……それ以来、わざとらしいくらい、義姉上を避けている」

やはり平気な振りをしていただけで、レイドは傷ついていたのだ。男装は自分のアイデンティティーだと堂々と主張する彼女の姿はもちろん真実だったと思うけど、それが全てではない。遠巻きにされ、敬遠され、彼女は傷つき、それでも平気だと立っていたのだろう。そんな中で芽生えた獣人『なんか』という感情。

　少し付き合っただけでも分かる。レイドは少し捻くれてはいるけれど、性根は真っ直ぐで潔い人だ。そんな人が抱えてしまった差別的な感情。さぞ、苦しかったことだろう。

　同情とは違う。だけど、どうにもやるせない気持ちを抱え、レイドを見つめた。レイドは悲しげな笑みを浮かべ、私に言う。

「馬鹿げた話だろう？　しかも、これで終わりではないんだ。その時から、何故か私は文章が書けなくなってしまった。頭の中にあれだけあった文字が何も降りてこない。原稿を前にしても、何も書けないんだ。苦しんで苦しんで書き出しても何かが違う。ここ一年、新刊が出ていないのは、君に渡した本の下巻が出ていないのはそのせいなんだ」

「レイド……」

「見た目はまるで男みたいなのにな。本当の私はどこまでも女でしかなくて、汚い、王族としては許されないような考えまで持っている。なあ、リディ。私は、こんな醜い自分が大嫌いだ。嫌いで嫌いで堪らない」

　レイドが壁を殴る。自らを傷つけるような行動に、慌てて私はソファから立ち上がり、彼女の腕を両手で掴んで止めた。

「レイド、駄目」

「止めないでくれ。さっきだって同じだ。獣人の少年。彼に対し、本来なら真っ先に手を差し伸べるべきは私のはずだった。なのに、あの少年が一瞬、義姉上に見え、動けなくなった。そうして、封じ込めたはずの『獣人のくせに』という思いが顔を出した。皆の獣人を差別する言葉に、その通りだと、心のどこかで同意してしまったんだ。私は、最低だ」

「そんなことない」

「嘘だ」

「嘘じゃない！」

再び拳を壁に打ち付けようとするレイドに縋り、私は言った。

「本当に最低だったら、そんな風に自分を責めたりしない。レイドは、自分の考えが間違いだって分かってる。それをどうにかしたいって悩んでる。それは、すごいことだって私は思う」

「だが私は、君のようには動けなかった」

まるで懺悔を聞いているような気持ちになりながら私は言った。

「置かれている状況が違うもの。そんなのは当たり前だと思う。私も、もし自分の好きな人が獣人を好きだったら、レイドのように思ったかもしれない。私は偶然だけど、獣人の友人が多いから、すぐに動けただけ。それだけだと思う」

イリヤにレナ、ティティさんに、最近ではレヴィットもだ。私の周囲に獣人という存在は意外と多い。そして皆、もれなくとても良い人なのだ。

それを知っているからこそ、差別なんてあり得ない、獣人は良い人たちなんだと声を大にして言えるだけ。

ぎゅっとレイドを抱き締める。彼女はふるふると震えていた。

「私は、こんな自分を変えたい」

「うん」

「嫉妬するのも嫌だし、もう兄上から自由になりたい。……今、君にこの話をしようと思ったのは、君が迷わず獣人の少年を庇ったからだ。君は獣人に偏見を持っていない。そんな君にこそ私の告白を聞いて欲しかった」

「……うん。大丈夫。レイドはきっと自分を変えることができるよ。だって、レイド、彼に約束したじゃない。このままにはさせないって。あれは嘘じゃないでしょう？」

「……当たり前だ」

ボソリと呟いたレイドの言葉には、痛いほどの思いが込められていた。それに私は頷く。

変えたいと思っているのだ。努力しようとしているのだ。

そんな人が報われないはずがない。

「それなら、きっとできるよ。私も、できることがあれば協力するから」

「……ああ、ありがとう。リディ」

震えが止まったことを確認し、レイドの身体を離す。彼女は目を真っ赤にしていたが、それでもどこかすっきりとした顔で笑っていた。

「君と友達になれて、本当に良かった」

「それは私もだから」

気負わず話せる同性の友人。しかもレイドは私と同じように町に出たりしているから、話も合いやすい。一緒にいて、本当に楽しいのだ。

「今後ともよろしく頼む」

「こちらこそ」

差し出された手を、握り返す。

彼女と本当の友人になれた気がした瞬間だった。それを嬉しく思いながら、だけど、とふと思う。

「レイドが好きだったのはヘンドリック殿下だったんだよね。それなのに何故、殿下はレイドがランティノーツ卿のことが好き、なんて誤解したんだろう」

フリードからは、ヘンドリック王子がレイドがエドワードを好きだという証拠を見たと言っていたと聞いている。だけどそんなもの、今の話を聞けば、あるはずがない。

首を傾げていると、レイドも同意した。

「それだけは本当に私も不思議なんだ。王宮では噂になっているのも知っているが、私は一度も、エドのことを好きだなんて言った覚えはないからな。だが、都合が良いと思って積極的に噂を消そうとしなかったのも事実だ。さすがにな、実の兄が好きだなんて誰にも知られたくない。カモフラージュにはエドの噂はちょうど良かったのさ」

「王宮でも噂になってたんだ。じゃあ、消さなかった噂から、色々勝手に広まったのかもしれないね。ヘンドリック殿下は、レイドがランティノーツ卿のことが好きだという証拠を見たって言ってるみたいだけど、その証拠自体が噂から生じたものだったのかな」

　根も葉もない噂話なんてよくある話だ。そう思いながら言うと、レイドは嫌そうに顔を歪めた。

「証拠なんてあるはずがない。……はあ、この際だ。変な誤解を解くためにも一回兄上ときちんと話をした方が良いだろうな。自分は皆を巻き込んで好きな人と結婚したくせに、私には好きでもないエドと結婚させようとするとかふざけすぎている。兄上が、政略結婚を受け入れていれば、私も黙ってエドとだろうが結婚してやったさ。だが、実際はどうだ？　あまりにも自分のことを棚に上げすぎていないか？　しかも、兄上は最終的に王位を放棄して私に押しつけようとしているんだ。さすがに私が怒っても仕方ないとは思わないか？」

「……レイド。王位をって……」

　知っていたのか。そういう気持ちを込めて見つめると、彼女は苦い顔をしながら頷いた。

「分からないはずがない。何せ、義姉上は獣人だ。今は隠せていても、子供を作れば一目瞭然。子供を作れない兄が何を考えるか。幼い頃から兄をずっと見てきた私が気づかないはずがないだろう」

「……そうだね」

　誰よりも兄を見てきたレイドの言葉には説得力があった。

「ヴィルヘルムへの留学は、そのための布石でもあるのだろう？　エドと二人きり、なんていかにも過ぎて、ハイ分かりました、なんて言ってやる気には到底なれなかったんだよ。それがヴィルヘルムへの短期留学を断った本当の理由だ。そのあとは、兄を徹底的に無視してやった。結婚だけならいざ知らず、王位まで譲ろうなんて馬鹿なことを考える兄を無視するくらい許されると思わないか？」

「……思う」

話を聞けば聞くほど、ヘンドリック王子の味方はできないと思ってしまった。

一通り、言いたいことを言って、多少は気が済んだのだろう。レイドは大きく息を吐いた。

「君に話を聞いてもらって良かったよ。言いたいことを言葉にしたら、すっきりした。この勢いで、明日にでも兄上と話す。もちろん、兄のことを好きだったことは言わないし、それは墓まで持っていくつもりだが、兄上に直接言いたいことはいくらでもあるんだ。互いに本音を話す良い機会でもある。リディ、君も同席してくれるか？　もちろん、フリードリヒ殿下も」

誘いを掛けられ、私は目を瞬かせた。

「私は構わないけど……良いの？　そんな大事な話し合いに他国の人間を交えて」

「君は私の友人だろう。そしてフリードリヒ殿下は兄上の友人だ。冷静に話し合うためにも誰かがいた方が良い。そしてその誰かは君たちであって欲しいと思うんだ」

「分かった。レイドがそこまで言ってくれるのなら、喜んで」

「ありがとう」

ホッとしたようにレイドは笑った。そうして急に真剣な顔になる。

「ところでリディ。その……勝手に話しておいて申し訳ないのだが、今の話……できればフリードリヒ殿下には言わないで欲しいんだ。具体的には……私が兄上を好きだったというところなんだが……」

「分かってる。もちろん言わない」

彼女が墓にまで持っていくと言っているほどの秘密なのだ。いくらフリードが相手でも、大事な友人の秘密を勝手に暴露したりはしない。

しっかりとレイドの目を見て頷くと、彼女は「感謝する」と私の手を握った。

「その他の部分は、君の判断に任せる。明日の話し合いの前に、フリードリヒ殿下にもある程度の情報を渡しておくのも悪くないと思うしな。私としては兄のことさえ黙っておいてもらえるのなら、あとは何を話してくれても構わない」

「……そんなこと言っていいの？」

何を話しても良い、なんて。

驚いてレイドを見たが、彼女の顔は真剣で、本気で言っているのがすぐに分かった。

「もちろん。君たちは信頼に足る人たちだと思っているからね。君たちは、話してはいけないことを話すような人間ではないだろう。兄上も私と同じ考えだと思う」

「……うん」

レイドの信頼が嬉しかった。

私はしばらく彼女と明日の予定について話し、そうして彼女の部屋を後にした。

11・彼女と六日目の夜

「リディ、お帰り」

「わっ……」

レイドの部屋を出てすぐ、フリードから声が掛かった。まさか部屋の外で待っているとは思わなかったので驚いてしまう。

「び、吃驚(びっくり)した。先に部屋に戻ってくれて良かったのに」

「リディがいない部屋に帰っても仕方ないからね。それで、話は終わったの？」

「……うん」

フリードの隣には、レイドに追い出されたエドワードもいた。彼は私に気づくと、頭を下げた。

「……殿下にお付き合い下さりありがとうございました、リディアナ妃。それで、殿下は私をお呼びでしたか？」

「いいえ。レイドは何も言っていなかったわ」

「そう……ですか」

自分が呼ぶまで入ってくるなと言われていたエドワードは残念そうな顔をしたが、それ以上は何も言わなかった。なんとなくエドワードを見てしまう。

ずっとレイドのことを好きだった、今も彼女を愛しているに違いない人。だけどそのレイドは別の人を思い続けてきたのだ。そのことを彼は気づいていたのだろうか。その上で、彼はレイドを愛し続けてきたのだろうか。

「リディ、帰るよ」

「え？　……あ、うん」

フリードに促され、私は彼から視線を外した。エドワードをその場に残して自らの部屋へと戻る。

部屋で待っていた女官たちに浴室に連れていかれ、丁寧に身体(からだ)を洗われる。潮風を受け、ベタベタしていたので、湯を使うのは気持ち良かった。

身体を清め、着替えてから部屋に戻ってくる。私とは違い、フリードは特に湯を使うことに拘(こだわ)りはない。どうやら今日は魔法で身体を清めたらしく、着替えだけ済ませていた。

そのフリードは、何か書き物をしていたようで、部屋にある執務机に向かっていた。

「フリード」

「ああ、リディ。お帰り。ちょっと待ってね」

最後にサインを書き、フリードが羽根ペンを置く。なんとなく気になったので尋ねてみた。

「それ、手紙？」

「ああ、国にいる父上にね。……今、イルヴァーンと協定を結ぼうという話があるから、その進捗(しんちょく)についての連絡を」

「協定？」

そんな話は知らない。驚きつつ、フリードを見ると、彼は手紙に封をしながら言った。

「リディには前に言ったよね。サハージャの動きが活発になっているって。サハージャはイルヴァーンにも手を伸ばしているらしいんだよ。ヘンドリックもいるし、大丈夫だとは思うけど、国のトップは彼ではない。国王に約束を取り付けられたら、王子である彼ではどうにもできないからね。父上たちと相談して、先手を打つことにしたんだ。サハージャのことは知らない振りをして、協力協定を結ぶ話を持ちかけてる。こちらと組んだ方が得だとイルヴァーン国王に思わせるようにね。それもあって、毎日忙しいんだ」

「そんなことをしていたの……」

　イルヴァーンは友好国ではあるが、ヴィルヘルムと特別な条約を結んでいるわけではない。昔から仲の良い国で、そんな必要はなかったからだ。だけど、何も約束がないということは、他(ほか)の国から手を伸ばされた時に、止めようがないということで。

　フリードが毎日忙しそうにしていた理由を知り、やはりただ、ヘンドリック王子の我が儘(まま)を聞いてイルヴァーンにやってきたわけではなかったのだと思った。

「対外的には、友好国であるイルヴァーンに妃(きさき)を連れての視察、と見せかけているけどね。実際、その理由で応じたのも事実だし。だけどせっかく直接国王と話せる機会があるんだ。やれることはやっておかないと」

「そうだね……」

「あ、もちろん、リディお勧めの珈琲(コーヒー)豆の輸入についての話し合いも並行して行っているからね、安心して」

「……わあ」

フリードがものすごく忙しいことを理解した。これだけのことを僅か滞在十日間でしようというのだ。そりゃあ、毎日国王たちと会議をしなければならないわけだ。

兄が殆ど姿を見せない理由も分かった。兄は文官だ。それこそ書類を用意したり、色々調べたりと忙しいのだろう。

そんな話を聞いてしまえば、明日、わざわざ時間を取って欲しいとは言いづらい。だけど、これはレイドにとっては一大事の話だ。ほんの数時間のことだし、フリードにも是非協力してもらいたい。

「フリード、あのね……」

「で？　オフィリア王女の話ってなんだったの？」

「え……あ、うん」

手紙を引き出しにしまったフリードが立ち上がり、私の方へやってくる。彼は手を伸ばすと、私の腰を引き寄せた。

「私に話せないことならもちろん話さなくて良いけど、もし話せるのなら、教えて欲しいな」

「それは、うん。ちょうど今、話そうと思っていたんだけど――」

聞いてくれるのならちょうど良い。私はフリードを近くのソファに誘い、一緒に腰掛けた。立ってするような話でもないと思ったのだ。

私はフリードに、レイドがヘンドリック王子のことを好きなことだけは除いて、彼女の気持ちを彼に伝えた。イリヤが獣人だと知ってしまったことも話した。だってフリードはイリヤのことを知っている。それならここは省かない方が良いと判断したのだ。

「……と、そういうことなの。それで、フリードにも同席して欲しいって頼まれてるんだけど」

話を終わらせ、フリードを見つめる。彼は私と目を合わせ、頷いた。

「もちろん、一緒に行かせてもらうよ。でも、そうか。オフィリア王女は、ヘンドリックの企みを全部分かっていたんだね。それであの態度だったのか……」

「自分は好き放題して好きな人と結婚して、その挙げ句、跡継ぎは残せないから、じゃあ妹に任せよう、なんて勝手すぎるってね」

「改めて聞くと、酷い話だよね」

「そうなの」

最初に、話を聞いた時はそこまで思わなかったのだが、押しつけられたレイド側から話を聞けば、これは完全にヘンドリック王子の我が儘でしかないことが分かる。

イリヤが獣人なのはどうしようもないことで、その彼女を好きになってしまったヘンドリック王子が悪いわけではない。

でも、だからと言って、勝手に妹に王位を押しつけようとするのはさすがにどうかと思うのだ。

「しかも、ヘンドリック殿下が用意したのは、彼女にとっては恋愛対象ではないランティノーツ卿。自分は好きな人と結婚したくせに、私には結婚したくない相手を押しつけてくるのかって、それもレイドは怒ってたよ」

「まあ……ヘンドリックがやったことを思えば、王女が怒るのは当然かもね。でも、王女はそんなに

「嫌って言うか……うーん。もし、ヘンドリック殿下が政略結婚をしていたら、仕方ないことだと受け入れていた、ってレイドは言ってた。自分のことを棚に上げてっていう、今のヘンドリック殿下のやり方が気に入らなくて拒否しているだけじゃないのかな……彼と結婚するしか道がないなら、レイドはちゃんと頷くと思う。王族の義務だって言ってたから」

ランティノーツ卿のことが嫌なの？」

「そうか」

「……レイドのこと、私は我が儘だって思えないの」

「リディ？」

ぽそりと告げると、フリードは私の顔を覗き込んできた。

「だって、私は好きな人と結婚できたから。きっと私、レイドに何か言う権利なんてないんだよ。好きな人と結婚できて毎日が幸せな私じゃ、政略結婚を望まれているレイドの気持ちなんて分かってあげられないし、多分、レイドも分かられたくないと思う」

「うん。それは私も同じだね」

フリードが私の身体を引き寄せ、ゆっくりと髪を撫でる。

「私は、申し訳ないけれど、ヘンドリックの気持ちの方が分かってしまうんだ。私はリディ以外と結婚なんてしたくなかった。それ以外はどうしても嫌だっていう気持ちを知ってるから。ヘンドリックの取った手段を、悪いと言うことができない」

「……うん」

「むしろ、彼から話を聞いた時、それは当然だとすら思ったよ。愛する人を手に入れるのが何より優先されることで、そのためなら何を犠牲にしてもいいって思ってる。彼の気持ちを私は痛いほど理解できるからね」

「そっか……難しいね」

それぞれに、譲れない考えがある。

そしてそれは、それぞれきっと正しい。

だけど、レイドがヘンドリック王子を弾劾するのもまた正しいのだ。だって巻き込まれた彼女には、彼女だけには兄を責める権利があるのだから。

それを、ヘンドリック王子は聞かなければならない。

自らの我が儘を通した代償を、仕方ないこととはいえ、黙って妹に払わせようとした、その罪を彼は妹から直接聞かねばならないのだ。

「……イリヤが獣人だったのは、悪いことじゃなかったはずなのにね」

だけど結果として、それが原因で色々なことに不自由が生じている。

差別はとうの昔に撤廃されたはずなのに、未だ国に蔓延り、実際に、迫害している現場だって見てしまった。あれを見たあとでは、イリヤが獣人であることを問題ないなんて言えるわけがない。

自国の王太子の妻が獣人。それを、国民は素直に受け入れるだろうか。

少なくとも今のイルヴァーンでは無理なような気がする。

そしてそれはきっとヴィルヘルムでも同じなのだ。

獣人に対する差別は今も残り、だからティティさんも、レヴィットも己の正体を隠している。

「私……差別のない国を作りたいな」

「リディ？」

口にしたつもりはなかったのだが、どうやら声に出ていたようだ。

フリードが驚いたように私を見てくる。

聞かれてしまったのなら仕方がないと、私は彼の目を見ながら決意を込めて言った。

「私、ヴィルヘルムを差別のない国にしたい。獣人が、獣人であることを隠さなくても生きていけるような。ううん、彼らだけじゃない。色々な差別がきっとまだある。貴族と平民。富める者と貧しい者。私が気づいていない差別だってまだまだある。それを、少しずつ改善して……皆が笑って暮らしていけるような国にしたい」

「リディ」

「それが、私がフリードと一緒に作っていきたい国なのかもしれない」

フリードの妃になって、少しずつ、私の意識は変わってきた。だけど、はっきりとした自分の方向性は見えなかった。

私は何を望むのか。ヴィルヘルムがどんな国になって欲しいと思っているのか。

その形が初めて見えたような気がする。

貴族社会を壊したいわけじゃない。私の生きている世界には必要な仕組みだと思う。だけど、貴族社会があるのと、貴族が平民を虐げるのは別問題だ。貧富の差についてもそう。差があるのは仕方ない。だけど、それを笠に着て、貧しい者を富める者が蹂躙するのは何かが違う。

そういう理不尽な差別、虐めといったものを私はなくしていきたいと思う。

フリードの反応をそろそろと窺う。

彼は驚いていたけれども、その目にはやがて喜びが広がっていった。

「それが、リディが目指したいヴィルヘルムの形なんだね？」

「うん。もちろんすぐには無理だし、志半ばで死んでしまうかもしれない。だけど最後まで目指していきたいのはこれだなって思ったの」

「そうか……」

「フリードの目指す国作りの中に、私の願いも一緒に入れてくれると嬉しい」

国王になるのは彼だ。だから基本的には、彼が作りたい国を作ってくれれば良いと思う。フリードが変なことをするはずがないと私は信じているし、その手伝いをしたいと思うから。

でもその中に、私の願いも一緒に組み入れてくれれば嬉しいなと、そう思う。

フリードが私を見つめ返してくる。

「もちろん、構わないよ。――リディの望みは私の望みでもある。リディが差別のない国が欲しいって言うのなら、私は全力でそれを叶えるだけだ」

「ありがとう」

「結婚式の前夜、言ったよね。一緒に国を守っていこうって」

「うん」

もちろん忘れるわけがない。彼から改めてされたプロポーズ。あれを私はきっと一生覚えていると思うから。

「あれは、リディに私と同じ場所に立って欲しいという願いでもあったんだ。そして今、リディは私の妃として、王族としての発言をしてくれた。それが、すごく嬉しい」

ぎゅっと抱き締められる。その背に私は自らの両手を回した。

「リディは確かに私と同じ道を歩いてくれている。王族としての視点で国の未来を考えてくれている。それが分かって、すごくすごく嬉しいんだよ」

「フリード」

「――きっと、叶えるよ。リディの望みを」

宣言するように言うフリードはとても格好良かった。

「差別のない国を作ろう。理不尽な差別に苦しむことのない国を。そのための努力は惜しまないよ。だってそうすれば、リディが笑ってくれるんでしょう？」

「そうだね」

肯定すると、フリードは笑った。とても嬉しそうな笑みだった。

「それなら言うまでもない。私にとって、リディの笑顔以上の褒美はないからね。死に物狂いで頑張るよ」

「フリード。一緒に、だからね。私も頑張るから」

フリード一人に願いを叶えて欲しいなんて思わない。

二人一緒に、だ。だって、私たちは夫婦なのだから。

むっとしながら訂正すると、フリードは「もちろん」と自信に満ちた顔で言った。

「もちろんリディがいてくれなくちゃ。私を導いてくれるのは、いつだってリディなんだから。ふふ、こうなると、早く王位を継ぎたいって思ってしまうな」

ヴィルヘルムでは、慣例で、王太子に第一子が誕生すると王位の交代が行われる。

そしてその時は、きっと遠くない未来だと思うのだ。

「リディ、私の妃。私の大切な人」

フリードが抱き締めていた腕を解き、代わりに私の手を取る。手の甲に、まるで誓うように口づけた。

「――愛してる。やっぱり私にはリディしかいない」

「私もフリードを愛してる」

二人、見つめ合う。

フリードの顔が近づいてくる。自然と目を閉じた。唇が重なる。

フリードに再び強く抱き締められながら、私はやっぱりこの人を愛せて良かったし、愛されて幸せだなと心から思った。

番外編・彼女と四日目の朝。つまりは、ヤキモチ妬きの旦那様（書き下ろし）

イルヴァーンに来て、四日目の朝。

朝食が終わったあと、私は久々にできた時間を読書に費やしていた。

私が読んでいるのは、レイドが別名で発表したという小説だ。

昨夜、部屋に届けられたその本は、読んでみればすぐに分かったが、前世で言うところの、いわゆる女性向けライトノベルのようなものだった。

とても読みやすく、疲れるような展開も殆どない。主人公は女性で、幼馴染みのヒーローに恋をしている。その幼馴染みも主人公のことが好き。両片思いという設定だ。

二人はなかなか素直になれず、そのうちヒーローの方に王女との見合い話が来て……という展開。

その中に、ミステリー要素を混ぜていて、かなり面白かった。

と言うか。

「なに、このヒーロー。めちゃくちゃ格好良いんだけど」

レイドの書くヒーロー。それがものすごく良い男なのだ。

外見もそうだが、特に言動がいちいち私のツボに入る。

「うわ……もう終わり……？　え、でも……終わってない、よね？」

あっという間に最後まで読んでしまった。だが、話はむしろこれからという感じだ。

不思議に思って表紙を見ると、そこには、『上』の文字が印字してあった。

『上』。つまり下巻があるのだ。

「え？　上下巻もの？　それはキツい……！」

面白い小説だったからこそ、今すぐ続きが読みたい。久々に感じるハマった感覚に、私はレイドの才能はすごいなと心から感心していた。

「明日、レイドに続きがないか、聞いてみよう。わ……もう五刷りもしているんだ……」

何気なく見た本の奥付には、第五版と書いてあった。つまり五回、再版しているのである。紛れもなく人気小説だ。

「すごい……人気作家なんだ。わあ……サインとかお願いしたら失礼かなあ」

なんだかソワソワする。私がすごいわけではないのは分かっているが、友人がすごい人だと知り、落ち着かないのだ。

「わあ……わあ……！」

座っていたソファから立ち上がり、挙動不審になっていると、近くの机で書き仕事をしていたフリードが羽根ペンを置き、私の方を向いた。

「リディ、何をソワソワしているの？　本は読み終わった？」

「え、あ、うん」

フリードは、今日は私とのデートのために、わざわざ一日予定を空けてくれていたのだ。

とは言え、出かけるのは午後から。その時間までレイドから届けられた小説を読んでいたいとお願いしたところ、仕事をして待っていると快く言ってくれた。

　フリードに、本の作者がレイドだとは言っていない。勝手に話すのはどうかと思ったので、彼にはレイドがイルヴァーンの人気作家の小説を贈ってくれたのだと説明しておいた。

　嘘ではない。五刷りもした作家が人気でないはずはないからだ。

　他国の文化を知るためと、それらしいことを言った私に、フリードは納得したというわけだ。

「ありがとう。おかげで最後まで読み終わった。すっごく面白くて、最高だった。でも、これ、上巻なんだよね。下巻、早めに手に入れたいなあ。明日にでも、レイドに聞いてみよう」

「それ、確かオフィリア王女から、だったよね？　どうして上巻だけを贈ってきたんだろうね」

　不思議がるフリードに、私も一緒に首を傾げた。確かに、彼女なら一緒に下巻も贈ってきそうな気がする。

「さあ？　でも、面白かったよ。特にヒーローが格好良くてね。台詞が素敵なの。自分が言われているわけでもないのに、ドキドキしちゃった」

「……」

「イラストも綺麗。侯爵家の跡継ぎって設定なんだけど、やっぱり美形に描いてあるよね。この絵師さん、上手だなあ。他にどんな絵を描いているんだろう」

「……」

「でも、何より、ストーリーだよね。本当に面白かったから、良かったらフリードも読んで――って、フリード？」

フリードが何も相槌を打ってこないことに気づき、彼を見る。

「あっ……」

その瞬間、私は自らの失態を悟った。

顔を見れば分かる。フリードは完全に機嫌を損ねていた。

「あ、あの……フリード？」

「気に入らない」

「え、えーと……」

ムスッとした表情の中には、明らかに嫉妬が混じっていた。

——え、まさか二次元の男に嫉妬？

嘘だろうと言いかけ、いや、フリードだからな、と思い直した。

以前からフリードは、私に関しては、どんなものにでも嫉妬できると豪語していた。その相手が二次元の、他に思い人がいる男でもアウトだと、そういうことなのだろう。

——しまった。

彼の嫉妬にはかなり気をつけていたつもりだったのだが、久しぶりにやらかしてしまったようだ。

冷静に考えれば、フリードが怒りそうなことくらいは分かる。これは、間違いなく口を滑らせてしまった私が悪い。

「あの……ごめんなさい」

「リディ、リディは何に対して謝っているのかな？」

「ひぃっ……」

無意識に悲鳴が零れた。フリードが怖い。彼の発する威圧に、私は完全に気圧されていた。

「あ、あの……フリード以外の男性（二次元）を格好良いと言ったことです……」

小さくなりつつも、己の罪を告白する。フリードは足を組み、ゆっくりと頷いた。

なんだか、地獄で沙汰を待つ罪人の気分だ。

「そうか。リディは私よりも、その男の方が格好良いと思っていると、そういうことなんだね？」

「まさか！　確かに格好良いとは思ったけど、フリード以上の人なんて、二次元でも三次元でもいないよ！」

それだけは主張しておかなければならない。

私の中では、フリードがオンリーワンでナンバーワンなのだ。他に格好良い人がいるからと言って、彼の絶対的優位は揺るがない。

キッパリと告げる。私が断言したことで、多少機嫌を直してくれたのか、フリードは少しだけ怒気を鎮めた。

「それは良かった。リディにとっての一番が私でないなんて許せないからね。でも……やっぱり腹は立つな」

「フリード。実在の人物じゃないから。小説の登場人物だから、ね？」

「王女が贈ってきたものでなかったら、今すぐ魔法で燃やして、灰にしたのに」

「……あの、過激すぎるんだけど」

本気の響きが怖い。

フリードは椅子から立ち上がり、ゆっくり私の方へと歩いてきた。そうして私の腕を掴む。

「フリード？」

「とりあえず、私はとっても気分が悪いから、リディに慰めてもらいたいなって思うんだけど」

「……あ、はい」

まだ午前中なんだけど、と思ったが諦めた。

フリードが機嫌を損ねたのは私のミスだし、その……二次元にまで嫉妬されるほど愛されている事実に、ちょっとときめいてしまったからである。

「フリード、その……ごめんね」

テレテレとしつつ、握られていない方の手で、彼の服の裾を掴む。上目遣いでフリードを見ると、怪訝な顔をされた。

「……リディ、嬉しそうだね。私は怒っているんだよ？　分かってる？」

「ん。だって、フリードが嫉妬してるから。実在の人物じゃないし、別に恋愛の意味で格好良いって言ったわけじゃないって分かってるのに嫉妬してるでしょ。私、愛されてるなあって思って。ふふっ」

実在の人物なら、その人に迷惑が掛かるから、喜ぶのも申し訳ないが、今回の場合は物語の登場人物だ。誰にも迷惑は掛からない。

そう考え、素直に思うところを告げると、フリードは呆れたように言った。

「愛しているに決まっているじゃないか。リディにはいつだって、私だけを見て欲しいって思ってる。だから、腹が立つんだけど？」

「うん、ごめんね。大好き。私にはフリードだけだよ」

踵を上げ、ちゅっと口づける。

私にキスされた旦那様は、目を瞬かせ、溜息を吐いた。その表情に怒りはもうなく、仕方ないというような色に変わっている。

「……だから私はリディに勝てないんだ」

「お互い様、お互い様」

クスクス笑うと、フリードはキュウッと私を抱き締めた。

少し身を屈め、耳元で囁いてくる。

「仕方ないから許してあげる。でも、ベッドには行くからね」

「だよねえ」

一度その気になったフリードが止まるとは思っていない。

まあ、そうなるよねと思った私は、素直に頷き、彼と一緒にベッドに向かった。

◇◇◇

「ふあっ、あっ、あっ……」

目の前には、真っ赤な目で甘い吐息を零す愛しい妻。

リディと私は、いわゆる対面座位という体位で交わっていた。

中途半端に乱したドレスが劣情を煽り立てる。上半身だけを脱がされた状態で、リディは私の首に両手を巻き付け、腰を揺らして可愛い声を上げていた。

「んっ、んっ……」

「ほら、リディ。もう少し頑張って」

「あっ……ん、もう……無理……」

淫らな腰の動きが悩ましい。彼女の動きに合わせて、私もまた腰を揺らす。肉棒を全て銜え込まれるこの体位が私は大好きだった。彼女の中が甘くうねり、射精を促してくる。

リディの乳房が私の胸に擦れ、なんとも心地よい。滑らかな背中に手を這わせると、リディは腰に響くような甘い声で啼いた。

「ああんっ」

その声に連動するように蜜壺が収縮する。

肉棒がリディの深い場所に触れる度、酩酊にも似た気持ち良さに襲われる。肉壁は柔らかく屹立に絡み付き、無数の襞が痺れるような快感を与えてくる。

リディの中は信じられないほどに熱く潤い、どこに触れても気持ち良い。

愛されていると分かる甘えるような啼き声に、下降していた気分もいつの間にか元に戻っていた。

「リディ、気持ち良い？」

少し低めの声で尋ねる。リディは熱に浮かされた表情で私を見つめ、頷いた。

「気持ち良い。フリードの、気持ち良いの。おっきくて熱い」

「リディの中もすごく気持ち良いよ。私のことが、好きだっていうのが伝わってくる」

「そんなの……ひうっ、当たり前だもん」

「……可愛い」

「ああんっ！」

嬉しくなり、思わず腰を突き上げる。彼女が快感を得やすい場所を強めに亀頭で捏ね回すと、リディは痙攣するように身体を震わせた。同時に、膣内がものすごい力で肉棒を引き絞る。リディの余裕のない表情に酷く魅了された。

「はあ……ああっ……ああ……っ!!」

ピンと身体が撓る。

達したリディを褒めるように抱き締める。絶頂の余韻でぐったりするリディの顔を上向かせ、唇を奪った。舌を絡めると、彼女も私の動きに応えてくれる。その隙に、止めていた腰の動きを再開させた。

「んんっ、んんん……!!　駄目、まだ……！」

達した直後で敏感になっているからやめてくれと言いたいのだろう。だが、止める気はなかった。わざとリディの弱い場所を執拗に突き上げる。

快楽に耐えきれなかったのか、彼女はぽろぽろと随喜の涙を零した。

「ひあんっ！　あっ、あっ……！」

強く突き上げると、身体が少し浮き上がる。その感覚が怖いのか、リディはますます私に縋り付いてきた。次の瞬間、彼女の身体が自重で沈む。肉棒が蜜壺の奥底まで入り込んだ。

「んああっ！　フリード……フリード……好きっ……奥、気持ち良いよう……！」

「私も好きだよ。ね、もっとしてあげるね」

「うん……うん……もっと……して……フリード……ああっ」

快楽に浮かされながらも私の名を呼ぶリディが愛おしくて堪らなかった。

本当は、少しばかりお仕置きしてやろうと思っていたのに、彼女を抱いているうちに、すっかりそんな気も失せてしまった。

だって、リディが全身で私を好きだと叫んでくれるから。

私のくだらない嫉妬も、彼女の前ではあっという間に霧散してしまう。

そこまで愛してくれているのならと、いつだって許してしまうのだ。

——思うところがないわけではないけれど。

小説の登場人物が格好良かったのだと目を輝かせていたリディを思い出す。あの時のリディはよほどその小説が楽しかったのか、とても可愛らしいキラキラとした表情をしていた。

その顔を引き出したのが自分でなかったことに腹が立ち、格好悪くも嫉妬してしまったのだが、そんな私の悋気もリディは簡単に丸め込んだ。

だって嫉妬されて嬉しいと、本当に嬉しそうに笑うのだ。その笑顔が可愛すぎて、一瞬で、全部がどうでも良くなった。

ニコニコ笑うリディの頬を引っ張ってやりたいと悔しく思いつつ、この笑顔に勝てるわけがないと全面降伏した。

私の機嫌を取ろうと、わざと言っているのなら許しはしなかったが、リディは本心から喜んでいた。それくらい見ていれば分かる。

最初から、勝敗は決まっていたのだ。

それでも嫉妬し、気分が悪くなったのは事実だったので、慰めて欲しいとリディをベッドに連れ込んだ。彼女は素直に頷き私に抱かれ――今、こうして可愛い声を上げて啼いている。

そして私のことが好きだとその態度で示し、また私を骨抜きにしているのだ。

――本当、勝てる気がしないな。

リディが私の側にいてくれるのなら、負けっぱなしだろうが、全然構わないのだけれども。

「リディ、愛してるよ」

快楽で全身を赤く染め上げたリディに心から告げる。それと同時に、私も自らの劣情を彼女の中へと解き放った。

◇◇◇

「……疲れた」

ぐったりとベッドに倒れ込む。

お仕置きエッチをされることはなかったが、かなりの回数を付き合う羽目になったため、午前中は見事に潰れてしまった。

午後から、二人で出かけようと言っているのに、ギリギリまで抱き続ける旦那様が憎い。いや、私が悪かったから、仕方ないのだけれども！

それに、分かっているのだ。フリードは今回、かなり手加減して抱いてくれた。

本気で嫉妬した時のフリードは、手加減なんてしてくれないし、午後の予定も下手をすれば潰されていたはず。それを思えば、行為前に彼が「許してあげる」と言っていたのは本当だったのだなと理解するよりなかった。

「リディ」

「？　何？」

ベッドに腰掛けていたフリードが私を呼ぶ。よろよろと起き上がると、彼は目を細めながら私を見た。

「今回はこれで水に流してあげるけど、もう一度はないから。気をつけてね」

「イ、イエッサー……」

私が読んでいた本が上巻だったことを暗に匂わせているのだろう。下巻を読む時は、最大限に配慮を重ねなければならないと私は思いを新たにした。

読むなと言われないだけありがたい話なのだ。

フリードに言ってはいないが、友人の書いた小説。できれば著作は全て集めたいと思うし、今後も買っていきたいと考えている。禁止されないよう、目を瞑ってもらえる範囲内で楽しむことにしよう。

そう決意しつつ、フリードに目を向け、私はしみじみと言った。

「……でも、フリードって優しいよね」

わりと些細なことで嫉妬もするが、それでも彼はいつだって私のしたいことを優先させてくれる。

そう思ったのだが、フリードは真顔で返してきた。

「そう見えるのはね、リディが私を好きでいてくれるからだよ。リディが私を好きだっていうのが分かるから、最大限優しくしたいって思うし、嫌なことだってある程度は我慢しようと思えるだけ。リディには嫌われたくない。好きなままでいて欲しいって思うからね。そうじゃなかったら、きっと我慢なんてしないし、気に入らないものは全部取り上げたと思うよ」

「……そうなの？　フリードが？」

「うん。別に私は優しくなんてないからね。大事なものは独占したい派だし」

どうやら本気で言っているようだと気づき、首を傾げた。

「そんなことないと思うけど。だってフリードは、最初から私に優しかったじゃない」

両想いになる前のことを思い出す。フリードは、強引ではあったけど、決して無理強いはしなかった。本気で嫌だと思ったことを強要したりはしなかった。彼は、いつだって私に、とても優しかったと思う。

「好きな子に優しくしたいのは当たり前だよね。あと、リディはなんやかんや言いつつも、一度も私を拒絶しなかったから、かな」

「拒絶？　……あ、そっか」

フリードの言葉に今度こそ納得した。

確かにそれはそうかもしれない。

気づいてこそいなかったが、私はフリードに一目惚(ぼ)れしていたから、基本的に彼のすることを拒否しようと思えなかったのだ。何せ、好きだったもので！

頻繁にあった夜のお誘いも、「もう、仕方ないなあ。テレテレ」という感じだったのである。

なるほど！　と思った私は勢い込んでフリードに言った。

「そっか！　じゃあ私、ずっとフリードが好きだから、フリードは私に優しいままだってことだよね。良かった！」

好きな人に優しくしてもらえるのは嬉しい。だから笑顔でそう言うと、フリードは顔を真っ赤にした。

「え、フリード？」

「だから……そういうところなんだよ。リディ」

「？」

よく分からない。

小首を傾げる。そんな私をフリードは抱き寄せ、思いっきり甘い声で囁いた。

「私も同じだって言ってるんだよ。私も、ずっとリディのことが大好きだからね」

「うん」

当然だ。そうでなければ私が困る。

だって、死ぬまで彼と一緒にいようと決めているのだから。

うむうむと頷いていると、フリードが言った。

「だから、リディ。お願いだから、私以外の男に興味を持たないでね。リディが私以外を見るなんて許せないから」

「それは、架空の人物も？」

「もちろん、例外はないよ」

断言され、私はそういうものかと頷いた。

「そういえばフリード、自分の絵姿にも嫉妬してたもんね。自分の絵姿が許せないフリードが、小説とはいえ、自分以外の男を許せるはずないかあ」

つい最近、あったことを思い出す。

フリードの絵姿を集めて趣味部屋に飾っていた私に、彼は部屋の閉鎖を命じたのだ。

自分以外の自分が、私に熱く見つめられるのが嫌だと言う、凄まじく意味の分からない理由で。

ちなみに、もちろん私は頑として頷かなかったが、無駄だった。

その時のことを思い出し、なるほど、そんなフリードなら二次元が不可なのも仕方ないなと大いに納得していると、フリードが当たり前だと言わんばかりに頷いた。

「そういうこと」

「あのね、一応言っとくけど、これ、当たり前でもなんでもないからね。あと、なんでちょっと自慢げなの？」

普通ならドン引きされているところだ。

まあ、私は嬉しいから良いけど。

そんなことを思っていたのがいけなかったのだろうか。フリードが首を傾げながら言った。

「え？　だって自慢するところでしょう？　私が嫉妬しても、リディは怒るどころか嬉しいって思ってくれるんだから。夫冥利に尽きるよ」

「……え、あ……うん。フリードがそれで良いなら構わないけど」

自信満々に頷かれ、そういうものかと思ってしまった。フリードが思い出したように言う。

「あ、ちなみにさっきリディが言っていた本のことだけど、あとで私も読むから。何がリディの心を掴んだのか、調べておかないとね。心配だから」

「……え」

「あと、下巻を買ったら、きちんと報告すること。分かっているとは思うけど、読むのは私がいる時だけにしてね。一人で読んだりしたら、取り上げるよ？」

「えっと？　フリード？」

目が点になった。

これは、あれか。私が、また例のヒーローにときめいていないか監視するということだろうか。

チラリとフリードを見上げる。彼は嫌になるほど真剣な顔をしていた。

——うわぁ。

うん、どうやら間違いないようだ。

しかし、監視されながら小説を読むとは、なかなかにハードルが高い話だ。

「フリード……あのね」

さすがにそれは遠慮願いたい。だけど彼の次の言葉を聞いた私は、提案を受け入れるしかないと肩を落とした。

「頷けないようなら、今言った通り、その小説は没収するから。さっきのことは確かに許しはしたけど、あくまでそれはそれ、これはこれだから。リディ、私が安心できるよう、無用な嫉妬をしないで済むよう、協力してくれるよね？」

「……はい」

本を没収される。それだけは嫌だ。

フリードも私に譲歩してくれたのだということくらいは分かる。

本音では読ませるのも許せないはずだ。

「……分かった。フリードがいる時に読ませてくれるなら、それでいい」

「うん。理解してくれて良かった」

安心したように笑うフリード。

その顔を見ながら私は、これで彼が心穏やかに過ごせると言うのなら仕方ないかと諦め、諦めてしまうほどフリードのことが好きな自分にどうしようもないなと笑ってしまった。

結局、私はフリードが笑ってくれるのならもう、何でも良いのである。

「フリード、大好き」

「私も、リディを愛しているよ」

今日も私たちは、元気にバカップル状態を絶賛継続中。

ま、新婚だし、できれば皆には引き続き目を瞑ってもらえれば良いなと思っている。

だってやめる気なんてないから。

今後も、私は全力でフリード好きアピールを続けていく所存なのである。

文庫版書き下ろし番外編　彼女と秘密の本

「あれ、本屋？」

レイドと一緒にたこ焼き作りのための材料を買い、さて帰ろうと王宮に向かっていた帰り道、私は大通りにある、とある店に気がつき足を止めた。

その店の扉には本の形をしたプレートが飾られている。

大きなショーウィンドウにはたくさんの本が並べられていた。本には綺麗なリボンがかけられ、色とりどりのペンで書かれたＰＯＰが取り付けられている。

私に釣られ、レイドも足を止める。ショーウィンドウを覗き見た彼女は、納得したような顔をした。

「ああ、そうだ。本屋だよ。イルヴァーンの本屋は面白いぞ。何せ他国にはあまり置いていないような本があったりするからな」

「他国にはあまりない？」

「ああ。ヴィルヘルムでは取り扱いの少ないものも多くあると思う」

「へえ！　ねえ、入ってみてもいい？」

そんなことを言われれば気になってしまう。ワクワクしながら尋ねると、レイドは笑顔で頷いてくれた。

「もちろんだとも。リディにはイルヴァーンの文化を知ってもらいたいからな」

「わぁ、楽しみ！　あ、レイドの本も置いてあったりするの？」

彼女が書いた他の書籍も読んでみたいという気持ちで聞いたのだが、彼女は笑って否定した。

「この本屋には、私の本は売っていないな。ここは専門書の類いばかり取り扱っている、少し特殊な店なんだ」

「そっか」

「きっとここも楽しんでもらえると思う。ほら、入るぞ」

「うん」

レイドが店の扉を開ける。護衛のカインとエドワードはついてこようとしたが、彼女はそれを拒絶した。

「あまり男性には来てもらいたくない店なんだ。すぐに戻ってくるから外で待っていてくれ。エド、お前は言わなくても分かるだろう？」

「……分かりました」

渋々という感じでエドワードが引き下がる。カインに目をやると、彼も仕方ないという風に肩を竦めた。

「待ってるから、早めに戻ってきてくれよ」

「分かった」

カインの言葉に頷き、レイドの後に続いて店内に入る。さっき彼女が言っていた『男性には来てもらいたくない』というのはどういう意味だろうと思っていると、先に店に入ったレイドが振り返り、にやりと笑った。

「実は、ここはアダルト専門の本屋なんだ。女性向けのな」

「えっ……」

――専門書を取り扱ってる特殊な店って、そういう意味⁉

まさかまさかの答えに目を丸くしていると、レイドが軽い口調で聞いてきた。

「イルヴァーンが性に貪欲な国、という話を聞いたことは？」

「あ、あるけど……」

ドキドキしつつも答える。

イルヴァーンが商人の国として有名なのは言うまでもないが、同時に性に貪欲、奔放な国としても広く知られている。

性交に対して積極的で、他国に比べてもずいぶんと性技の研究が進んでいるとか。性の玩具も手がけていて、確か、輸出量は世界一位だったと思う。

なるほど、カインたちについてきて欲しくないというわけだ。私だってそんな店に護衛と一緒に入りたくはない。

期せずして入ってしまったアダルト専門の書店。なんだか妙に緊張してきた。

ドキドキしながら店内を見回す。幸いと言って良いのかは分からないが、私たち以外に客はいないようだ。背の高い本棚がいくつもあり、ギュウギュウに本が詰まっている。平台に並べられた本には『今月発売の新刊！』とか『お勧めの一冊』などのＰＯＰが付けられていたが、そのタイトルやカバーイラストはわりと普通であり、パッと見ただけではアダルトなものだとは分かり辛い。

　他人には見られたくないものだから、そういう配慮がされているのだろうか。だとしたらそれは正解だと思う。

　しかし、どうすればいいのだろう。どんな本屋か聞いてしまった今、適当に本を手に取るのも気後れしてしまう。挙動不審になっているとレイドが笑いながら言った。

「あまり気負わないでくれ。物見遊山気分で見てくれればいい」

「う、うん……。ヴィルヘルムにはない店だからびっくりして……」

　ヴィルヘルムはどちらかと言うと、性については閉鎖的な国だ。平民はそうでもないかもしれないが貴族階級は間違いなく遅れている。『男女の法』なんてものが未だに蔓延っているような国なのだから当たり前と言えば当たり前なのだが、あまりの違いにクラクラした。

「な？　ヴィルヘルムには取り扱いが少ないと言っただろう？」

「少ないっていうか……少なくとも私はそんな店の存在は知らないかな」

　ヴィルヘルムの王都にある四つの町。その中にある南の町なんかは私の庭と言って良いくらい知っているが、こんな店はないと断言できる。いや、もしかしたら娼館が立ち並ぶ通りにはあるのかもしれないが……うん、少なくとも大通り沿いにこういう本屋があるなんてことはヴィルヘルムではあり得ない。

「本当に奔放なんだね……」

「何事も楽しもうというのがうちの国民性だからな。……お、この本、また再版したのか。本当に人気だな」

　レイドが平台に並べられた本を手に取り、感心したように言った。気になり、彼女の手元を覗き込む。茶色い背表紙の、かなり分厚い本だ。本の表紙には『セックスの全て。～これで彼女もメロメロに～』という身も蓋もないタイトルが書かれていた。

「ぶっ……！　な、何これ！」

「ははっ、驚いたか？　だがこれはイルヴァーンで今、一番のベストセラーだぞ。マンネリに悩む夫婦やカップルたちに馬鹿売れしているんだ。タイトルを見れば分かるだろうが、元々は男性向けに書かれた本でな。だが蓋を開けてみれば男女関係なく売れて大ヒット。今では女性向けの店でも取り扱われるようになったというわけなんだ」

「へ、へえ……」

　レイドから本を渡され、緊張しながらも受け取る。

　夫婦のマンネリ解消にいい、なんて言われて興味が出たのだ。

　いや、もちろん、私とフリードにマンネリなんて言葉はないのだけれども。

　それでもどんなことが書かれているのか、興味があった私はドキドキしながらページを開いた。

「……わあ」

　思った以上に明け透けに書かれていた。

　全てのページにイラストがついており、微に入り細を穿って説明してある。おかげで非常に分かりやすいのだが、裸の男女が組んずほぐれつしている絵というのは、ものすごく恥ずかしかった。

「ひえええ……」

前半は体位や男女それぞれの愛撫の仕方について書かれてあり、後半は主に道具を使ったプレイについて記述されていた。どれも曖昧に誤魔化したりせず、はっきりと書かれている。

「すごいだろう」

ニヤニヤしながらレイドが話し掛けてくる。その言葉に頷いた。

「す、すごいね。こんなの初めて見た……」

「リディが未婚なら、この店に入るのは止めておこうとも思ったんだが、君は人妻だろう？　それなら別に構わないかと思ってな」

「う、うん……それは、大丈夫だけど」

エッチ系に関してはハードルが低い自信はある。何せ毎晩夫と励んでいるのだ。しかも、ヴィルヘルム流とは言えない体位やシチュエーションで。今更これくらいで尻込みしたりはしない。

「新婚夫婦の君たちには必要ないとは思うが、それは今うちで一番お勧めの本なんだ。内容も内容だし、話のネタくらいにはなると思って紹介してみた」

「あ、ありがとう」

「ま、イルヴァーンにはこういう店もある、くらいに思ってくれればいいさ」

話は終わりとばかりにレイドが店から出て行こうとする。その様子からも、彼女がただ私に店を見せるだけのつもりだったことが分かる。

「……待って」

少し考え、外へ出ようとするレイドを引き留めた。振り向いた彼女に私は本を掲げてみせる。

「これ、買ってくるからちょっと待ってて」

「え」

「せっかくレイドがお勧めしてくれたんだもの。お土産にするね」

「土産？　それを!?」

それは予想していなかったという顔をしたレイドに、私は声を上げて笑った。

◇◇◇

「というわけで、本を買ってみたの」

夜になってから部屋に戻って来たフリードに、私は早速レイドとの一連のやりとりを話した。

ソファに横並びに座る。夫に秘密にするつもりは最初からなかったので、包み隠さず説明し、購入した本を見せると、彼は大きく目を見張った。

「え、この本……」

「ん？」

フリードの様子がおかしい。

「フリード？　どうしたの？」

てっきり彼のことだから、面白がって一緒に見てくれると思ったのに、これは予想外の反応だ。

彼の目を見る。彼はパチパチと目を瞬かせ、参ったというように額に手を当てた。

「まさかリディがこの本を持ってくるなんて……」

「？　知ってるの？」

イルヴァーンで売っている性技について書かれた本のことをどうしてフリードが知っているのか。

怪訝な顔で彼を見ると、フリードは慌てて首を左右に振った。

「ち、違うんだ。誤解しないで！　私が買ったわけじゃない！　その……リディと婚約した時に、ヘンドリックが婚約祝いと称して贈ってきたものの中にあっただけで、私は断じてこんなものに興味は……！」

「婚約祝い？」

はて、と首を傾げ、そういえばそんなこともあったかもしれないと思い出した。

私がフリードと婚約してまだ、彼を好きだと認められていなかった頃。

彼の部屋に遊びに来ていた私は、ソファの下から何故かメイド服を発見したのだ。

ミニスカートの可愛らしいメイド服。思わずノリノリで着替えてしまった私はそのあと仕事から戻って来たフリードに合意の下、思いきり貪られたのだが……。

「祝いの品ってメイド服のことだよね？　本なんてなかったと思うけど」

いくら思い返してみても、本があったという記憶はない。婚約祝い第二弾として、獣化の腕輪をもらったことも思い出したが、やはり本なんてなかったと断言できる。

どういうことだと彼を見ると、フリードは私から視線を逸らし、ボソボソと言った。

「いや、実はヘンドリックの婚約祝いはあれだけじゃなくて。その……婚約者と色々楽しんで欲しいって、その本も一緒に同梱されていたんだ」

「……そうだったんだ」

知らなかった。だが、疑問は残る。

「どうして本のことは言ってくれなかったの？」

メイド服や獣化の腕輪がOKで、何故本は駄目だったのか。不思議に思って尋ねてみると、彼は言葉を詰まらせた。

「い、いや……だって」

「だって？」

「……メイド服もリディに見せるつもりはなかったんだ。あれは始末しようと思って隠していたのをリディに偶然発見されただけで……」

「あー……。なるほど。だから、ソファの下になんてあったんだ」

見つけた時は、何故こんなところからメイド服がと疑問だったのだが、ようやく謎が解けた。頷きながら更にフリードに尋ねる。

「じゃあ、本は？　本もどこかに隠してあったりするの？」

「いや、あれは燃やした」

「燃やした？　婚約祝いにいただいたものを!?」

いくら友人とはいえ、他国の王子から婚約祝いとして贈られたものを燃やすというのはどうなのか。

ギョッとしたが、フリードは憮然とした顔で言った。

「当たり前だよ。あんなものが見つかって、もしリディに軽蔑されたら……。その可能性を潰すためにも全てを灰にするのは当然の判断だと思う」

「いや、本くらいで軽蔑したりしないけど。私だってこうして買ってきているわけだし」

「でもリディ、あの時はまだ私のことを好きって言ってくれなかったじゃないか。だから少しでも嫌われる可能性のあるものは遠ざけたくて。あの本にはその……かなり大胆なことも書かれてあったし」

「フリード……」

私に嫌われたくなかったのだと必死に告げるフリードに、ギュッと心臓を鷲づかみされた気持ちになった。

なんだろう。時折、彼が妙に可愛く見えて、好きの気持ちが溢れそうになる。

持っていた本をテーブルの上に置き、フリードの頬に手を伸ばす。そっと触れながら彼に言った。

「私がフリードを嫌いになるわけないじゃない。あの時だって、私はフリードのことが大好きだったんだから」

自覚こそしていなかったが、私は最初からフリードのことが好きだった。だからあの日も彼の反応を期待して自らメイド服を着たし、その後のメイド服プレイにも快く付き合ったのだ。

まあ、気づいていなかったけど！　自分の気持ちというのはなかなか自覚できないものなのだ。

「リディ……」

フリードが目を細め、私の手首を掴む。キスされるなと察し、素直に目を閉じた。

触れるだけの口づけが落とされ、それを受け止めた私は口元を綻ばせた。

「フリード……大好き」

「私もだよ、リディ」

衣擦れの音と共にソファに押し倒される。このまま抱かれる流れだなと気づいたが、特に断る理由はなかったので彼の背に両手を回す。

私が応える気だと分かったフリードが、勝利を確信した笑みを浮かべた。

「リディ、愛してる」

砂糖と蜂蜜を混ぜ合わせたような甘ったるい声が私を呼ぶ。私を蕩かせる響きに、うっとりした。

もう一度、唇を触れ合わせる。このまま二人っきりの時間を楽しもう。そう思った時だった。

ノックの音とほぼ同時に、何故か部屋の扉が開かれたのだ。

「フリード、悪い。さっき聞き忘れたんだけどさ、陛下に送る書簡についてお前の意見を――」

「え……」

「……あ」

書簡を持って部屋に入ってきた兄と偶然、目が合う。お互いビシリと固まった。

ソファに押し倒されている私と、私に覆い被さっているフリード。そしてそれを目撃してしまった兄という地獄絵図の中、真っ先に反応したのは、やはりと言おうかフリードだった。

魔王もかくやという、恐ろしくも低い声で兄を威嚇する。

「……見て分からないか。取り込み中だ、アレク」

それに対し、兄は気まずそうに視線を逸らしながら言った。

「……わり。まさか、そんなことになっているとは思わなくて。だってほら、お前が部屋に戻って、まだ十分も経っていないだろう？　完全に油断してた。それに、鍵も掛かっていなかったし」

「え、鍵が掛かってなかったの？」

呆然とフリードを見る。彼はしまったという顔をしていた。

「……ごめん。確かに忘れていたかも。帰ってきてリディの顔を見たらなんだか気が抜けて……」

「うわぁ……」

彼もそういうミスをするのか。いや、フリードだって人の子なのだ。完全無欠と呼ばれていたって、時折間違いくらいは起こすだろう。だが、それが今とは運が悪すぎる。

フリードが退いてくれたので起き上がる。不幸中の幸いと言おうか、事が始まる前だったのでそこまでダメージは受けずに済んだ。

しかし危なかった。あと五分、兄が入ってくるのが遅かったら、決定的な場面を見られていたかもしれない。間一髪の危機に震えていると、兄が申し訳なさそうな顔で言った。

「あー……出直そうか？」

「いや、いい。用事があったんだろう？　私たちの邪魔をしなければならないような重大な用事が」

「イヤミか。謝ったじゃねえか。大体、俺の方が気まずいっつーの。何が悲しくて、妹と主君のラブシーンに遭遇しなけりゃならないんだ。鍵くらい掛けとけよな」

「返事をする間もなく、ドアを開けたお前が文句を言うな」

ブチブチ言う兄をフリードがジロリと睨む。兄は肩を竦め、フリードに持っていた手紙を差し出した。

「次は気をつける。あ、陛下への定期連絡の書簡。これなんだけど——」

「ああ、それは……」

ふたりが仕事の話を始める。それを聞き流しながら、私は溜息を吐いた。

まあいい。見られたのは押し倒されていたところだけだ。兄にはフリードとキスしているところを目撃されたこともあるから、これくらいならまだ……。

——いや、これをまだとか言っちゃうのヤバくない？

ハッと我に返った。まずい。大分、フリードに毒されている。

自分の感覚がかなりおかしくなっている事実に震撼しつつも、私はテーブルに置いていた本を手に持った。今の内にどこかに仕舞っておこうと思ったのだ。だが、ちょうど話を終わらせた兄が目聡く発見し、声を上げた。

「あ！　その本！」

「え？　何？」

動きを止める。兄が本を見ていると気づき、目を瞬かせた。

「それ！　フリードが燃やしたせいで、読めなかった本じゃねえか！　悔しかったから覚えてる！

あー、そっか。ここ、イルヴァーンだもんな。探せばあるか。……で、なんでそれがここにあるんだ？　フリードが買ったってことは……ないよな？　燃やした張本人だもんな」

「私が買ったの。その、レイドに連れて行ってもらった本屋にあって、お勧めだって言われたから」

　素直に申告すると、兄は納得したように頷いた。

「まあ、確かにイルヴァーンで人気の本だからな。つーか、フリードが燃やした本をお前が買ってくるとか、どんな偶然だよ。フリード、お前に誤解されたくないいっつって、ヘンドリック殿下に婚約祝いとしていただいたその本を、真顔で燃やし尽くしたんだぜ？」

「知ってる。さっき聞いた」

　同じ話でも、別の人から聞くとまた気分が変わる。

なんだろう。間接的に、『この人はこんなにもあなたのことが大好きなんだよ』と教えられている気持ちになるのだ。それが嬉しくて、なんとなく口元がムニムニと緩む。

　上機嫌になった私は兄に本を差し出した。

「兄さん、この本が読みたかったんでしょ。あげる」

「は？　良いのか？」

　キョトンと私と本を交互に見る兄。私は首を縦に振った。

「うん。興味本位で買ってみただけだし。その……私たちには要らないから」

「……まあ、くれるって言うならもらうけど。本当に良いのか？」

「うん」

　兄に本を手渡す。兄は首を傾げつつも本を受け取り、「ありがとな」と礼を言って部屋を出て行った。

扉が閉まる。フリードが私に言った。

「リディ、良かったの？　その、アレクにあげてしまって」

「うん。さっきも言ったけど、私たちには必要ないかなって思うから。だって、あんなもの使わなくても私たちはラブラブでしょう？」

「それはそうだけど」

「フリードがせっかく燃やした本を私が持っているっていうのもどうかと思うしね」

クスクス笑う。言わないけど、本を手放そうと思った一番の理由は、私に嫌われたくないから本を燃やしたというフリードの話が嬉しかったからだ。

それと――。

「フリードが帰ってくる前に中身を確認したけど、フリードとしたなって思うものばかりだったしね」

本には様々な体位や口淫の仕方、そして性具を使用した性交などについて書かれていた。

体位は目新しいものはとんでもない体勢が多くて試そうとも思えなかったし、口淫についてはすでに実施している。性具はその……あまり使いたいとは思わない。特に男性器を模した張型なんて、絶対に嫌だと思った。だから買ってはみたものの、特別必要だとは感じなかったのだ。

それこそ話のネタになるかな、面白がってくれるかな、程度の気持ちで彼に見せただけ。

そういうことを説明すると、フリードも納得したように頷いた。

「性具については私も同感だよ。特に張型は駄目だ。リディに触れるのは私だけでいい」

「私も、私の中に入るのはフリードだけがいいなって思うの」

たとえ血の通わない道具でも、フリード以外を受け入れるのは嫌だ。

きっぱりとそう告げると、フリードは嬉しげに微笑んだ。そうして私を抱き寄せる。

「リディ、愛してる。……ね、仕切り直しをしても構わないかな？　今、すごく私自身でリディを感じたいなって思うんだよ」

その言い方に笑ってしまう。だけど釘を刺すのは忘れない。

「いいよ、でも絶対に邪魔は入らないようにして。さっきは本当に吃驚したんだから」

金輪際、あんなことはごめんだ。フリードを軽く睨むと、彼も真剣な顔で頷いた。

「もちろんだよ。――今度は……そうだね、魔術で鍵を掛けておくことにする。あんなミスは二度としない。私だって、私のリディを他人になんて見られたくないんだ」

「うん、それなら」

ちゃんと対策を取ってくれるのなら私が断る理由はどこにもない。

だって私もいつだって彼を感じたいと思っているのだから。

「大好き」

フリードに抱きつく。甘い口付けが降り注ぐ。

そうして私たちは、いつも通りの心が満たされる触れ合いを心ゆくまで楽しんだ。

あとがき

※ご存じかと思いますが、メタネタ注意報。書籍読了後に読むことをお勧めします。

リディ↓リ　フリード↓フ

リ「皆様、こんにちは！　久しぶりに、五頁のあとがきを勝ち取りました！　リディアナですっ！　おめでたいから、私たちだけで五頁使っちゃっても良いよね！」

フ「こんにちは。リディの夫のフリードリヒです。前回は一頁しかなくて、嘆いていたものね。勿論、リディが全部使っても構わないと思うよ」

リ「ありがとう！　そうする！　前回、話したいことたくさんあったのに、何一つ話せなかった。あんなに悲しい思いは二度と嫌」

フ「だけど前回の反省が、今回の五頁に繋がったんでしょう？　リディは成長しているよ」

リ「フリード……。うん、そうだよね。よし、気を取り直して……ええと、今回、なんと初の外国訪問です」

フ「十三巻目にして初。……字面だけ見ると、なんだかすごいね」

リ「し、仕方ないじゃない。こっちにも色々と事情があるんだから。でも、外国訪問って楽しいね。今回は十日間だけだけど、また色んな国を見て回りたいなあ」

フ「機会はあると思うから、また行こうね。だけど、とりあえずはイルヴァーンかな」

リ「今回友達になったレイド、私、彼女がすごく好きなの！」

フ「リディ、彼女といると、とても楽しそうだものね。難しいと思っていたのに、あっさり友人になっているんだから、すごく驚いたよ」

リ「レイドが良い子だったから。イリヤもいるし、私、イルヴァーンが大好きだよ」

フ「それは良かった。そういえば、今回、表紙もいつもとテイストが違うね」

リ「そうなの。南国イルヴァーンをイメージしていただいたから、色合いが華やかでしょう？　さすが蔦森（つたもり）先生！」

フ「リディの格好も可愛いね。髪をサイドに束ねて、色っぽい首筋に誘われちゃうな」

リ「……フリードは何もしなくても、いつも勝手に誘われてるじゃない」

フ「リディが可愛いからね。仕方ないよ」

リ「またそうやって、誤魔化してくる。あ、私、ピンナップも好きなんだ。皆でお茶会。早くこの光景が現実のものになると良いなって気持ちでお願いしたの」

フ「確かに。いつか実現できると良いね」

リ「ね！　蔦森えん先生、いつも素敵なイラストをありがとうございます」
フ「ありがとうございます」
リ「で、今回の話なんだけど、残念なことにこの巻でイルヴァーン外遊編が終わらなかったの……」
フ「あ、うん。まだ六日目だものね」
リ「そう。あと四日あるの。しかも後半の方がイベント目白押しらしくって……」
フ「次で私たちは、ヴィルヘルムに帰れるのかな」
リ「……」
フ「リディ？」
リ「帰れる！　きっと帰れる……はず！（目逸らし）」
フ「……」
リ「帰れると良いな！」
フ「願望になったね」
リ「……うん」
フ「私はリディと一緒なら、どこにいても良いんだけど」
リ「それは私も同じだよ！」
フ「じゃあ、あんまり気にする必要はないんじゃない？」
リ「！　そうだね。ええと、じゃあ、次回の予告！　次回は、イルヴァーン編、後編！　レイドの結婚相手はどうなる？　ヤンデレっぽいエドワードは？　今回出てきた令嬢は果たしてこのまま大人しくしているのか！　更に更に、カインの仲間と分かったアベル、彼の過去とは。そして、彼に活躍の機会はあるのか。乞うご期待！」

フ「……思った以上に盛りだくさんだったね」

リ「う、うん。だ、大丈夫。きっと何とかなる。あ、それと！　実は、この間から、私たちの話が漫画で読めるようになりました！　作画を担当して下さっているのは、黒木捺先生。とっても素敵なフリードを描いて下さる方です！」

フ「私のことはどうでも良いよ。でも、そうだね。黒木先生は、すごく力のある漫画家さんです。だって、リディがすごく可愛いから。特にミニキャラのリディは抱き締めたいくらい可愛い。私が一目惚れするのも仕方のない可愛さだと思う」

リ「え？　フリードの方が断然格好良いよ？　だって黒髪のフリード！　あれ見た？　もはや芸術の域に達してると思うんだけど！　あと、憂い顔のフリードとかも最高に格好良いので、是非、ご覧下さい！」

フ「リディの方が可愛いのに」

リ「フリードの方が格好良い。あ、あと、小説の挿絵では出ていないマリアンヌとかも出てきているので、そちらにも注目していただければと思います」

フ「小説もコミカライズも、どちらもよろしくお願いいたします」

リ「お願いします」
フ「それでは今回はこの辺りで」
リ「たくさん話せて楽しかったから、大人しく退散するね。じゃ、また四巻で！」

◇◇◇

こんにちは。月神（つきがみ）サキです。

この度は、『王太子妃編三巻』をお求めいただきありがとうございます。

前巻もそうですが、今巻もＷＥＢに載せているものとは大分違っています。かなり手を入れ、書き下ろしも頑張りましたので、楽しんで頂ければと思います。

蔦森えん先生、今回も素敵なイラストをありがとうございました。

今回からのレギュラーキャラ、レイド。男装女子である彼女が非常にツボでした。アレクとカインが並んでいる挿絵もとても楽しかったです。砂山に埋まっているアベルにはもう、笑うしかありませんでした。本当に、いつもありがとうございます。

リディたちも言っていましたが、いよいよコミカライズも始まりました。

是非、皆様、応援のほどよろしくお願いいたします。

それではまた次回。お会いできれば嬉しいです。

月神サキ　拝

王太子妃になんてなりたくない!!
王太子妃編3

月神サキ

2021年2月5日　初版発行
2021年6月7日　第二刷発行

著者　月神サキ
発行者　野内雅宏
発行所　株式会社一迅社
〒160-0022　東京都新宿区新宿3-1-13　京王新宿追分ビル5F
電話　03-5312-7432(編集)
電話　03-5312-6150(販売)
発売元：株式会社講談社(講談社・一迅社)
印刷・製本　大日本印刷株式会社
DTP　株式会社三協美術
装丁　AFTERGLOW

ISBN978-4-7580-9331-6

●本書は「ムーンライトノベルズ」(http://mnlt.syosetu.com/)に
掲載されていたものを改稿の上書籍化したものです。
●この作品はフィクションです。実際の人物・団体・事件などには関係ありません。

MELISSA
メリッサ文庫